Million DAYS

Katy Raze

Impressum

Erstausgabe November 2021
Alle Rechte vorbehalten!

Impressum:
Katy Raze
c/o JENBACHMEDIA
Grünthal 109
83064 Raubling

Cover: Katy Raze
Korrektorat: Holly O'Rilley

katyraze@web.de

© 2021, Katy Raze
Herstellung und Verlag:
BoD – Books on Demand, Norderstedt
ISBN: 9783755733676

WIE ES ANFÄNGT

Scheiße.

Das ist alles, woran ich denke, als die Faust in mein Gesicht donnert. *Jesus Christ.* Wie zur Hölle haben sie mich gefunden?

Zähneknirschend fange ich mich wieder, ignoriere den stechenden Schmerz und gehe in Abwehrhaltung. Mit einem schnellen Schlagabtausch verpasse ich meinem Angreifer zuerst einen Kinnhaken, dann donnere ich meine Faust gegen seinen Kehlkopf. Der Riese stöhnt erstickt und taumelt zurück. Das Siegesgefühl währt nur so lange, bis jemand von hinten nach meinen Armen greift und mich zurückzieht.

»Ah, fuck!«, fluche ich und trete um mich, aber die beiden Männer haben mich fest im Griff. Vergebens tobe ich mich aus und bleibe dann doch schwer atmend zwischen ihnen stehen. Der Gorilla, der mich zuerst angegriffen hat, kommt mit düsterer Miene auf mich zu und verpasst mir einen heftigen Schlag, der Sterne vor meinen Augen tanzen lässt.

Autsch. So ein Wichser.

»Lass gut sein, Matteo.«

Na super, das wird ja immer besser. Diese schmierige Stimme, die hinter mir ertönt, kommt mir nur allzu bekannt vor. Natürlich, Emilio de Luca. Wer sonst sollte mich in der Seitenstraße einer billigen Spelunke aufgabeln und verdreschen lassen?

Ich wusste, dass ich nicht hätte ausgehen sollen, ich hätte einfach in meinem verkackten Hotelzimmer bleiben müssen, *fuck*. Heute läuft aber auch alles schief.

»So sieht man sich wieder, *Americano*.« Emilio tritt vor mich und streift sich in aller Seelenruhe die Lederhandschuhe von den Fingern. Er trägt einen schlechtsitzenden weißen Anzug, darunter ein blaues, bereits vollgeschwitztes Hemd. Allein von seinem Anblick wird mir übel. Ich sammle das Blut in meinem Mund und spucke es zu seinen Füßen. Der Griff um meine Arme wird schmerzhaft fest.

De Luca lacht nur. »Hast du gedacht, mir einfach davonkommen zu können?«

Ehrlich gesagt, ja. Oder vielmehr habe ich gehofft, dass er sich nicht die Mühe macht, nach mir zu suchen. Es sind nur ein paar Spielschulden, verdammt. Okay, ein paar *viele* Spielschulden, aber trotzdem, hat er nichts Besseres zu tun?

»Hast du mein Geld, Mace?«

»Ja. Liegt alles in meinem Bankschließfach.

Lass mich gehen und ich verrate dir die Kombination.«

De Luca kneift die Augen zusammen. »So aufmüpfig. Wollen wir doch mal sehen, ob du in fünf Minuten immer noch so frech bist.« Er tritt zur Seite und überlässt seinem Gorilla den Auftritt.

»Nein, halt, Stopp!«, keuche ich und versuche, zurückzutaumeln, aber der Griff des Typen wird nur fester. »Okay, ich habe das Geld nicht. *Noch* nicht. Gib mir ein bisschen Zeit.«

Ich brauche nur mal wieder etwas Glück beim Spielen, dann wären meine Probleme mit de Luca schnell aus der Welt.

»Du hattest genug Zeit, *Americano*«, sagt de Luca, doch er gibt seinem Schläger zu verstehen, dass er sich zurückhalten soll. »Ich mache dir einen Vorschlag. Erledige einen Auftrag für mich und du bist deine Schulden los.«

Mich überhaupt mit dem de Luca-Clan einzulassen hat mir dieses Schlamassel erst eingebrockt, es ist also nicht besonders klug, schon wieder auf ihn hereinzufallen. Aber im Moment bleibt mir keine andere Wahl.

»Ich bin ganz Ohr«, keuche ich.

»Schon mal von Domenic Marino gehört?«

»Nein«, lüge ich. Wer zum Teufel kennt Marino nicht? Allein sein Name steht für alles, was auf Sizilien mit Mafia in Verbindung gebracht wird.

De Luca lächelt mich schmierig an. »Nun, dann wird es Zeit, dass du ihn kennenlernst. Er hat etwas, das mir gehört. Bring es mir zurück und wir sind quitt.«

Ja. Natürlich. Ich werde einfach bei dem Mafiaboss höchstpersönlich hereinspazieren, ihn nett darum bitten und fröhlich wieder verschwinden. Das ist mein Todesurteil, sollte ich es überhaupt schaffen, auch nur in Marinos Nähe zu kommen.

Hart schlucke ich. »Na gut«, stimme ich zu. »Dürfte ja nicht so schwer sein.«

Nein, das werde ich garantiert nicht tun. Aber ich brauche Zeit. Mir wird schon etwas anderes einfallen, wie ich de Luca abwimmeln kann. Hoffentlich. Sonst bin ich – so oder so – ein toter Mann.

1. MASON

Leider hat de Luca dazugelernt.

Er lässt mich nicht aus den Augen, zwei seiner Bodyguards begleiten mich die nächsten Tage auf Schritt und Tritt. Ich kann nicht einmal mehr allein pissen. Ganz große Klasse. So habe ich mir meinen Aufenthalt auf Sizilien nicht vorgestellt. Ich bin sowas von am Arsch.

Statt in Selbstmitleid zu versinken, nutze ich meine letzten Stunden in Freiheit. Ich esse die beste Pizza bei *Marios* und gönne mir dazu eine teure Flasche Wein, bevor ich einen Tätowierer aufsuche und mir mein vermutlich letztes Tattoo stechen lasse. Ein Schriftzeichen auf den Rücken, direkt unterhalb meines Nackens.

Hell Rising.

Die Schmerzen der stundenlangen Sitzung sind fast eine Wohltat, wenn man bedenkt, was auf mich zukommt. Wie wird Marino mich wohl umbringen? Wird es kurz und schmerzlos mit einem Kopfschuss enden oder doch lange und qualvoll auf der Folterbank? Ich weiß nicht, was mir lieber wäre.

»Wir müssen los«, teilt einer von de Lucas Leuten mir in gebrochenem Englisch mit. Vielleicht hätte ich sie darüber aufklären sollen, dass ich fließend Italienisch spreche, aber dafür ist es jetzt auch zu spät.

»Ich muss mich umziehen«, informiere ich ihn und suche den nächstbesten Klamottenladen auf. Ich tausche die Shorts gegen ein neues Paar Jeans und das verschwitzte T-Shirt durch ein weißes Hemd. In der Umkleide betrachte ich mich ein letztes Mal im Spiegel.

Meine Haare sind ein wenig zu lang, sie fallen mir ständig in die Stirn, egal wie oft ich sie mit den Fingern zurückstreiche. Für einen Friseurbesuch ist es zu spät, aber zumindest das Hemd lässt mich beinahe brav aussehen. Bis auf die Fingerknöchel sind alle Tattoos bedeckt.

Ich hasse Hemden eigentlich, doch wie mir de Luca mitgeteilt hat, ist Domenic Marino in einem schicken Nobelhotel untergetaucht und ich befürchte, in meinen Alltagsklamotten wird man mich sofort wieder rausschmeißen.

Noch in der Umkleidekabine entferne ich die Etiketten an den Klamotten und verlasse den Laden, ohne zu bezahlen. Irgendeinen Vorteil muss es ja haben, wenn de Lucas Gorillas mir auf Schritt und Tritt folgen. Keiner der Mitarbeiter sagt etwas, sie starren uns nur nach, vermutlich froh darüber, dass wir wieder verschwinden.

Und dann ist es soweit. Die Bodyguards chauffieren mich bis vor das Hotel.

»Aussteigen«, befiehlt einer.

Tief atme ich durch und trete auf den Gehweg. Mein Blick gleitet die gläserne Fassade hinauf. Das ist ein ungewöhnliches Gebäude für diesen Teil Siziliens, gerade deswegen sticht es mit seiner Eleganz heraus. Während meines Aufenthaltes hier habe ich immer nur in billigen Absteigen gewohnt, aber selbst die waren besser als so manches Hotel in Nashville. Wie müssen erst die Zimmer des *Bicchieri* aussehen?

Ich bin so fokussiert auf das Äußere des Gebäudes, dass ich nicht auf den Weg vor mir achte und direkt in jemanden hineinlaufe.

»Oh, sorry!«

Der Kleine stolpert in mich hinein, krallt sich an meinem Hemd fest und sieht mit hübschen blauen Augen zu mir auf.

Oh, hallo.

Auf meinen Lippen breitet sich ein Lächeln aus, automatisch greife ich nach seinen Unterarmen und halte ihn fest.

»Kein Problem, *Bello mio.*«

Ein Strahlen erscheint auf seinen Zügen. Fuck, der Kleine ist genau mein Typ. Alles an ihm strahlt Unschuld aus, von seinem markanten Gesicht bis zu seinen klaren, hellen

Augen, die im Kontrast zu seinen schwarzen, verwuschelten Haaren stehen.

»Tut mir leid, ehrlich«, erwidert er auf Englisch. »Ich bin Luca. Kann ich dich als Entschuldigung auf einen Kaffee einladen?«

Bitte, ja. Und auf einen Quickie auf der Toilette.

Er beißt sich auf die Unterlippe und sieht mit einem Augenaufschlag zu mir auf. Er zieht ja alle Register. Wenn de Lucas Bodyguards mich nicht bewachen würden …

Mein Blick fällt auf seinen Nacken, an die Stelle, wo sein Shirt ein Stück verrutscht ist. Ein verschnörkeltes R ist auf seine Haut tätowiert. Na super. Er ist einer von Ricardos Jungs.

Eilig lasse ich ihn los und trete zurück. Ricardo ist bekannt dafür, den teuersten und besten Nuttenservice auf Sizilien zu haben. Sowohl Frauen als auch Männer hat er im Angebot. Ganz sicher ist dieses hübsche Exemplar nicht hier, um neue Kundschaft aufzugabeln. Das hat Ricardo nicht nötig, vermutlich hat er hier gleich einen Termin mit einem Kunden. Es ehrt mich, dass er mit mir flirtet, aber ich befürchte, sein Chef wäre alles andere als begeistert darüber.

»Sorry, Kleiner, ich muss los«, weiche ich aus und schiebe ihn ein Stück weg von mir.

Enttäuschung spiegelt sich in seinen Augen wider, sein Mund formt ein »Oh.«. Er ist echt ein Naturtalent, das muss man ihm lassen.

Kopfschüttelnd lasse ich ihn hinter mir und betrete die großen Eingangshallen des *Bicchieri*. *Konzentration, Mace. Du bist hier, um einen Job zu erledigen, nicht um süße Stricher um den Finger zu wickeln.*

Zimmer Nr. 707. Diese Info ist an de Luca durchgesickert. Ich muss nur unbemerkt die Eingangshalle durchqueren, mit dem Fahrstuhl in den siebten Stock kommen, an Marinos Zimmertür klopfen und dann ... na ja. Keine Ahnung. Den Rest muss ich improvisieren. De Luca hat mir keine Zeit gelassen, einen richtigen Plan zu fassen. Die Tage, an denen Domenic Marino in diesem Hotel nächtigt, sind begrenzt und de Luca ist es sowieso scheißegal, was mit mir passiert. Mein Tod wäre nur ein Schulterzucken wert.

Niemand hält mich auf, als ich den silbernen Fahrstuhl betrete, die anderen Leute machen mir Platz und ich drücke den Knopf für den siebten Stock. Schweiß rinnt meinen Nacken hinab, als ich die Hände vor dem Körper verschränke und auf die sich schließenden Türen starre.

Nach Sizilien zu kommen war ein Fehler. Aber in Nashville bin ich genauso unwillkommen. Sollte ich auch nur einen Schritt auf Nashviller Straßen machen, bin ich tot. Ich mache mir wohl überall Freunde.

Die Anzeige des Fahrstuhls springt von sechs auf sieben, wir halten an und die Türen öffnen sich. Ich will nicht aussteigen, aber noch weniger will ich ein Feigling sein, deswegen gebe ich mir einen Ruck und trete in den Flur.

Zimmer 707. Ich folge den Beschilderungen und biege in den Flur ein. Hier gibt es nur eine einzige Tür, vermutlich erwartet mich hinter dieser ein riesiges Penthouse, doch soweit werde ich niemals kommen.

Zwei Bodyguards bewachen den Eingang, sie beide tragen Anzüge und sicher auch einen Haufen Waffen. Ich will auf dem Absatz kehrtmachen und wieder verschwinden, aber da ist es schon zu spät.

»He, du!«

Stocksteif bleibe ich stehen und sehe dem Riesen entgegen, der mit gerunzelter Stirn auf mich zukommt. Das Hemd spannt sich um seine breite Brust und lässt die Knöpfe fast sprengen. Eine seiner Hände wandert zu seinem Hosenbund und ich entdecke dort den Kolben einer Waffe.

»Besuch für Marino?«, fragt er mich schroff.

In meinem Hirn rattert es und spontan entscheide ich mich für die Wahrheit.

»Ja, genau.«

Abschätzig streift sein Blick mich von oben bis unten. Dann nickt er. »Komm rein, Junge. Mach Platz, Resco.«

Resco zieht eine Karte durch den Öffner und hält mir die Tür auf. Mit einem dreckigen Grinsen mustert er mich. »Viel Spaß.«

Was zur Hölle passiert hier? Ist das eine Falle? Hat Marino Wind davon bekommen, dass ich in de Lucas Namen komme und wird mich gleich abstechen?

Mir bleibt keine andere Wahl, als das Penthouse zu betreten. Die Tür schließt sich hinter mir und dann ist da nichts als Stille.

Leise stoße ich den Atem aus und betrachte den Raum vor mir. Ein großes Bett, ein Kleiderschrank, ein kleiner Tisch mit einer Obstschale darauf. An der Wand hängt ein Flachbildfernseher und ein Durchgang führt in den nächsten Raum, vermutlich eine Art Wohnzimmer.

Ich bin allein hier, aber das Zimmer sieht bewohnt aus. Die Kleiderstangen des Schrankes sind mit Anzügen gefüllt, die Bettwäsche ist zerwühlt, eine Flasche Wein steht in einem Kübel auf dem Tisch. Wo zur Hölle ist Marino?

Gerade als ich den Gedanken zu Ende bringe, öffnet sich die Tür neben dem Bett und ein Mann tritt heraus. Innerlich zucke ich zusammen, mache einen Schritt zurück und starre direkt in Domenic Marinos Gesicht.

Er trägt einen schlichten schwarzen Anzug, die Krawatte hängt ihm über den Schultern, das Hemd ist bis zur Hälfte geöffnet und offenbart eine muskulöse, braungebrannte Brust.

Sein stechender Blick aus dunkelgrünen Augen scannt mein Gesicht. Ich habe von Domenic Marino gehört, kenne genug Bilder von ihm, weiß, wie gefährlich er ist. Aber seine düstere Ausstrahlung macht mich trotzdem einen Moment sprachlos.

»Luca?«, fragt er.

Mein Mund öffnet sich, um zu verneinen, doch ich entscheide mich schnell um. Nein, heilige Scheiße, er meint nicht *de Luca*, sondern Luca. Luca, Ricardos Stricher, dem ich eben vor dem Hotel begegnet bin.

»Ja«, beeile ich mich zu sagen und schlucke trocken. »Hi.«

»Du bist zu früh.« Marinos dunkle Stimme ist ganz ruhig.

Okay, okay. Lageanalyse: Offenbar hat Marino sich einen Prostituierten aufs Zimmer bestellt und denkt nun, dass dieser vor ihm steht. Das ist ... gut. Zumindest weiß er nicht, dass ich für Emilio arbeite, und er hält mich nicht für einen Eindringling, den er sofort ausschaltet. Aber es ist nur solange von Vorteil, bis der *echte* Luca hochkommt und mein Schwindel auffällt.

»Ja, sorry«, sage ich eilig und versuche, einen möglichst unschuldigen Blick aufzulegen. Gelingt mir nicht wirklich. Marino zieht die Brauen zusammen. Er scannt mich einmal von oben bis unten.

»Und du gehst noch als Twink durch?«

Scheiße, nein, ich *ficke* Twinks, bin jedoch sicher keiner. Klar, Marino ist einen Kopf größer als ich, doch ich kann sicher mehr Gewichte stemmen als er.

Aber ich bin nicht lebensmüde, ihm das zu sagen, weshalb ich mich zusammenreiße. »Ja. Ich meine ... Ja.«

Wie hat der echte Luca das nochmal gemacht? Sich auf die Lippe beißen, verschüchtert wegsehen, dann ein unschuldiger Augenaufschlag. Ich komme mir so dermaßen dumm dabei vor, dass ich gelacht hätte, wenn ich nicht so unter Storm stände.

Mein Herzschlag dröhnt fast schon schmerzhaft in meinen Ohren, als Domenic das Kinn anhebt und mich abschätzig betrachtet. Zwischen uns sind immer noch einige Meter Abstand, aber es fühlt sich nicht mehr so an. Es fühlt sich an, als stünde er direkt vor mir und würde mich berühren, so intensiv ist seine Musterung.

Langsam hebt er eine Hand und öffnet die Manschettenknöpfe, dann den Verschluss seiner Rolex und legt sie auf den Nachttisch neben sich. Ich versuche, mir nichts anmerken zu lassen, kann aber nicht verhindern, dass mein Blick daran hängen bleibt. Das ist es. Diese Uhr sollte ich de Luca besorgen und nun liegt sie verführerisch wenige Meter von mir entfernt. So nah. So fern.

Marino öffnet zwei weitere Knöpfe seins Hemdes und kommt auf mich zu. Es kostet mich alle Willenskraft, nicht instinktiv zurückzuweichen, sondern darauf zu warten, dass er mich erreicht.

Jetzt steht er unmittelbar vor mir. Er hebt die Hand und fährt mit den Fingern durch meine Haare, packt fester zu und zieht meinen Kopf in den Nacken. Unsere Blicke begegnen sich, ich schlucke. Etwas in seinen Augen verändert sich, die Härte weicht etwas Sanfterem.

»Geh auf die Knie. Blas mir einen«, befiehlt er mit rauer Stimme.

Blasen. Ihm. Auf den Knien.

Für zwei Sekunden will ich ihm eine verpassen und meine Chance nutzen, mir die Uhr zu schnappen und abzuhauen. Aber das ist dumm. In spätestens fünf Sekunden hätten die beiden Bodyguards vor der Tür mich geschnappt und mir einen Kopfschuss verpasst.

Mir bleibt keine Wahl, als seinem Befehl tatsächlich Folge zu leisten und mich vor ihn zu knien. Ich habe Männern schon Blowjobs gegeben, ja. Aber dabei war ich niemals auf den Knien und es lief nach *meinen* Regeln.

Ich kann das. Marino ist nicht unbedingt mein Beuteschema, aber wenn ich das außer Acht lasse …

Er packt seinen harten Schwanz aus und meine Gedankengänge stoppen. Okay, darauf kann ich mich konzentrieren. Er hat einen schönen Schwanz, nahezu perfekt. Feine Äderchen überziehen ihn, die Eichel glänzt verführerisch, er ist glatt rasiert. Ich lecke mir über die Lippen und blinzle zu ihm auf.

Marino behält mich ganz genau im Blick. Er legt eine Hand an meine Wange und drückt mit dem Daumen gegen meinen Kiefer, damit ich den Mund öffne. Ich muss nur gedanklich in Stimmung kommen und dann …

Nein, Marino hat andere Pläne. Ohne Vorwarnung schiebt er sich zwischen meine Lippen, ich öffne automatisch den Mund weiter, aber er ist groß und noch lange nicht fertig damit, mich auszufüllen. Er stößt bis in meine

Kehle, woraufhin ich würgen muss und den Kopf reflexartig zurückziehe. Ich huste und wende mich ab, Tränen schießen mir in die Augen.

Das war ... kein guter erster Versuch.

Offenbar denkt Dom dasselbe, denn er flucht auf Italienisch und tritt zurück.

»Warum kommst du überhaupt her, wenn du nicht einmal einen Schwanz in den Mund nehmen kannst, *Cretino*?!«

»Sorry, ich ...«

Er lässt mich zum Glück nicht ausreden, wendet sich abrupt ab und schließt seine Hose wieder. Offenbar bekomme ich keine zweite Chance. »Verschwinde, und sag Ricardo, dass er mir nächstes Mal jemand besseren schicken soll, sonst statte ich seinem Club mal einen Besuch ab.«

Adrenalin peitscht durch meinen Kreislauf, Domenic hat mir den Rücken zugekehrt und die Uhr ist unmittelbar vor meiner Nase. Marino stapft ins Badezimmer, lässt die Tür offenstehen, Wasser rauscht, als er sich offenbar die Hände wäscht.

Eilig springe ich auf die Füße, mache einen Satz vor und greife nach der Uhr. Sie verschwindet in meiner Hosentasche, ehe ich zur Tür hechte und sie aufreiße. Beide Männer sehen mir verblüfft entgegen.

»Dom?«, fragt einer der Bodyguards.

»Lasst ihn raus!«, kommt die unzufriedene Antwort aus dem Badezimmer.

Das muss er mir nicht zweimal sagen. Mit immer noch klopfendem Herzen lasse ich das Hotel hinter mir, stoße auf dem Weg nach unten fast mit Luca zusammen. Er grinst mich an und sagt etwas, doch seine Worte gehen in dem Rauschen meines Blutes unter. Bloß weg hier.

Das war viel leichter, als ich gedacht habe.

2. MASON

Domenic Marino wird mich früher oder später finden. Das steht außer Frage.

Das ist der Grund, warum ich mich am nächsten Tag auf den Weg zum Flughafen mache. Egal wohin, bloß raus aus Sizilien. Hier bin ich nicht sicher. De Luca wird mich nicht beschützen, auch wenn er das großspurig angekündigt hat. Nein, auf sein Wort verlasse ich mich nicht.

Meine Schultern entspannen sich allmählich, als ich in dem Trubel des Flughafens untergehe. Ich versinke in der Menschenmenge und folge der Beschilderung zum Ticketschalter. Es war mir zu riskant, bereits im Vorfeld etwas zu buchen, da mein Name sonst auf der Flugliste aufgetaucht wäre. Jetzt werde ich spontan schauen, in welches Land es als Nächstes geht. Vielleicht nach Spanien. Irgendwo hin, wo ich Geld verdienen kann, ohne gleich meine Seele verkaufen zu müssen wie auf Sizilien.

Ein Typ rempelt mich so heftig an, dass mir fast die Reisetasche von den Schultern gerutscht wäre.

»Pass doch auf«, schnauze ich ihn an, er läuft an mir vorbei, hält inne und hebt den Blick.

Mein Herz setzt einen Schlag aus, als ich in dunkelgrüne Augen sehe.

Domenic Marino blickt mir entgegen, auf den Lippen ein verdammt scharfes, gefährliches Lächeln. Ich stolpere zurück und stoße mit dem Rücken gegen einen weiteren Mann. Der Lauf einer Knarre drückt in mein Fleisch.

»Mitkommen.«

Der stickige Sack wird mir vom Kopf gezogen und ich inhaliere die frische Luft in meine Lungen. Helligkeit dringt in meine Augen und lässt mich blinzeln, ich brauche einige Herzschläge lang, bis die Konturen wieder scharf werden.

Ich sitze auf einem ungemütlichen Holzstuhl, meine Hände sind vor dem Körper in Handschellen gelegt und meine Seite pocht höllisch vor Schmerzen. Irgendjemand hat mir auf dem Weg hierher einen heftigen Tritt in die Rippen verpasst.

Keuchend fixiere ich Marino, der nur wenige Meter von mir entfernt steht und etwas in seinen Händen mustert. Er trägt einen schwarzen Anzug mit einem blütenweißen Hemd und roter Krawatte. Seine Finger sind von Lederhandschuhen bedeckt.

Wo bin ich? Ich habe mein Zeitgefühl verloren, mir kommt es vor, als ob wir eine

Ewigkeit umher gefahren sind. Nun sind wir in einem Keller, kein Fenster, kein Tageslicht, nur die kahlen Wände und der Stuhl, auf den ich bugsiert wurde. Links und rechts von Marino stehen zwei seiner Bodyguards, sie starren mit ernster Miene an mir vorbei.

»Mason Roberts, vierundzwanzig Jahre alt, in Nashville geboren«, liest Domenic aus meinem Pass vor. Seine dunkle Stimme hallt wie ein Echo wider und jagt mir eine unangenehme Gänsehaut über den Rücken.

Er hebt den Blick und wir sehen uns an. Eine seiner Augenbrauen wandert in die Höhe.

»Du hast etwas, das mir gehört.«

»Unwiderstehlichen Charme?«

Einer der Bodyguards tritt an Domenic vorbei, direkt auf mich zu. Meine Augen weiten sich, ich versuche noch, mit dem Stuhl zurückzurutschen, aber zu spät. Er hat mir schon einen Kinnhaken verpasst.

Autsch. Das brennt.

»Willst du weiterhin so frech sein?«, fragt er mich grob. Ich erkenne ihn wieder – *Resco*.

Ich blinzle mehrmals und bewege meinen Kiefer, um zu testen, ob er noch funktioniert. Der Hieb hat zwar wehgetan, aber zumindest keinen Schaden angerichtet.

Domenic schlägt meinen Pass zu und schiebt ihn in die Innentasche seines Jacketts. Mir entgeht dabei nicht, dass er zwei Waffen am Körper trägt.

»Okay, okay, es tut mir leid«, rudere ich zurück und senke den Blick. »Ich weiß, ich hätte nicht so tun sollen, als wäre ich dein bestellter Stripper. Es ist nur ... ich bin so ein großer Fan von dir, Domenic. Ich wollte so gerne deinen Schwanz lutschen.«

Erneut ein Schlag seitens Resco, danach ein Tritt, der mich vom Stuhl auf den Boden befördert. Meine Rippen schreien protestierend und der weitere Tritt in den Magen drückt mir die Luft aus den Lungen. Resco packt meinen Schopf und schlägt meinen Kopf gegen den harten Beton. Sterne tanzen vor meinen Augen, ich ringe nach Atem und unterdrücke die aufsteigende Übelkeit. Meine Hände sind in einem schmerzhaften Winkel zwischen dem Boden und meinem Körper eingeklemmt, viel schlimmer ist aber der plötzliche stechende Kopfschmerz.

Der Bodyguard zwingt mich, mich auf den Knien aufzurichten, stellt sich dann hinter mich und umfasst meinen Nacken. Keuchend starre ich zu Marino auf, der das Ganze ruhig beobachtet hat.

Warmes Blut rinnt von meiner Schläfe hinab und kitzelt meine Wange. Domenic tritt näher an mich heran, zieht sich den rechten

Lederhandschuh aus und wischt mir mit dem Daumen die feuchte Spur von der Wange. Ich zucke zurück, zumindest habe ich das vor, doch Resco hält mich eisern fest.

»Für wen arbeitest du?«, fragt Domenic mich ruhig.

»Ich habe gehofft, für dich arbeiten zu können«, keuche ich. »Aber dann hast du mir den Schwanz in den Mund geschoben und ich habe die Idee wieder verworfen. Sexuelle Belästigung gleich am ersten Tag? Schlechte Arbeitsbedingungen, würde ich sagen.«

»Du hältst dich wohl für ganz lustig, he?«, faucht Resco. »Das wird dir in fünf Sekunden vergehen, *Bastardo*.«

Innerlich bereite ich mich auf eine nächste Runde vor, aber zu meiner Überraschung hebt Domenic die Hand und Resco hält inne.

»Lasst uns allein«, befiehlt er seinen Männern.

Die Bodyguards zögern keine Sekunde, sie ziehen sich zurück und verschwinden. Die Tür klickt, in der Stille ist nur noch mein schweres Atmen zu hören.

»Aufstehen, Mason«, sagt Domenic. Sein Blick liegt ganz ruhig auf mir, alles an ihm strahlt pure Überlegenheit aus.

Meine Rippen protestieren, mein Kopf pocht dumpf, aber ich werde ihm nicht die

Genugtuung geben, vor ihm zusammenzuklappen. Mühsam kämpfe ich mich auf die Beine und stelle mich aufrecht hin.

Domenic reagiert blitzschnell. Er prescht vor und drückt meinen Rücken gegen die nächste Wand. Hart treffe ich auf den Beton und keuche überrascht. Er beugt sich herunter, sein Atem trifft heiß meine Haut.

»Du machst mich verdammt sauer, kleiner Junge«, knurrt er. Wow, okay, er hat seine Verärgerung bisher gut unter Kontrolle gehalten. Kein Wunder, dass alle sich vor Domenic Marino fürchten, *Jesus Christ*.

»Du kommst in mein Zimmer, versaust mir meinen Tag und lässt meine Uhr mitgehen. Was glaubst du, wer du bist?«

»Ich kann ... das wieder gut machen«, keuche ich. Sein Arm drückt genau im schmerzhaftesten Winkel gegen meine Rippen und lässt mich kaum klar denken. Bei meinen Worten lockert sich sein Griff ein klein wenig, sein Blick findet meinen.

»Und wie willst du das tun, *Micino*?«

Micino. Kätzchen. So ein Wichser.

»Du willst Sex?« Trotz meiner Schmerzen setze ich ein Grinsen auf. »Kein Problem. Ich ficke dich so gut, wie es noch kein anderer getan hat.«

Ich weiß, dass ich ihn damit noch rasender mache und seinen Geduldsfaden reißen lasse. Aber ich werde sicher nicht vor ihm zu Kreuze kriechen, das habe ich nie getan.

Domenic lässt mich spüren, was er von meinem Vorschlag hält. Er tritt zurück, greift nach meinen Handschellen und schleudert mich zum anderen Ende des Raumes. Ich stolpere, versuche, mich zu fangen, doch erst eine Wand in meinem Rücken bremst meinen Fall. Einen tiefen Atemzug nehmend stoße ich mich ab und gehe auf Konfrontation, statt mich nur rumschubsen zu lassen.

Ich bücke mich unter Marinos Schlag weg und ramme ihm meine Schulter in den Magen. Er weicht mehrere Schritte zurück, ein Tritt meinerseits folgt, dann spüre ich seine Fäuste, zwei Hiebe, die mir fast die Lichter auspusten. Ich schmecke Blut. Aber ich bin noch lange nicht bereit, aufzugeben.

Domenic kommt auf mich zu, ich angle den Holzstuhl mit einem Fuß und trete ihn in seine Richtung. Zu meiner Genugtuung gerät er kurz ins Straucheln, fängt sich jedoch schnell wieder. Ich weiche den nächsten Schlägen aus, werde dabei aber immer weiter zur Wand gedrängt. Schließlich drückt sich Marino mit seinem ganzen Körpergewicht gegen mich, greift nach meinen Handschellen und reißt meine Hände hoch.

Ich stoße ihm mein Knie in die Eier, er keucht überrascht, es klickt und ... Fuck! Was soll das? Perplex sehe ich über mich. In der Wand ist ein Karabiner eingelassen, an dem nun meine Handschellen befestigt sind. Scheiße!

Domenic läuft zum anderen Ende des Raumes, er greift nach einer rostigen Brechstange und kommt auf mich zu. Ich halte den Atem an und kneife die Augen zusammen, glaube, dass er mir damit irgendetwas brechen wird. Aber er drückt mir die Stange nur gegen den Hals und schnürt mir die Luft ab.

»Für wen arbeitest du?«, fragt er düster.

»Für niemanden«, röchle ich. »Deine Uhr ... ist bei ...«

Er lockert den Griff etwas und sieht mich erwartungsvoll an.

Es ist vorbei. So oder so.

»De Luca«, vollende ich meinen Satz, warte darauf, dass er nun die Brechstange schwingen wird, um mir endgültig den Schädel einzuschlagen.

Doch zu meiner Überraschung tut er das nicht, sondern lässt den Arm sinken.

»Guter Junge.«

Guter ... was?!

Unzufrieden kneife ich die Augen zusammen, bäume mich auf, in der Hoffnung, den Karabiner aus der Wand reißen zu können. Unmöglich, vor allem in meinem Zustand.

»Was hast du mit mir vor?«, keuche ich. »Bringst du mich jetzt um?«

Ein gefährliches Lächeln umspielt seine Mundwinkel. »Nein. Nicht, bevor ich dich gefickt habe, *Micino*. Ich mag es nicht, wenn mir etwas verwehrt wird.«

Er umfasst die Brechstange mit beiden Händen und kommt mir näher, erneut drückt die Stange gegen meinen Hals. Ich lege den Kopf weiter in den Nacken und schlucke trocken. »Du hast dich mit den falschen Leuten angelegt, Mason Roberts. Ich zeige dir, wie wir die Dinge hier auf Sizilien regeln. Du wirst dir noch wünschen, dass ich dich heute umgebracht hätte.«

Der Kleine ist dabei, meine ganze Einrichtung zu zerstören. Tatsächlich wie ein unerzogenes Kätzchen, das die Vorhänge und das Ledersofa zerkratzt. Nur benutzt Mason dafür nicht seine Krallen, sondern die Glassplitter des Spiegels.

Amüsiert beobachte ich ihn durch die Kamera, lasse den Wein in meinem Glas hin- und herschwenken, ehe ich einen Schluck davon nehme.

»Was tun wir jetzt mit ihm?«, fragt Resco. Er sitzt mir gegenüber, den Rücken ungeduldig durchgestreckt, die Hände ineinander verschränkt.

»Spielen«, beantworte ich seine Frage und konzentriere mich wieder auf den kleinen Bildschirm. Ich habe ihn in die Villa mitgenommen und ihm eines der Gästezimmer mit angrenzendem Badezimmer überlassen. Resco hat nicht verstanden, warum ich ihn nicht habe fesseln und knebeln lassen, aber ich genieße die kleine Show, die er mir nun bietet.

»Er entspricht doch gar nicht deinem üblichen Beuteschema«, wirft Resco genervt ein.

In der Tat nicht.

Aber Mason Roberts besitzt dieses störrische Funkeln in den Augen, das ich nur allzu gerne auslöschen würde.

»Schneiden wir ihm die Kehle durch und legen ihn vor de Lucas Haustür«, schlägt mein Bodyguard vor.

»Nein.« De Luca wird dafür bezahlen, aber dieser Zeitpunkt ist noch nicht gekommen. Zuerst will ich meinen Spaß haben.

»Soll ich dir wieder einen von Ricardos Jungs schicken? Scheint, als müsstest du etwas Druck abbauen«, meint Resco spöttisch.

»Ich werde meinem Gast einen Besuch abstatten«, sage ich, ohne auf seine Worte einzugehen. Rescos tiefes Seufzen begleitet mich, als ich den Raum verlasse und die Treppe nach unten nehme.

Masons Zimmer ist mit einem Fingerabdruckscanner und einem Code versehen. Nur Alessio und ich habe darauf Zugriff. Mit einem leisen Piepen öffnen sich die Türen und ich trete hinein. Der Kleine steht mir gegenüber am vergitterten Fenster, die Gardinenstange hängt schief. Er umfasst die Scherbe in seiner Hand fester und kneift die Augen zusammen.

Die Tür fällt hinter mir ins Schloss und ich nehme mir Zeit, das Chaos aus der Nähe zu betrachten.

Immer noch trägt er das weiße Hemd, mittlerweile ist es nicht nur durchgeschwitzt, sondern auch mit Blut und Dreck beschmutzt. Seine braunen Haare liegen unfrisiert auf seinem Kopf, die Spitzen sind so lang, dass sie ihm in die Augen fallen. Und dann ist da dieser brennende, hasserfüllte Blick in meine Richtung.

»Spar dir die Mühe«, meine ich leichthin. »Es haben schon mächtigere Männer als du versucht, mich umzubringen. Sie alle sind gescheitert.«

Mason lässt die Hand sinken, hält die Scherbe jedoch weiterhin fest umklammert. Ich habe nicht durchdacht, dass der Spiegel im Schlafzimmer eine potentielle Waffe darstellt. Aber ich habe keine Angst vor ihm. Er ist nur ein dummer Junge mit einem selbstzerstörerischen Hang zum Heroismus.

»Was willst du von mir?«, fragt er. Sein Atem geht etwas rasselnd. Vermutlich hat Resco ihm mehrere Rippen gebrochen, außerdem ist sein linkes Auge leicht geschwollen. Das geht auf meine Kappe.

»Willst du sterben oder leben?«, frage ich ihn geradeheraus.

Wütende, funkelnde Augen sehen mir entgegen, er reckt stolz das Kinn, aber im Endeffekt gibt es nur eine Antwort darauf.

»Leben«, wispert er.

»Gut. Dafür musst du nur ein paar simple Regeln befolgen.«

Selbst aus der Entfernung kann ich sehen, wie er schluckt.

»Du bist ab sofort mein Eigentum«, teile ich ihm mit. »Du wirst die Mahlzeiten mit mir gemeinsam einnehmen. Frühstück und Abendessen. Du wirst dich benehmen und all meinen Befehlen Folge leisten. Klar soweit?«

»Dein Eigentum.« Er spuckt mir die Worte förmlich entgegen. »Muss ich dir nochmal einen blasen, oder was zum Teufel willst du von mir?«

»Oh, du wirst meinen Schwanz in den Mund nehmen.« Böse lächle ich ihn an. »Zumindest wirst du es wollen. Aber dann, *Micino*, werde ich es dir verwehren.«

Trocken lacht Mason auf. »Träum weiter.«

Wir werden sehen.

»Mach ruhig weiter.« Ich deute mit einem Kopfnicken auf seine Hand, mit der er die Scherbe umfasst. »Sehr unterhaltsam. Bis zum Abendessen, Mason.«

4 . MASON

Fuck.

Ich bin sowas vom am Arsch. Dieses Mal richtig.

»Geh duschen. Zieh dich um. Dom erwartet dich in einer halben Stunde zum Abendessen.«

Der Typ mit dem grimmigen Blick schmeißt mir einen Stapel Klamotten auf das Bett. Ich sehe zuerst auf meine Hände, die von den Glasscherben ganz zerkratzt sind, dann zu dem hochgewachsenen Mann, der soeben in mein Zimmer stolziert ist.

Ihn habe ich vorher noch nicht gesehen. Er ist groß, aber eher drahtig, nicht so muskulös wie Marinos Bodyguards. Dennoch strahlt er eine gewisse Autorität aus, seine kühle Präsenz allein reicht aus, um mir die Gedanken, es auf einen Kampf mit ihm ankommen zu lassen, zu verkneifen.

»Okay«, sage ich deshalb nur. Ich bin müde, verdammt. Den ganzen Tag habe ich dieses dämliche Zimmer verwüstet, was mir rein gar nichts gebracht hat, und nun habe ich keine Lust mehr, zu kämpfen. Ich spare mir meine Kräfte lieber für das Aufeinandertreffen mit Domenic.

»Du kannst mich Alessio nennen.«

Verwundert sehe ich zu ihm auf. Der kalte Blick des Fremden ruht nach wie vor auf mir.

»Wenn ich dir einen Tipp geben darf, Kleiner: Umso weniger du dich wehrst, desto eher verliert er das Interesse.«

Mein Mund öffnet sich zu einer Erwiderung, aber er wartet nicht darauf, sondern dreht sich um und verschwindet aus dem Zimmer. Meine Wut kehrt zurück. Mir scheißegal, was Domenic Marino von mir will. Klein beigeben werde ich sicher nicht.

Ich nutze die Zeit für eine ausgiebige Dusche und inspiziere dann die Klamotten, die offenbar Domenic für mich herausgesucht hat.

»Das ist doch nicht sein Ernst«, knurre ich. Die Jeans ist so eng, dass ich da niemals reinpassen werde und das weiße T-Shirt wurde mit einem schwarzen Filzstift *verschönert*.

Eigentum von Dom Marino.

»Wichser«, murmle ich vor mich hin und zerknülle den Stoff in meinen Händen. Was nun? Soll ich nackt zum Abendessen gehen? Ich habe nicht einmal Unterwäsche von ihm bekommen.

Ich schlucke meinen Stolz herunter und zwänge mich in die Klamotten. *Jesus Christ.* Wie soll man sich in solch engen Jeans überhaupt bewegen? Aber noch mehr stört mich das blöde T-Shirt. Nein. So werde ich definitiv nicht rausgehen. Ich ziehe das dämliche Teil wieder aus und breite es auf dem Bett aus. Zwar habe ich kein Stift zur Verfügung, doch mein Blut tut es auch.

Ich schnappe mir eine der Scherben und ritze mir den Unterarm auf. Es dauert ein bisschen, aber schließlich habe ich den Satz mit roter Farbe durchgestrichen. So. Perfekt. Kurz lasse ich es antrocknen, dann streife ich das Shirt wieder über. Gerne würde ich mich im Spiegel ansehen, aber das fällt aus, da ich ihn zerstört habe.

Meine Zimmertür öffnet sich nach wenigen Minuten erneut und Alessio steht vor mir. Seine Augen gleiten über mich, seine Mundwinkel zucken. »Scheint, als hättest du nicht vor, meinen Rat zu beherzigen.«

»Ich weiß nicht, wovon du redest«, sage ich unschuldig.

»Komm mit. Lassen wir den Herrn des Hauses nicht länger warten.«

Alessio scheint keine Angst vor mir zu haben, zumindest kehrt er mir den Rücken zu und legt mir keine Handschellen an, sondern erwartet einfach, dass ich ihm folge. Nur an seinen angespannten Schultern sehe ich, dass er jederzeit bereit wäre, einen Angriff abzublocken.

Zögerlich blicke ich mich in dem Haus um, als Alessio mich durch den langen Flur zu einer Treppe führt. Nein, kein Haus, eher eine Villa. Alles ist im modernen Sandstein, an den Wänden hängen Gemälde, die sicher mehr wert sind als meine damalige Wohnung in Nashville.

Am Ende der Treppe führt ein Durchgang nach links, dessen Tür verschlossen und mit Sicherheitscode versehen ist. Wir schlagen den offenen Weg nach rechts ein und kommen in eine Art Wohnbereich. Hier ist die ganze Fassade gläsern, ich erhasche einen Blick auf einen Außenpool und weiter hinten kann man sogar das Meer glitzern sehen, hinter dem die Sonne langsam untergeht. Außerdem entgeht mir nicht, dass es einen Aufzug gibt, mit dem man entweder in eine Tiefgarage oder aber zu einem höheren Stockwerk gefahren wird.

»Nicht trödeln«, weist Alessio schroff an.

Ich habe gar nicht gemerkt, dass mein Schritt langsamer geworden ist. Alessio sieht mir ungeduldig entgegen und lässt mir den Vortritt, bevor er eine Hand auf meine Schulter legt und mich nach vorne schiebt.

Wir passieren den Wohnbereich und kommen in einen weiteren Raum. Hier bestehen die Wände nicht aus Glas, es gibt aber große Fenster, die einen weitläufigen Blick auf das Meer geben. In der Mitte steht ein langer Tisch, der eher einer Tafel gleicht. Im hinteren Teil stehen rote Samtsessel und kleine Tische, außerdem gibt es dort einen Kamin.

»Dein Besuch, Dom«, kündigt Alessio mich an und verpasst mir einen Stoß in den Raum hinein. Domenic sitzt am Tischende. Sein weißes Hemd ist mehrere Knöpfe offen, er hält ein Weinglas in der Hand und seine dunkelgrünen Augen scannen mich ab. Seine Mundwinkel kräuseln sich nach oben, als er beim T-Shirt ankommt. Langsam führt er das Glas zu den Lippen und nimmt einen Schluck, ohne den Blickkontakt zu mir zu unterbrechen.

»Er hat dich ausgespielt, Dom.«

Die weibliche Stimme lässt mich aufhorchen. Ich habe gar nicht gemerkt, dass wir nicht allein in dem Raum sind. Eine Blondine erhebt sich von einem der Sessel und kommt auf mich zu. Sie ist jung, sicher noch keine zwanzig Jahre alt, ihre langen Haare fallen ihr in Wellen über die Schultern, ihre Augen sind auffällig geschminkt.

»Das werden wir noch sehen«, meint Domenic gelassen.

»Ich bin Arianne«, stellt die Blondine sich vor. »Doms Schwester.«

Seine Schwester? Mir war nicht bekannt, dass er Geschwister hat.

»Mace«, stelle ich mich im Gegenzug vor und verschränke die Arme vor der Brust.

Domenic erhebt sich von seinem Platz und ich zucke aus Reflex zusammen. Doch er hat gar nicht vor, auf mich zuzukommen, sondern schiebt den Stuhl neben sich zurück.

»Setz dich, Mason.«

»Nein, danke. Ich bevorzuge es, zu stehen.«

»Muss ich dich erst zwingen, *Micino*?«

Arianne lacht spöttisch auf. »Süß. Er sieht nicht aus wie ein Kätzchen, Dom, eher wie eine Raubkatze. Ein Leopard. *Miauu.*« Sie macht eine Krallenbewegung in der Luft.

Domenic reagiert nicht auf seine Schwester, kommt stattdessen auf mich zu. Innerlich zucke ich zusammen und würde mich am liebsten klein machen, aber ich strecke den Rücken durch und warte, bis er mich erreicht hat.

Er greift in meinen Nacken, drückt fester zu und drängt mich in Richtung des Tisches. Ich stemme die Füße in den Boden und spanne die Muskeln an, doch keine Chance. Meine Verletzungen jaulen auf, besonders meine Rippen tun bei jeder Bewegung weh. Und Domenic ist nicht gerade sanft. Er schubst mich grob voran und als wir das Ende des Tisches erreichen, schleudert er den Stuhl weg und drückt meinen Oberkörper auf den Tisch.

Autsch. Mir entkommt ein schmerzvolles Ächzen.

Doms Hand liegt immer noch in meinem Nacken und fixiert mich auf dem Tisch, während er seinen Schritt provokant an meinem Hintern reibt.

»Vielleicht wärst du weniger störrisch, wenn ich *dich* zum Abendessen vernasche«, knurrt er mir zu.

»Ew, Dom, ich bin auch noch im Raum!«, ruft seine Schwester.

»Niemand hat dich gebeten, hier zu sein, Ari«, erwidert Dom ruhig, dann beugt er sich über mich, sein warmer Atem schlägt gegen meinen Hals. »Und, *Mace*? Was bevorzugst du jetzt?«

Die Schmerzen in meinem Oberkörper sind so heftig, dass ich kaum mehr klar denken kann. Und vor allem kann ich darauf nichts Sarkastisches mehr erwidern.

»Abendessen«, presse ich nur hervor.

»Sehr schön.«

Er lässt mich los und tritt zurück, ich richte mich mit einem Keuchen auf und funkle ihn wütend an. Er lächelt siegessicher und schiebt mir den Stuhl heran.

»Bitte, *Micino.*«

Er selbst setzt sich wieder an das Tischende neben mir. »Das Abendessen, bitte«, ruft er laut zu seinen Mitarbeitern, bevor er sich seiner Schwester zuwendet.

»Bleibst du?«

»Nope, ich bin auf eine Party eingeladen.«

»Bleib nicht zu lange weg.«

»Werden wir dann sehen.« Sie grinst ihren Bruder frech an und verschwindet mit schwingenden Hüften aus dem Raum.

Dom sieht ihr nach, bis die klackernden Schritte verhallt sind.

»Alessio, kümmere dich darum.«

»Ross und Lydia bleiben in ihrer Nähe. Alles sicher«, kommt es wie aus der Pistole geschossen zurück.

»Du lässt deine Schwester beschatten? Das ist ja eine gesunde Bruder-Schwester-Beziehung«, meine ich ironisch. Der stechende Schmerz hat ein wenig nachgelassen und gibt mir wieder Gelegenheit für klare Gedanken.

»Ich beschütze meine *Familia* um jeden Preis.« Seine Augen durchbohren mich geradezu. »Vor allen, die ihr schaden wollen.«

»Ich habe dir eine verdammte Uhr geklaut, ich wollte niemanden von deinen Leuten umbringen«, stoße ich aus.

»Du hast keine Ahnung, was du getan hast«, erwidert er scharf. Im nächsten Moment glätten sich seine Züge und er lehnt sich in seinem Stuhl zurück. Er greift nach dem Glas und trinkt einen Schluck. Scheint ihn nicht zu stören, dass mein Blick dabei unentwegt auf ihm ruht.

»Kriege ich auch Alkohol?«, frage ich nach einem Moment des Schweigens. Angetrunken ist diese ganze Farce hier bestimmt leichter zu ertragen. Und er betäubt den Schmerz hoffentlich.

Domenic hält mir sein Glas entgegen. Ich umfasse es, nehme ein Zipfel meines Shirts und wische damit um den Rand des Glases, bevor ich den Inhalt in einem Zug exe.

Domenic lacht befreit auf. »Oh, Kleiner, du wirst bald mehr Körperflüssigkeiten als nur meinen Speichel aufnehmen.«

»Nein, Danke. Aber ich hätte nichts dagegen, wenn du mir den Schwanz bläst.«

Er kneift die Augen zusammen, wirkt aber immer noch amüsiert. »Sei froh, dass das Essen kommt, sonst würde ich dir zeigen, was ich von diesem Vorschlag halte.«

»Was für ein Glück für dich.«

Sein intensiver Blick verrät mir, dass ich für diese Aussage später bezahlen werde. *Jesus*, warum kann ich auch nicht einmal meinen Mund halten? Alessio hatte vermutlich recht, ich sollte einfach tun, was er will, aber was dann? Verliert er das Interesse und lässt meinen toten Körper entsorgen? Außerdem liegt es nicht in meiner Natur, Befehle zu befolgen.

Zwei Angestellte betreten den Raum und stellen Essen vor uns ab. Die Pasta al forno duftet herrlich und lässt mir augenblicklich das Wasser im Mund zusammenlaufen. Mein Hunger war in den vergangenen Stunden das Letzte, das mich interessiert hat, nun kehrt er aber mit aller Heftigkeit zurück. Ich schlucke und sehe zweifelnd zu Dom, der sich bei den Köchinnen bedankt und sie um ein zweites Glas Wein bittet. Es kostet mich all meine Selbstkontrolle, nicht einfach sofort mit dem Essen loszulegen. Stattdessen lege ich die Hände neben dem Teller flach auf den Tisch und warte ab.

»Sprich das Tischgebet«, fordert Domenic mich auf.

»Ernsthaft?«

»Aber ja.«

Mit einem Seufzen falte ich die Hände ineinander, zögere und blicke nachdenklich gen Decke. Ich war nie besonders religiös, also habe ich keine Ahnung, wie das funktioniert.

»Lieber Gott im Himmel«, fange ich an. »Bitte segne unsere Mahlzeit und die fähigen Hände, die es zubereitet haben.« Ich lecke mir über die Lippen und schiele zu Dom, der den Kopf weiterhin gesenkt hält. »Bitte heile meine

Verletzungen und gib mir die nötige Kraft, um Domenic in den Hintern zu treten.« Nun hebt er leicht den Blick und wir sehen uns an. »Danke für das Geschenk der Waffen mit Schalldämpfer, für Messer mit gezackter Klinge und Schlagstöcke. Bitte sorg aber dafür, dass Dom nichts davon an mir austestet. Amen.«

Schweigen. Ich löse meine Hände und funkle ihn erwartungsvoll an.

»Amen«, schließt Domenic sich an und greift nach seinem Besteck, ohne auf mein *Gebet* einzugehen.

Das zumindest gibt mir den Startschuss, ebenfalls mit dem Essen zu beginnen.

Ich habe selten gesehen, dass jemand die Mahlzeiten meiner Köchinnen so verschlingt wie Mason. Es ist fast so, als habe er wochenlang nichts Gutes mehr zu essen bekommen.

Nachdem die Teller geleert sind, räume ich den Tisch ab und genehmige mir ein weiteres Glas Wein. Mason beobachtet mich die ganze Zeit argwöhnisch.

»Na los«, sage ich schließlich und erhebe mich. »Komm mit.«

Wir haben es nicht weit, müssen noch nicht einmal das Zimmer wechseln. Nun, wo Ari die Villa verlassen hat, muss ich mich nicht mehr zurückhalten. Wir können alles genau hier machen.

Mit einem Seufzen lasse ich mich auf einen der roten Sessel fallen, stelle die Beine weiter auseinander und lege die Arme auf den Lehnen ab. Mason ist wenige Meter vor mir stehen geblieben, sein Blick huscht unruhig hin und her.

Ich mache eine wegwerfende Handbewegung. »Zieh dich aus«, fordere ich ihn auf. »Ich will sehen, was unter den Klamotten liegt. *Was mir gehört.*«

Er kneift die Augen zusammen, sichtlich unzufrieden. Gott, es macht mich an, ihn wütend zu machen. Viel mehr, als ich jemals für möglich gehalten habe. Normalerweise stehe ich auf süße Twinks, die sich mir unterwerfen und tun, was ich von ihnen verlange. Mason Roberts ist ein ganz anderes Kaliber.

Unzufrieden verzieht er das Gesicht, greift nach dem Saum seines T-Shirts und streift es über den Kopf. Achtlos landet es auf dem Boden. Eigentlich habe ich gedacht, dass er die Klamotten nicht anzieht und einfach nackt zum Essen kommt. Er hat mich überrascht, aber mein Plan ist immer noch präsent.

Mehrere Tattoos zieren seinen Oberkörper. Ein Feuervogel auf seiner linken Brust, eine Rose etwas weiter unten, ein Schmetterling, Jahreszahlen, alles scheinbar willkürlich platziert. Und da sind die Blutergüsse, die sich teilweise schon lila verfärben, für die ich verantwortlich bin.

Er trainiert offensichtlich, seine Oberarme sind muskulös, auf seinem Bauch befindet sich ein hübsches Fourpack, das sich nun anspannt.

Mason verzieht das Gesicht, als er die Finger in die Schlaufen seiner Jeans verhakt.

»Hierbei musst du mir helfen. Die Hose ist verdammt eng.«

Eine Falle. Definitiv. Das war viel zu leicht. Ohne groß nachzudenken, erhebe ich mich und laufe auf ihn zu, den Blick fest auf ihn gerichtet. Jetzt bin ich ihm ganz nah und lege die Hände auf seinen Hintern, der von dieser Jeans perfekt betont wird. Tief atme ich durch, inhaliere seinen Geruch nach Duschgel und Blut. Genau so, wie ich es mag.

Mason streckt den Rücken durch. Er leckt sich über die Lippen und fasst an meinen Rücken. Meine Lider senken sich, ich verspüre eine irrationale Mischung aus Lust und Gefahr, die sich in meinem Inneren zusammenbraut.

Zwar spüre ich, wie Mason nach meiner Waffe greift, aber ich reagiere zu langsam. Im nächsten Moment hat er schon einen Satz zurück gemacht und zielt auf mich. Seine Hand zittert nicht, sein Blick ist ernst und stählern.

»Runter damit!« Alessio ist viel schneller als ich. Er hat im Gegenzug seine eigene Pistole gezückt und fixiert Mace, während sich auf meinem Gesicht ein Lächeln ausbreitet.

»Vorsicht, Ace«, warne ich und fixiere Mason. »Du wirst nicht auf mich schießen, *Micino*.«

»Nicht, wenn du mich gehen lässt«, sagt er mit fester Stimme. Er lässt sich von Alessio nicht aus der Ruhe bringen, sondern steht selbstbewusst und überlegen da, wie ein Gott.

»Glaubst du, du kannst fliehen, Kleiner?« Ich lache. »Du gehörst mir. Versuch ruhig, mir zu entkommen. Ich fange dich wieder ein.«

Mason macht eine unwirsche Kopfbewegung in Richtung Alessio. »Sag deinem Bodyguard, er soll seine Pistole weglegen und sich an die Wand stellen.«

»Sag es ihm doch selbst.«

Mason lässt den Lauf der Waffe leicht sinken, sein Finger zuckt am Abzug, doch Alessio ist schneller. Er wirft sich auf Mason, reißt ihn von den Füßen, beide stoßen gegen den Kamin. Mit hochgezogener Augenbraue betrachte ich das Szenario. Mason versucht, Alessio von sich zu schieben, wieder die Kontrolle zu erlangen, aber da hat er die Rechnung ohne meinen Bruder gemacht. Er entwaffnet ihn und verpasst ihm einen heftigen Kinnhaken.

»Es reicht«, entscheide ich und trete dazwischen. Wut blitzt in Alessios Augen auf, aber er zügelt sich schnell wieder, seine Züge entspannen sich und er tritt zurück. Mason ballt verärgert die Hände zu Fäusten und bewegt seinen Kiefer, der vermutlich höllisch wehtut.

»Geh«, weise ich Alessio an, wobei ich Mason fest im Blick behalte. Seine Brust hebt und senkt sich auffällig, er steht mit dem Rücken gegen den Kamin gepresst da und starrt mir entgegen.

Ich warte noch so lange, bis Alessios Schritte verklungen sind, dann umfasse ich Masons Schulter und zerre ihn ruckartig vor. Er keucht überrascht, wehrt sich, aber er ist zu langsam. Im nächsten Moment habe ich ihn schon mit dem Gesicht voran in einen der Sessel gedrückt, er stützt sich aus Reflex mit dem Knie auf der Sitzfläche ab, während ich seine Arme im Polizeigriff festhalte.

»Oh, sieh mal an«, sage ich. Nun habe ich einen perfekten Blick auf seinen Rücken, ebenfalls muskulös, ebenfalls tätowiert, ebenfalls mit Blutergüssen versehen. Aber vor allem das Tattoo zwischen seinen Schulterblättern erweckt meine Aufmerksamkeit. Es sieht frisch gestochen aus, die Ränder sind noch leicht rot verfärbt.

»*Hell Rising*«, lese ich vor. »Wie niedlich. Meinst du, du kannst damit irgendjemanden beeindrucken?«

Mit der freien Hand greife ich nach dem Springmesser in meiner Hosentasche und beuge mich ein Stück über ihn.

»Wollen wir das Tattoo doch ein wenig verschönern, hm?«

»Was tust du?«, fragt Mason zwischen zusammengepressten Zähnen heraus, seine Schultern spannen sich noch etwas mehr an.

»Da du die Botschaft auf deinem T-Shirt so gut angenommen hast, wirst du damit sicher kein Problem haben«, erkläre ich leichthin und setze die Spitze des Messers unterhalb seines frisch gestochenen Tattoos an.

»Hör auf!«, sagt er alarmiert, dann stöhnt er unterdrückt, da ich damit beginne, meine Initialen in seinen Rücken zu ritzen. *D.M.*

»In Zukunft soll jeder, der dich fickt, auch sehen, zu wem du gehörst, *Micino*«, sage ich, konzentriert darauf, gerade Linien zu ziehen.

»Fuck ... du ... Bastard!«, keucht Mason.

Ich bin fertig mit meinem Werk und lasse ihn los, trete bedächtig einen Schritt zurück und betrachte ihn zufrieden. Blut rinnt über seinen Rücken und obwohl ich ihn nicht mehr festhalte, rührt er sich nicht von der Stelle. Seine Muskeln zittern.

»So gefällt mir das schon besser.«

Mason fährt herum und stolpert vor mir zurück. Hass und Schmerz spiegeln sich in seinen Augen wider. Ich lächle ihn kühl an.

»Oh, Kleiner, wir werden noch viel Spaß zusammen haben.« Demonstrativ lecke ich mir über die Lippen. »Zumindest werde *ich* meinen Spaß mit *dir* haben.«

6 . MASON

Das hier ist die Hölle.

Zwei Tage sind seit dem Abendessen vergangen. Zwei Tage, in denen ich sinnlos in meinem Gefängnis herumsaß und mir etliche Szenarien ausgemalt habe, wie ich Domenic umbringe. Leider blieb mir keine Möglichkeit dazu, da ich ihn nicht mehr gesehen habe. Mir wird Essen auf mein Zimmer gebracht, aber keiner spricht mit mir. Alessio blockt jedes Gespräch sofort ab und schubst mich zurück, wenn ich ihm zu nahe komme.

Das einzig Gute ist, dass ich die Zeit nutzen kann, um zu heilen. Zumindest ein wenig. Es wird besser, aber ich spüre noch bei jeder Dusche das Brennen seiner Initialen, die er mir in den Rücken geritzt hat. Dafür hasse ich ihn so sehr, dass dieses Gefühl mich fast wahnsinnig macht. Am liebsten würde ich ihm sein selbstgefälliges Grinsen aus dem Gesicht schlagen.

Zumindest habe ich nun ein paar ordentliche Klamotten bekommen, Alessio hat mich angewiesen, die Schmutzwäsche in den bereitgestellten Wäschekorb zu schmeißen.

Erst am dritten Tag komme ich wieder raus. Alessio legt mir Handschellen vor dem Körper an, bevor er mir wortlos deutet, ihm zu folgen. Vermutlich ist er sauer über meinen Versuch, seinen Boss umzubringen, und lässt mich das nun mit der kalten Schulter spüren.

»Wohin bringst du mich?«, frage ich ihn. Es ist erst früher Nachmittag, noch lange nicht Zeit fürs Abendessen. Alessio antwortet nicht, dreht sich nicht einmal zu mir herum, sondern stapft einfach stur weiter.

Wir laufen dieses Mal nicht die Treppe hoch in den ersten Stock, sondern passieren mehrere geschlossene Türen, bis wir an einer anhalten. Alessio klopft kurz, öffnet sie und dreht sich zu mir. Grob greift er nach meinen Handschellen und befördert mich mit Schwung in den Raum hinein.

»Viel Spaß«, kommt es nüchtern von ihm, dann fällt die Tür hinter mir ins Schloss.

Mit klopfendem Herzen richte ich mich auf und sehe mich in dem Zimmer um. Wow. Hier sieht es schöner aus als in meinem Gefängnis. Ein großes Bett dominiert den Raum, am anderen Ende steht ein Mahagoni-Schreibtisch, es führt eine offene Tür zu einem Ankleidezimmer. Das Beste aber ist, dass man durch die Glasfront den perfekten Blick auf das Meer hat. Außerdem entdecke ich einen weitläufigen Balkon, der dazu einlädt, die lauen Sommernächte Siziliens dort zu verbringen.

Unsicher sehe ich über die Schulter. Vermutlich steht Alessio vor der Tür, ein Fluchtversuch scheidet also aus. Stattdessen trete ich näher zur Balkontür, will gerade danach greifen, als eine andere Tür aufgeht. Sie liegt direkt neben dem Bett und führt offenbar in ein Badezimmer, aus dem Domenic nun tritt. Ich zucke zusammen und bekomme eine unangenehme Gänsehaut, als unsere Blicke sich treffen.

»Ah! Hallo, *Micino*.«

Er trägt ein blütenweißes Hemd, die obersten Knöpfe sind offen, die Ärmel hochgekrempelt.

»Was willst du von mir?«, frage ich steif. Unser letztes Treffen spüre ich noch überdeutlich auf meiner Haut, ich habe absolut keine Lust auf eine Wiederholung.

»Begrüßt man so seinen Herrn nach zwei Tagen Abwesenheit?«

Verärgert kneife ich die Augen zusammen. »Nimm mir die Handschellen ab und ich begrüße dich *richtig*.«

Ein amüsiertes Schmunzeln huscht über seine Züge. »Dafür brauchst du deine Hände nicht. Geh einfach auf die Knie und öffne den Mund. Hast du in der Zwischenzeit fleißig für mich geübt?«

»Natürlich, *ständig*.«

Er kommt einen Schritt näher, sein Blick ist brennend und herausfordernd. »Lass sehen.«

Auch ich trete vor, ohne ihn aus den Augen zu lassen. Langsam sinke ich auf die Knie, den Kopf in den Nacken gelegt. Dom überbrückt den letzten Abstand zwischen uns. Ich zucke zurück, als er die große Hand auf meine Wange legt, jeder meiner Muskeln ist angespannt.

»Ein Spiel mit dem Feuer«, flüstert er. Mit dem Zeigefinger streicht er über meinen Wangenknochen, während sein Daumen auf meiner Unterlippe landet.

»Los. Trau dich«, fordere ich ihn heraus und sehe demonstrativ auf seinen Schritt, bevor ich hoch in seine Augen blicke. Obwohl ich mir geschworen habe, nie wieder vor ihm zu knien, fühlt es sich jetzt anders an. Es fühlt sich an, als habe *ich* die Kontrolle über diese Situation.

»Hm«, macht Dom. »Ich habe heute andere Pläne für dich, *Micino*.«

Er lässt mich los, beugt sich herunter und greift nach den Handschellen. Ächzend komme ich auf die Beine und werde von ihm auf das große Bett geschubst. Ich versinke geradezu in den weichen Laken und bevor ich mich aufrichten kann, ist Dom über mir.

Tja. So schnell kann man die Kontrolle wieder verlieren.

Erneut greift er nach meinen Handschellen und zwingt mich, die Hände über den Kopf zu strecken. Es klickt leise und ich realisiere, dass er mich an den Pfosten seines Bettes gekettet hat. Das ist doch nicht sein Ernst. Dieser Bastard ...

Ich winde mich, ziehe und zerre, probiere verzweifelt, den Fesseln zu entkommen. Domenic kommentiert meine Versuche mit einem Lachen. Sein Gewicht verschwindet von mir, er greift nach meinem linken Fuß und im nächsten Moment klickt es schon wieder.

»Fuck!«, stoße ich fluchend aus, zerre meinen Fuß zurück, aber es ist zu spät. Auch der rechte Fuß wird in Fesseln gelegt und meine Bewegungsfreiheit damit mächtig eingeschränkt. Ich liege gefesselt und wehrlos in seinem Bett. Verdammte Scheiße.

Mein Puls schießt in die Höhe, die Panik in meinem Bauch wächst mit jedem weiteren kräftigen Herzschlag. Scheiße, nein. Ich will nicht von ihm vergewaltigt werden. Er wird sicher nicht sanft sein, nicht nach allem, was vorgefallen ist. Ich will das nicht. So sollte das nicht ablaufen.

»Pscht.« Dom setzt sich auf meine Hüften und umfasst meine Wangen mit beiden Händen, damit ich den Kopf nicht mehr hin- und herwerfen kann. »Weißt du, was ich die letzten zwei Tage gemacht habe? Ich habe drei von de Lucas Leuten umgebracht. Keiner von ihnen hatte meine Uhr bei sich.«

Er beugt den Oberkörper über meinen, sein Atem jagt mir eine Gänsehaut über den Rücken. »Deinen Fehler auszubügeln kostet mich nicht nur Zeit, sondern jede Menge Nerven.«

»Es ist nur eine Uhr!«, keuche ich. »Verzichte einmal im Monat auf Ricardos Jungs und du kannst dir von dem ersparten Geld eine Neue kaufen.«

Sein Mundwinkel zuckt. »Oh nein, dummer Junge. Dafür wirst *du* bezahlen.« Er lässt meine Wangen los und richtet sich auf. »Weißt du, was mich die letzten Tage bei Laune gehalten hat? Die Vorstellung, dich bald in meinem Bett zu haben. Ich werde das hier genießen.«

Erneut beschleunigt sich mein Herzschlag, wieder ist da rasende Panik. Mir stockt der Atem, als er mir das Shirt hochrollt und meinen Oberkörper damit freilegt. Dom beugt sich vor und küsst meinen Hals, seine Bartstoppeln kratzen über die empfindliche Haut. Er leckt von meinem Kiefer bis zu meinem Ohr, küsst und saugt dort weiter, beißt mir leicht ins Ohrläppchen. Der darauffolgende Schauer ist nicht mehr nur aus Widerwillen, sondern vor allem, weil sich das verboten gut anfühlt.

Damit habe ich jetzt nicht gerechnet. Ich meine ... Vorspiel? Ernsthaft?

Ich beiße mir auf die Innenseite meiner Wange, um mir nicht anmerken zu lassen, wie gut es mir gefällt, dass er am Hals Knutschflecke hinterlässt. Er kommt an meinem Schlüsselbein an, leckt, saugt, beißt. Fuck. Das ist ... Warum, verdammt, tut er das? Kurz verlieren seine Lippen den Kontakt zu meiner Haut, dann spüre ich sie an meiner Brust. Ich kneife die Augen zusammen und ignoriere das verführerische Prickeln in meinen Eiern.

Schlechter Zeitpunkt. Ich will von seinen Berührungen nicht geil werden, ich will, dass sie mich kaltlassen. Aber die Art, wie er mit seiner Zunge über meine Brustwarzen leckt, irgendwie neckend, lässt mich ganz verrückt werden.

»Hör auf«, sage ich gepresst.

Natürlich hört er nicht auf mich. Stattdessen küsst und saugt er sich einen Weg bis zu meiner anderen Brust, tut dort dasselbe. Mein kompletter Körper, dieser elende Verräter, erzittert.

»Dom«, knurre ich warnend. Meine Bauchmuskeln zucken, als er die Zunge auch darüber tanzen lässt. Kurz vor dem Bund der Jogginghose hält er inne und sieht zu mir auf. Seine Augen glühen förmlich, wie brennende Smaragde.

»Du hast doch vorgeschlagen, dass ich dir einen blase«, sagt er rau. »Genau das tue ich jetzt.«

Wird er nicht. Ganz bestimmt nicht. Das ist eine Falle, irgendein krankes Machtspiel, aber ganz sicher wird er nicht meinen Schwanz in den Mund nehmen.

Als er die Jogginghose herunterstreift, hebe ich automatisch die Hüften, verfluche mich sogleich dafür. Warum nur habe ich meinen Körper nicht besser unter Kontrolle? Ich musste noch nie meine eigene Lust so sehr unterdrücken und noch nie bin ich so katastrophal daran gescheitert.

Domenic streichelt über meine Härte, sanft gleiten seine Finger darüber, er setzt die Zunge an der Wurzel an und leckt einmal über die komplette Länge, ohne Hast, ganz bedächtig.

Ein heiseres Stöhnen entkommt mir und ich strecke den Rücken durch, als ein Kribbeln durch meinen Körper schießt.

»Ich zeig dir jetzt mal, wie das geht«, sagt Dom mit ruhiger, dunkler Stimme. Ich will ihn nicht ansehen, will nicht in diese grünen Augen blicken und mir eingestehen, wie sehr mich das anmacht.

Dennoch tue ich genau das. Alles in mir reagiert wie auf Autopilot und mein Verstand hat keine Chance, die Kontrolle zurückzuerlangen.

Doms Lippen schließen sich um meine Eichel, seine Zunge schnellt vor, neckt mich, während er mich tiefer in seinen Mund aufnimmt.

Jesus Christ. Das ist ... fuck! Warum fühlt sich das so unglaublich gut an? Liegt es an dem vielen Adrenalin in meinem Blutkreislauf? Ganz sicher. Ich habe schon einige gute Blowjobs bekommen, aber das hier ... das sprengt alles.

Langsam bewegt Dom den Kopf vor und zurück, leckt und saugt, lässt mich aus seinem Mund und reibt mit einer Hand meinen Schwanz. Erneut ein Stöhnen meinerseits, ich werfe den Kopf in den Nacken und zerre an den Handschellen. Der leichte Schmerz in meinen Gelenken hilft mir, mich von der brennenden Lust abzulenken.

Er macht das so gut. Wieder spüre ich seinen Mund, seine verdammt geschickte Zunge und weiß, dass der Orgasmus nicht mehr aufhaltbar ist. Das ist mir egal. Ich will nichts sehnlicher, als abzuspritzen und das kribbelnde Gefühl in mir loswerden. Mein Plan, meine Lust zu zügeln, ist dahin.

Dom lässt von mir ab. Meine Muskeln zittern, ich erwarte, dass er es mit einem Handjob zu Ende bringt, doch nichts passiert. Ich reiße die Augen auf und sehe in sein Gesicht.

»War das gut?«

Darauf werde ich ihm sicher nicht antworten, aber das ist auch nicht nötig, denn er weiß selbst, dass das *verdammt gut* war.

»Bring zu Ende, was du begonnen hast«, fordere ich ihn keuchend auf. Er lächelt daraufhin nur, sein Gewicht verschwindet über mir, als er sich vom Bett rollt. Ich reiße die Augen auf, will mich ebenfalls aufrichten, was meine Fesseln jedoch verhindern.

»Dom!«

»Ich habe Dinge zu tun, *Micino*. Ich komme dich in ein paar Stunden nochmal besuchen.«

»Das ist nicht dein Ernst.«

Scheinbar doch. Völlig entspannt schlendert er aus dem Raum, die Tür geht auf und fällt hinter ihm ins Schloss.

Ungläubig starre ich ihm nach, warte darauf, dass er zurückkommt, aber vergeblich.

Dieser verdammte Bastard. Ich bin so nah an einem Orgasmus. Schmerzhaft nahe. Zitternd atme ich aus und schließe ergeben die Augen.

Ich hasse ihn. Bei Gott, ich will ihn am liebsten jetzt sofort umbringen!

Fest beiße ich die Zähne aufeinander, in meinem Bauch brauen sich Wut, Hass und irrationale Lust zu einer explosiven Mischung zusammen.

Das werden verdammt anstrengende Stunden werden.

»Hörst du mir überhaupt zu?«

»Natürlich.« Ich nippe an meinem Wein, ohne den Blick vom Bildschirm zu nehmen. »Ich kann dir zuhören, ohne dich anzusehen.«

»Dom, verdammt!«, knurrt Alessio. »Du beobachtest ihn, oder?«

Ununterbrochen. Seit ich ihn gestern scharf und kurz vor dem Orgasmus zurückgelassen habe, kann ich gar nichts anderes tun.

Inzwischen ist er wieder in seinem eigenen Zimmer und starrt reglos an die Decke. Was tut er nur? Versucht er, einen Dämon zu beschwören, oder übt er sich in Meditation?

»Dom ist verliebt!«, flötet Arianne. Nun wende ich den Blick doch vom Bildschirm ab, um meine Schwester anzusehen. Alessio und ich sitzen am Esstisch, Ari hat sich auf einem der Sessel niedergelassen, ein Weinglas in der Hand. Sie schwenkt es bedächtig hin und her und grinst mich an.

»Verliebt.« Alessio schnaubt abfällig. »Er bringt nur Ärger, Dom.«

»Aufregenden Ärger.« Ich reibe die Fingerspitzen aneinander und nippe noch einmal an meinem Glas. Arianne hat ihn ausgewählt und wie immer eine fantastische

Wahl getroffen. Immerhin mit Weinen kennt die Kleine sich aus. »Den hatte ich schon lange nicht mehr.«

Nein, im Gegenteil. In letzter Zeit hatte ich nur nervenaufreibenden Ärger mit den de Lucas auf der einen und den Romanos auf der anderen Seite.

»Bring ihn zum Essen«, bitte ich Alessio, den Blick wieder auf den Bildschirm gerichtet. Mein Bruder zögert sichtlich, dann erhebt er sich mit einem lauten Seufzen, seine Schritte verklingen.

»Irgendwann musste es ja passieren«, sagt Arianne amüsiert. »Endlich hast du jemanden gefunden, der dich interessiert. *Wirklich interessiert.* Aber an ihm wirst du dich verbrennen, Bruderherz.«

Ja, sicher. Meine Schwester sieht in mir den Kriminellen mit dem goldenen Herzen. Sie sieht meinen Beschützerinstinkt ihr und Alessio gegenüber, wie ich meinem Vater die Stirn geboten habe Sie sieht nur meine gute Seite. Aber sie weiß nicht, was wirklich in mir schlummert.

Sie weiß nicht, dass ich das Feuer, das in Mason brennt, um jeden Preis löschen will. Nur, um ihn dann zu entsorgen. So, wie Resco und Alessio es mir empfohlen haben.

»Da ist er.«

Ich klappe den Laptop zu und drehe mich mit einem breiten Lächeln zu Alessio und Mace.

»Hallo, *Micino*. Gut geschlafen?«

»Hervorragend.« Seine Stimme trieft vor Sarkasmus. Er bleibt im Eingang zum Esszimmer stehen, die Hände zu Fäusten geballt. Alessio ragt hinter ihm auf wie ein düsterer Muskelberg, er hat die Augenbrauen unzufrieden zusammengezogen.

»Setz dich zu mir.« Ich schnipse in Richtung des Stuhls neben mir.

Mason zögert, aber nur so lange, bis Alessio ihm die Faust in den Rücken rammt. Er ächzt leise, ehe er meinem Befehl Folge leistet. Er scheint immer noch Probleme mit den Blutergüssen und den sicher angeknacksten Rippen zu haben. Ich sehe unterdrückten Schmerz von hundert Metern Entfernung, selbst wenn er tapfer den Kiefer aufeinanderpresst.

Mason lässt sich neben mich fallen, ich beuge mich sofort vor und küsse seinen Hals.

»Hör auf«, zischt er, aber seine Hände – heute mal nicht in Handschellen – pressen sich nur flach auf die Tischplatte. Ich lasse die Zungenspitze über seine Haut gleiten, bis zu seinem Ohr. Dort drücke ich ihm einen weiteren Kuss auf, ehe ich sein Ohrläppchen zwischen die Zähne nehme. Zufrieden bemerke ich die Gänsehaut, die sich in seinem Nacken bildet.

»Hast du dir einen runtergeholt, nachdem du zurück in deinem Bett warst?«, flüstere ich ihm zu.

»Nein«, lügt er dreist. Dabei habe ich es in der Kamera gesehen. Unmöglich, dass er sie noch nicht entdeckt hat, nein, ich bin mir sicher, dass ihm sehr bewusst ist, dass ich weiß, dass er lügt.

»Wir wissen beide, dass das nur eine rhetorische Frage war.« Ich schließe die Lippen um seine empfindliche Haut und beginne zu saugen.

»Das ist widerlich«, presst er hervor. »Wenn du irgendwen abschlecken musst, dann versuch es bei Alessio. Der scheint mächtig eifersüchtig zu sein.«

Ich lasse von seinem Hals ab, auf dem sich ein hübscher, lilafarbener Bluterguss gebildet hat. »Wäre schräg, wenn ich meinen Bruder scharf machen würde, hm?«

»Auch nicht die schrägste Sache, die du mit deinem Bruder getan hast«, ruft Ari von ihrem Sessel aus.

»Jetzt bin ich aber neugierig.« Mace dreht den Kopf, sodass ich den Kontakt zu seiner Haut verliere. Unzufrieden greife ich nach seinem Kinn und küsse wieder seinen Hals. Selbst wenn er es bestreitet, weiß ich, dass es ihm gefällt. Das erkenne ich an seinem schneller werdenden Atem und natürlich an der Beule in seinem Schoß.

Armer Junge. Wie lange hat er wohl nicht mehr richtig gefickt? Ich frage mich, ob er jemals von einem Mann genommen wurde. Denn, dass er ein Top ist, hat er mir bereits zu verstehen gegeben. Ich hoffe nicht. Ich will der Erste sein.

»Willst du wirklich die Geschichte hören, wie ich meine Brüder dabei erwischt habe, als sie gemeinsam im Meer ...«

»Genug, Ari«, unterbreche ich sie und lehne mich in meinem Stuhl zurück. Meine Finger streifen Masons Kiefer, ehe ich ihn loslasse und nach meinem Wein greife. »Das hattest du damals falsch verstanden.«

Meine Augen gleiten zu Alessio, der mit versteinerter Miene immer noch im Durchgang zum Esszimmer steht.

»Ja, sicher doch«, schnaubt Arianne. »Willst du auch ein Glas Wein, Mace? Hochwertiger Sassicaia, absolut köstlich.«

»Bitte«, sagt er, noch ehe Ari mit ihren Lobgesängen über den Wein fortführen kann.

Schwungvoll erhebt meine Schwester sich und stolziert in ihren hohen Hacken aus dem Esszimmer Richtung Küche. Mace dreht den

Kopf zu Alessio, wieder zu mir, zurück zu Alessio, als wolle er Ähnlichkeiten zwischen uns suchen. Die wird er nicht finden. Alessio kommt nach seiner Mutter, ich nach meiner. Und Ari? Wer weiß das schon. Sie sieht keinem von uns ähnlich.

»Hunger?«, frage ich an Mason gewandt.

»Ja«, knurrt er. »Frühstück habe ich ja nicht bekommen.«

»Oh, ich habe dich vergessen.« Lachend sehe ich zu Alessio. »Gut, dass wir keinen Hund haben, hm? Und du wolltest immer einen, Ace. Dabei können wir uns nicht einmal um Mason kümmern.«

»Ich habe einen Hund«, erwidert Alessio ruhig. »Ich führe ihn viermal täglich aus. Dein Job ist es nur, die Haushälterin anzuweisen, deinem Spielzeug täglich Nahrung zu bringen.«

»Touché. Von welchem Hund reden wir, verdammt?«

»Der Rottweiler in unserem Vorgarten, Dom«, erinnert Ari mich, die soeben zurückkommt und Mason ein Glas von dem Rotwein hinstellt. Dieser greift sofort danach und nimmt einen großen Schluck.

Kurz darauf kommt das Essen und meine Geschwister setzen sich zu uns an den Tisch.

»Ari, das Tischgebet«, bitte ich meine Schwester und strecke links und rechts meine

Hände aus. Arianne greift sofort danach, Mason blickt mich mehr als skeptisch an. Ich schnipse.

»Na los, *Micino*. Ich hatte deinen Schwanz in meinen Mund, tu jetzt nicht so, als würdest du dich zieren, und nimm meine Hand.«

»Dom«, seufzt Ari angewidert. Mace hingegen weicht meinem Blick aus und schlägt seine Hand in meine. Vermutlich ist er nur froh, wenn er wieder etwas Essbares zwischen die Zähne bekommt.

Meine Schwester spricht ein Tischgebet auf Italienisch und kurz darauf sind wir alle mit Essen beschäftigt.

Innerhalb einer beeindruckenden Zeit hat Mason seinen Teller geleert, die Bissen dabei immer wieder mit Rotwein herunter gespült.

»Nachschlag?«, fragt er mit großen Augen an mich gerichtet. Alarmiert kneife ich die Augen zusammen, greife nach meinem Glas und betrachte ihn.

»Dieser Welpenblick«, ich deute auf sein Gesicht, wobei der Wein bedächtig schwankt, »ist neu.«

»Ich habe Hunger«, gibt er schlicht zurück.

Hunger. Ein vertrautes Gefühl.

»Wir haben noch genug da, Dom«, mischt Alessio sich ein. Als habe ich wirklich vor, Mason diese Bitte abzuschlagen.

Ich greife nach seinem Teller, seinem leeren Glas und erhebe mich.

Isabella, ein unserer Köchinnen, sieht erschrocken auf, als ich die Küche betrete.

»Das Essen ist fabelhaft«, lasse ich sie wissen und halte ihr den Teller hin. »Kannst du den nochmal auffüllen?«

Während sie es tut, schenke ich Wein nach. Mit beidem mache ich mich zurück ins Esszimmer.

»... eigentlich ist er ganz sanft«, höre ich Arianne sagen.

»Verbreitest du wieder Lügen über mich, *Sorellina*?«, hake ich nach, als ich Mason Teller und Glas vor die Nase stellen.

»Würde ich niemals tun«, meint Arianne scheinheilig.

»Doms sanfte Seite habe ich bereits kennen gelernt«, meint Mason und fasst sich an die Rippen, verzieht kurz das Gesicht. »Ich verzichte auf eine Wiederholung.«

»Ach, er ist verknallt in dich, deswegen zieht er dich an den Haaren wie ein Zweitklässler«, gluckst Arianne. Alessio wirft ihr einen scharfen Blick zu, doch er konnte unsere Schwester noch nie zügeln. Das blieb immer an mir hängen, auch jetzt.

»Vorsicht, Arianne«, sage ich bedächtig. Unsere Blicke treffen sich, ihr Lächeln verblasst. »Wieg Mason nicht in falsche Sicherheit. Er könnte sonst denken, dass ich ein Problem damit habe, ihm eine Kugel in den Kopf zu verpassen und ihn zu den anderen Leichen zu schaffen.«

Ari kneift die Augen zusammen und setzt denselben leidenden Gesichtsausdruck auf wie damals, als ich ihren ersten Freund umgebracht habe. Was für ein Idiot. Dieser gestriegelte, widerliche Typ im Anzug hatte wirklich geglaubt, seine Hände an meine damals 17-jährige Schwester legen zu können.

»Keine Sorge, Ari«, höre ich Mason neben mir sagen. Wie immer klingt seine Stimme fest. »Ich vergesse niemals, was für ein Monster dein Bruder ist.«

Sehr gut, Mason. Die Frage ist nur, wie lange du brauchen wirst, um dieses Monster freiwillig in dein Bett zu lassen.

8 . MASON

Am nächsten Morgen wird mir das Frühstück auf mein Zimmer gebracht.

Ich bin noch nicht einmal richtig wach und stolpere in Boxershorts aus dem Bett.

»Ihr Frühstück, Mr. Roberts.«

Mr. Roberts? So hat mich schon seit Ewigkeiten niemand mehr genannt. Neugierig blicke ich an ihr vorbei, kann aber Alessio nicht vor der Tür ausmachen, ehe die Angestellte diese zuknallen lässt.

»Stell es einfach aufs Bett, Danke«, sage ich verschlafen, reibe mir über die Augen und tapse barfuß ins Badezimmer. Mit kaltem Wasser wasche ich mir das Gesicht und sehe dann zu den Scherben, die ich provisorisch als Spiegel aufgebaut habe. Nicht unbedingt eine Meisterleistung, denn sie werfen nur ein verzerrtes Bild zurück. Zumindest erkenne ich, dass ich ziemlich mitgenommen aussehe.

Nach dem Abendessen konnte ich kein Auge zutun, habe mir im Bett erneut einen runtergeholt, aber das hat das kribbelnde Gefühl in mir nicht abschalten können. *Jesus Christ*, es fühlt sich an, als würden tausend Ameisen unter meiner Haut herumwuseln.

Mit einem Stöhnen auf den Lippen trete ich zurück ins Schlafzimmer und hebe verwundert eine Augenbraue, als ich die Angestellte erblicke. Was tut sie immer noch hier? Das Tablett mit dem Essen steht bereits auf dem Bett, aber sie hat sich zum anderen Ende des Raumes zurückgezogen und scheint etwas in der Kommode zu suchen.

»Was tust du da?«, frage ich laut, die Stirn gerunzelt.

Die Frau zuckt zusammen und dreht sich mit schuldbewusster Miene zu mir herum. Erst jetzt nehme ich mir Zeit, sie genauer zu betrachten. Sie ist jung, sicher keine zwanzig, außerdem wirkt ihre Uniform etwas zu groß.

»Komm her«, zischt sie mir verschwörerisch zu und winkt mich mit dem Zeigefinger zu sich. »Das musst du sehen.«

An meinem ersten Tag in diesem Zimmer habe ich alles inspiziert, auch die Kommode, die zu Anfang leer war. Inzwischen habe ich sie mit den Klamotten gefüllt, die Alessio mir gebracht hat.

Trotzdem siegt meine Neugier, ich trete näher an die unbekannte Frau, bis uns nur noch eine Handbreite trennt. Ich schiele in die oberste Schublade der Kommode, in dem die Unterwäsche gelagert ist. Sie ist zerwühlt, als habe die Angestellte etwas gesucht. Aber ich kann nichts als Boxershorts entdecken.

»Was ...«

Ich bringe den Satz nicht zu Ende, da ich im selben Moment einen stechenden Schmerz in meinen Eingeweiden fühle. Zuerst glaube ich, die Frau hat mir in den Bauch geboxt und damit meine Rippenverletzung aufleben lassen. Doch schnell wird mir klar, dass das ein anderer Schmerz ist. Es fühlt sich ans, als habe mir jemand ein Messer zwischen die Rippen gebohrt.

Und genau das ist eben passiert.

Schockiert sehe ich von den diabolisch glitzernden Augen der Frau an mir herunter. Da steckt wirklich ein Messer bis zum Anschlag in mir. *Fuck.* Auch das noch, ernsthaft?!

Ich taumle zurück, unfähig, etwas Sinnvolleres zu tun. Wäre das ein Mann vor mir, hätte ich schon lange den Fuß vorgestoßen und meinem Angreifer einen Tritt verpasst. Aber ... das ist eine zierliche Frau.

Ist das sexistisch?

Vielleicht. Vielleicht sollte ich meinem Mörder zumindest etwas Widerstand entgegenbringen, egal, ob es eine Frau oder ein Mann ist.

Aber im Moment kann ich nichts anderes tun, als kraftlos zu Boden zu fallen, die Lippen zu einem Strich verzogen, die Hände an dem

Griff des Messers, das immer noch in mir steckt. Warmes Blut sickert über meine Finger.

Die Frau – sicher keine Angestellte von Marino, oder vielleicht doch? – macht überlegen ein paar Schritte auf mich zu. Mit erhobenem Kinn sieht sie auf mich herab. Sie zieht eine Knarre und richtet den Lauf unmittelbar auf mich.

»Liebe Grüße von Emilio«, höre ich sie sagen. Dann tönt ein Schuss.

Aber er kommt nicht aus ihrer Waffe. Im Gegenteil, nun ist sie diejenige, die kraftlos in sich zusammensackt. Blut strömt aus ihrer Schulter, sie schreit und fasst sich an die Schusswunde. Offenbar sind ihre Schmerzen so groß, dass sie vergisst, dass sie mich gerade erschießen wollte.

Domenic tritt in mein Blickfeld und verpasst der Frau einen Stoß, woraufhin sie ihre Waffe verliert, die Pistole schlittert quer über den Boden. Alessio ist auch da. Er packt die Frau und wirft sie einfach über die Schulter, als wäre sie ein Sack Kartoffeln. Die Arme kreischt und windet sich vor Schmerzen, doch sie wird schnell aus meinem Blickfeld befördert.

»Mason.« Domenic kniet sich vor mich, die Hände auf meinen Schenkeln abgelegt. Er scannt meine Verletzungen ab. »Ich werde das Messer jetzt entfernen.«

»Nein!«, protestiere ich eilig. »Nein, bitte nicht. Das Messer und ich haben schon eine enge Verbindung aufge- Ahh!«

Natürlich zieht er das Messer ohne Rücksicht auf mich aus meinem Körper. Schnell presst er die Hände auf die blutende Wunde, während ich ihn verfluche.

»Pscht. Alles gut.«

Ja, er hat leicht reden. Ihm wurde auch nicht ein Messer in die Rippen gerammt.

»Küss mich, *Micino*.«

Der Typ hat sie ja wohl nicht mehr alle. Das will ich ihm gerade entgegen schreien, aber er ist schneller, neigt den Kopf und drückt mir einen flüchtigen, unsanften Kuss auf die Lippen.

Gott, macht er mich wütend. So wütend, dass ich das Kinn recke und ihm geradewegs in die dunkelgrünen Augen blicke.

»Noch einmal«, verlange ich.

Er ist dumm genug, mir erneut nah zu kommen, was mir Gelegenheit gibt, ihm als Strafe fest in die Unterlippe zu beißen. Stöhnend wendet er den Kopf ab.

»Bringen wir dich in die Notaufnahme. Du bist eindeutig verwirrt.«

Nein, aber ich bin *eindeutig* am Verbluten.

9. MASON

Alles halb so wild.

Was sich für mich angefühlt hat wie der herannahende Tod, wurde mit einer Naht wieder in Ordnung gebracht. Von einem Typen, dem ich unter anderen Umständen niemals mein Leben anvertraut hätte, aber ich muss zugeben, dass Domenics Arzt gute Arbeit geleistet hat. Und die Schmerzmittel, die er mir mitgegeben hat, sind auch nicht von schlechten Eltern.

Nun versinke ich in Domenics Bettwäsche. Dieses große Bett ist zwar himmlisch weich, aber ich habe nicht vergessen, was für frustrierende Dinge Dom hier mit mir gemacht hat.

Als ich seine näherkommenden Schritte höre, zwinge ich mich trotz des benebelten Gefühls, von der Matratze zu rutschen und mich kampfbereit aufzustellen.

»Leg dich wieder hin«, verlangt Dom, als er in mein Blickfeld gerät.

»Nein«, keuche ich atemlos. »Das letzte Mal, als ich in diesem Bett lag, wurde ich gefesselt. Das will ich auf keinen Fall wiederholen.«

»Mace.« Domenic klingt nun ziemlich gereizt. Uns trennt nur das große Bett, doch die

Schmerzmittel vernebeln meine Gedanken so sehr, dass ich seine Gesichtszüge nicht deuten kann. »Leg dich hin.«

»Nein«, wiederhole ich. Dann sacken meine Schultern kraftlos nach unten. »Ich will nach Hause.«

»Es gibt kein *Zuhause* für dich«, spricht Domenic die traurige Wahrheit aus. »Jetzt leg dich wieder hin, damit ich deine Schnittwunde überprüfen kann.«

»Ich will nicht.«

»Mason Steven Roberts. Tu, was ich dir sage!«

»Das ist nicht mein Zweitname«, erwidere ich misstrauisch.

»Ich weiß, aber so klang es dramatischer. Jetzt los, bevor ich zu härteren Methoden greifen muss.«

»Und wie sehen die ... ah!«

Wie kann er sich so schnell bewegen? Ist er ein Vampir? Nein, vermutlich nicht. Wahrscheinlicher ist, dass ich zugedröhnt bin und nicht mitbekommen habe, wie er das Bett umrundet hat. Innerhalb der nächsten Sekunden hat er mich erreicht und grob Richtung Bett geschubst. Dann liege ich schon rücklings darauf und Domenic schiebt mein T-Shirt hoch. Fast vorsichtig – zumindest für seine Verhältnisse – hebt er das große weiße Pflaster an und betrachtet die Naht.

»Sieht sauber aus.«

»Tut auch gar nicht mehr weh«, versichere ich ihm. »Wer war die Frau, die mich erstochen hat?«

»Jedenfalls keine meine Mitarbeiterinnen.« Domenic lässt mein T-Shirt sinken und streicht es glatt. Er beugt sich immer noch über mich, sodass ich sein herbes Duschgel riechen kann. »Wir wissen nicht, zu wem sie gehört. Wir flicken sie zusammen und hoffen, dass sie überlebt. Dann können wir sie befragen.«

Ich rücke ein Stück weg von ihm, habe aber nicht die Kraft, das Bett zu verlassen. Wachsame dunkelgrüne Augen schweifen über mich.

»Ruh dich aus, Tys Schmerzmittel werden dich eine Weile ausknocken.«

»Glaube ich nicht.«

»Dir fallen schon beim Reden die Augen zu, Mason.«

Tatsächlich? Habe ich gar nicht gemerkt.

»Ist nicht wahr«, nuschle ich. Sicher werde ich nicht in dem Bett meines zukünftigen Mörders einschlafen.

Ganz sicher nicht …

10. MASON

Erschrocken zucke ich zusammen, blinzle verwirrt, versuche herauszufinden, wo genau ich mich befinde. Der stechende Schmerz in meinen Eingeweiden raubt mir fast die Luft zum Atmen. Außerdem liegt da ein Arm um meine Mitte geschlungen. Ich bin mir sicher, dass ich gegen einen fremden Körper stoßen würde, wenn ich nur ein Stück zurückrutschen würde. Na ja, nicht ganz fremd. Immerhin liege ich in Domenic Marinos Bett.

Flach atme ich gegen den Schmerz an. Es behagt mir nicht, dass er mich berührt und ich so nah bei ihm liege. Ich umfasse sein Handgelenk und hebe den schweren Arm, will mich herauswinden, aber offenbar schläft Domenic gar nicht. Oder er ist innerhalb eines Sekundenbruchteils wach geworden.

Sofort verstärkt er den Griff und zieht mich zu sich. Wir berühren uns nicht, doch ich spüre seine Hitze.

»Nicht abhauen, Mason«, flüstert er rau und drückt mir einen Kuss in den Nacken. Gänsehaut breitet sich von der Stelle aus.

»Ich habe Schmerzen.«

»Hm, keine Sorge, ich bring dich auf andere Gedanken.« Jetzt presst er sich wirklich an mich, ich spüre seine lange Latte an meinem Rücken. Automatisch versteife ich mich und beiße die Zähne zusammen.

»Schmerzmittel wären besser, danke.«

Er brummt, ich spüre die Vibration auf meiner Haut, und leckt über meinen Hals, küsst die Stelle hinter meinem Ohr.

»Wurdest du schon mal gefickt?«

»Und du?«, stelle ich ihm provokant eine Gegenfrage.

»Nein.«

Kurz zögere ich. »Ich ebenfalls nicht.«

»Na, das können wir doch schnell ändern.«

Meine Mundwinkel zucken. »Gerne. Gib mir eine Schmerztablette und etwas Gleitgel und ich entjungfere dich.«

Dom brummt wieder und reibt sich von hinten an mich, Hitze schießt in meinen Magen. Unangenehme Hitze, die mich dazu bringt, mir erneut einen runterholen zu wollen. Zumindest, wenn ich nicht solche Schmerzen hätte.

»So ein frecher Junge«, flüstert er mir zu. Seine Finger tasten unter mein Shirt, fahren über meinen nackten Bauch, bis sie die Narbe ertasten. Ich zucke zurück, was zur Folge hat, dass ich mich nur enger gegen ihn drücke.

»Lass mich los«, bitte ich ihn und kralle die Nägel in seinen Unterarm. »Ich muss auf die Toilette.«

»Du darfst aufstehen, sobald ich gekommen bin.«

Ich stoße ihm den Ellbogen in die Seite, doch das scheint ihn kaum zu kümmern. Nur meine Schmerzen flammen erneut auf.

»Dom, bitte.«

»Du bist verletzt, deshalb überlasse ich dir, wie du es machen willst. Ich gehöre ganz dir.«

Unruhe kribbelt in meinem Bauch. »Okay. Dreh dich auf den Rücken.«

Domenic zögert – zurecht –, lässt mich dann aber los und tut, was ich verlangt habe. Mit einem unterdrückten Stöhnen fahre ich zu ihm herum und sehe ihn an. Selbst im Halbdunkeln leuchten seine Augen, der Bartschatten auf seinen Wangen ist dichter als gestern. Er trägt nur eine Jogginghose, die dünne Leinendecke liegt zerknüllt am Bettende.

Unter anderen Umständen hätte ich nicht so lange gezögert. Okay, Dom ist nicht unbedingt mein Typ, aber er ist ein gutaussehender Mann. Muskulös, drahtig, ein attraktives, kantiges Gesicht und nicht zu vergessen diese düstere Aura, die ihn umgibt.

Doch hier geht es um mehr als nur Sex. Es geht um seine Macht über mich, es geht um Demütigung und darum, mich zu brechen.

Aber ich lasse mich nicht brechen. *Auch nicht von dir, Domenic Marino.*

Ich lege die Hand flach auf seine Bauchmuskeln und rücke näher an ihn heran. Seine vollen Lippen öffnen sich ein Stück, er beobachtet mich so intensiv, dass meine Haut zu kribbeln beginnt. Trotz meiner protestierenden Rippen schwinge ich mich rittlings auf seine Hüften, verziehe schmerzhaft das Gesicht und keuche leise.

»Hm, das gefällt mir«, raunt Domenic. Er streckt den Arm aus und lässt die Finger über mein Shirt tanzen. »Zieh dich aus.«

Ich schlage seine Hand weg. »Du willst, dass ich dich zum Kommen bringe, dann lass mich auch machen.«

»Du spielst mit dem Feuer, Mason«, flüstert er.

Genauso wie du.

Ich beuge mich vor, hauche ein Kuss auf seine Brust, lecke zwischen den Rillen seiner Bauchmuskeln entlang, umkreise seinen Bauchnabel. Sein Schwanz unter mir regt sich. Durch die Wimpern sehe ich zu ihm auf. Er hat die Augen geschlossen.

Vorsichtig taste ich unter sein Kissen.

Vorgestern, nachdem ich an die Pfosten seines Bettes gekettet war, hat er mir später am Abend genau hier die Handschellen abgenommen. Sie waren an einem Karabiner am Bettpfosten befestigt und ich habe zugesehen, wie er sie einfach achtlos unter das Kissen geschoben hat. Wenn er sie noch nicht entfernt hat ...

Meine Lippen wandern unterdes weiter, mit den Fingern streiche ich unter den Bund seiner Jogginghose. Dann küsse ich seinen Oberkörper wieder herauf, beuge mich tiefer, reibe mich gegen ihn.

Domenic greift nach meinem Handgelenk, das neben ihm auf dem Bett abgestützt ist. Innerhalb eines Wimpernschlages hat er die Positionen gewechselt, bugsiert mich ruckartig unter sich und drückt mit seinem ganzen Körpergewicht auf mich.

Vor Schmerzen schreie ich auf, unwillkürlich schießen mir Tränen in die Augen. *Jesus Christ.*

»Glaubst du, ich weiß nicht, was du vorhast?« Dom lacht. Mit einem Knie drückt er meine Beine weiter auseinander, drängt sich dazwischen.

Hektisch atme ich ein und aus. »Du ... tust mir weh«, keuche ich. Sein Unterarm presst genau auf die frische Naht.

»Ach ja? Das tut mir aber leid.« Seine Zähne fangen meine Unterlippe ein, was den Schmerz zumindest kurz auf eine andere Region lenkt.

»Dom, bitte!«

»Dein Betteln klingt wie Musik in meinen Ohren.« Er leckt über meine malträtierte Unterlippe. »Noch schöner wird dein Schreien sein. Wenn du mich nett bittest, werde ich auch Gleitgel benutzen.«

Kurz schließe ich die Augen und schlucke, um die Schmerzen in meinem Oberkörper irgendwie zu ertragen. Er ist der Teufel. Ihm kommt diese Schnittverletzung doch nur zugute. Würde mich nicht wundern, wenn er das alles geplant hätte.

»Du bist ein Psychopath«, keuche ich und reiße die Lider wieder auf. Schwarze Punkte tanzen vor meinen Augen. »Vergewaltige mich doch, wenn du dich dadurch besser fühlst.«

»Oh, das werde ich.«

Sein Gewicht verschwindet von mir, aber die Erleichterung währt nur kurz, ehe er mich auf den Bauch dreht und meine Wange in das Kissen drückt. Er rollt mein T-Shirt hoch, seine Lippen drücken auf die eingeritzten Initialen.

»Das gefällt mir sehr gut. Der perfekte Ausblick, wenn ich dich ficke.«

Frustration wallt in meinem Inneren auf.

Ich stemme die Hände in die Matratze, will mich wegdrücken, aber es gelingt mir nicht.

»Ich hasse dich«, presse ich hervor.

»Du wirst mich noch lieben lernen, *Micino*.« Er reibt die Nase zwischen meinen Schulterblättern. »Ich wette darum.«

»Fuck!«, schreie ich ins Kissen. »Ich schwöre, ich werde dich umbringen.«

Sein Lachen vibriert auf meiner Haut. Dann verschwindet das Gewicht von mir und er landet neben mir in der Matratze. Mit angespannten Muskeln warte ich darauf, was er als Nächstes vorhat, aber es passiert nichts.

Schnell rolle ich mich vom Bett und komme auf die Füße, schwer atmend blicke ich zu Dom. Dieser liegt ganz entspannt auf dem Rücken, einen Arm hinter den Kopf geschoben.

Er ist so ein Psycho. Unberechenbar und verdammt gefährlich.

Ich schwöre, ich werde dich umbringen.

Meine Lippen verziehen sich zu einem Grinsen, als ich an seine abgehackten Worte denken muss. Mein Blick fällt auf den schlafenden Mason neben mir. Nach unserem Aufeinandertreffen heute Nacht konnte ich den störrischen Bastard erst mit Schmerzmittel zurück ins Bett locken. Die haben ihn so ausgeknockt, dass er immer noch tief und fest schläft. Seine Gesichtszüge wirken nun richtig entspannt, er hat den Mund leicht geöffnet und die Falte aus seiner Stirn ist verschwunden.

Vorsichtig drehe ich mich zur Seite, um ihn besser betrachten zu können. Es ist bereits nach acht, normalerweise wäre ich längst auf den Beinen und hätte mein erstes Workout absolviert. Aber es ist gefährlich, Mason allein zu lassen. Er hat schon ein Zimmer verwüstet und es würde mir nicht gefallen, wenn er seine Wut auch an meinem Schlafzimmer auslässt.

Es kommt Bewegung in Mason, seine Hand fährt über das weiße Laken neben sich, ein leises Stöhnen kommt über seine Lippen. Er murmelt etwas Unverständliches und dreht sich auf den Rücken, reibt sich über das Gesicht. Es dauert etwa fünf Sekunden, bis ihm scheinbar bewusst wird, wo er sich befindet.

Keuchend stolpert er aus dem Bett, fällt fast hin, rudert mit den Armen und fährt dann herum. Schwer atmend starrt er mich mit großen Augen an.

»Was denn, *Principessa*? Ich habe dich so gerne beim Schlafen beobachtet.«

»*Jesus Christ*«, flucht er und fährt sich mit beiden Händen durch die Haare.

»Fluche nicht im Namen unseres Erlösers, Mace«, warne ich und richte mich halb auf. »Komm her. Für dich gibt es heute Frühstück im Bett.«

Mason stöhnt und reibt sich über den Bauch, an der Stelle, an der seine neue Narbe prangt. »Ich brauche einen Kaffee und Schmerzmittel. Und Brioche.«

»Du hast hohe Ansprüche.« Ich winke ihn mit dem Zeigefinger heran. Mason zögert, kriecht dann aber zurück ins Bett, wenn auch mit Sicherheitsabstand. Ich fasse unter die vielen Kissen und ziehe die Handschellen heraus, die an meinem Bettgestell befestigt sind. Sofort rutscht Mason wieder zur Kante des Bettes.

»Gib mir dein Handgelenk«, fordere ich ihn auf.

»Nein.«

»Los, sonst gibt es kein Frühstück.«

»Warum sollte ich ...«

»Du hast mein Gästezimmer zerstört, ich werde dich hier nicht unbeaufsichtigt lassen.«

Murrend hält Mason mir seine rechte Hand hin und ich lasse die Handschellen klicken, dann richte ich mich auf, zupfe die Jogginghose zurecht und verlasse das Zimmer.

In der Küche hole ich ein Tablett und bereite zwei Kaffee vor. Durch die großen Fenster kann ich in den Garten blicken und entdecke Alessio, der gerade einen Ball wirft. Ein großer Hund sprintet ihm hinterher, fängt ihn noch in der Luft und rennt zurück zu seinem Besitzer. Tatsächlich. Wir haben einen Hund. Die Frage ist nur: Seit wann?

»Kann ich Ihnen behilflich sein, Mr. Marino?« Kate taucht in meinem Blickfeld auf und sieht mich scheu an.

»Ja. Bitte sag Resco Bescheid, dass ich ihn in einer halben Stunde sehen will.« Wir müssen dringend über das falsche Dienstmädchen sprechen. Vor allem muss ich herausfinden, wie sie es überhaupt geschafft hat, sich hier einzuschleusen.

Kates Wangen glühen in einem saftigen Rot, sie nickt hastig und zieht sich zurück. Resco vögelt meine Angestellte regelmäßig, das ist jedem klar, dennoch wird darüber nur hinter vorgehaltener Hand gesprochen.

Mit meinem vollgeladenen Tablett laufe zurück. Mason liegt noch da, wo ich ihn zurückgelassen habe. Ungeduldig, fast schon sehnsüchtig, sieht er mir entgegen. Hm, das gilt wohl nicht mir, sondern dem Essen.

»Mach mich los.« Er zerrt an seinen Handschellen.

»Ganz ruhig.«

»Ich bin am Verhungern, Domenic.«

Ich schnaube spöttisch. »Tu nicht so, als würde ich dich hungern lassen. Wir haben erst vor zehn Stunden zu Abend gegessen.«

»Zwei Mahlzeiten am Tag sind mir zu wenig«, beschwert er sich. »Ich bin nicht einer deiner Twinks, die nur Salat und Champagner zu sich nehmen.«

»Nein, bist du sicher nicht. Mit denen habe ich deutlich mehr Sex gehabt.« Ich nehme eines der Brioche und halte sie ihm hin. »Mund auf.«

»Ich werde mich nicht von dir füttern lassen.« Er will mit der freien Hand nach dem Gebäck greifen, doch ich ziehe es zurück.

»Na, na. Mund auf.«

»Du bist ein Monster«, schmollt Mason, will beleidigt aus dem Bett steigen, aber die Handschelle hält ihn auf. Er flucht.

»Zier dich nicht, Mason. Na los. Du willst es doch auch«, meine ich, absichtlich verrucht.

»Ich will dir vor allem den heißen Kaffee über den Schoß gießen«, kommt es prompt zurück.

Herausfordernd hebe ich eine Augenbraue. »Trau dich.«

Mason streckt die Hand nach einer der Tassen aus, hält aber auf halben Weg inne und überlegt es sich ganz offenbar anders.

»Kluger Junge.«

»Gib mir jetzt was zu essen«, verlangt er barsch.

Erneut halte ich ihm das Gebäck hin, Mason umfasst mit der freien Hand mein Gelenk und beißt ab. Amüsiert beobachte ich, wie er unzufrieden kaut und, noch bevor er geschluckt hat, schon einen weiteren Bissen nimmt. Schließlich lässt er mein Handgelenk los, um nach einer Tasse Kaffee zu greifen und daraus zu trinken.

»Das macht dir richtig Spaß, oder?«, fragt er mich angriffslustig. »Mich zu demütigen. Fühlst du dich damit besser? Puscht das dein Ego?«

»Ganz genau, das ist der Grund.«

Wir sehen uns in die Augen, Mason sichtlich misstrauisch. »Was genau hast du mit mir vor? Willst du mich so lange quälen, bis du das Interesse verlierst und mich umbringst?«

»Zwei von zwei, du bist richtig gut in Fahrt heute.« Ich zwinkere ihm zu, aber Masons Miene ist wie versteinert.

»Warum kannst du mich nicht einfach gehen lassen? Ich will Sizilien ohnehin verlassen, ich würde dir keine Probleme mehr machen.«

»Hm, das überlege ich mir noch mal, wenn du dich gut anstellst.«

Ungläubig blinzelt er mich an. »Du bist so ein Wichser. Du machst mir Hoffnungen, damit ich auf Knien vor dir rutsche, aber letztendlich bringst du mich doch um.«

Gespielt verträumt neige ich den Kopf und lege mir eine Hand aufs Herz. »Wow, Mason, du verstehst mich so gut. Ich muss dich wohl heiraten.«

»Du bist echt armselig, wirklich«, schnaubt er.

»Und reich und attraktiv und wahnsinnig gut im Bett«, füge ich hinzu.

»So gut im Bett, dass du es nötig hast, einen Mann, der eindeutig kein Interesse an dir hat, für immer an dein Bett zu fesseln?«, fragt er bissig.

Ich grinse. »Nicht für immer. Nur für eine Million Tage.«

Es klopft an meiner Zimmertür, ehe Mason seine Empörung darüber zum Ausdruck bringen kann.

»Das ist Resco, ich muss los.« Das Tablett lasse ich auf dem Bett stehen, ohne selbst davon etwas angerührt zu haben. Es ist einfach falsch, vor dem Training etwas zu essen.

»Hey, mach mich los!«, ruft Mace mir nach und zieht an seinem Handgelenk.

»Keine Chance. Aber ich bin bald wieder zurück, *Micino*. Wir müssen herausfinden, zu wem deine Beinah-Mörderin gehört.«

»Das weiß ich bereits.«

Masons Worte lassen mich innehalten und ich drehe mich nochmal zu ihm herum. »Was meinst du damit?«

»Kurz bevor sie mich abknallen wollte, hat sie zu mir gesagt: ‚Liebe Grüße von Emilio‘. Und ich kenne nur einen Emilio – de Luca.«

Was?! »Und das sagst du mir erst jetzt?«, frage ich kopfschüttelnd.

»Ich hatte ein paar andere Dinge zu tun. Überleben zum Beispiel.«

»Das war eine wichtige Information, Mace«, erwidere ich gereizt. De Luca. Dieser Bastard. Das macht mich so wütend, dass ich den Eindringling am liebsten mit durchgeschnittener Kehle vor seiner Haustür abladen will.

»Ja. Sorry.« Mason kaut auf seiner Unterlippe, offenbar unsicher.

Abrupt wende ich mich ab und öffne Resco die Tür. Wir haben jetzt einiges zu besprechen.

Und danach ... ja, dann habe ich noch etwas mit Mason vor.

Aber zuerst die Arbeit, dann das Vergnügen.

Frustriert.

Das trifft meinen derzeitigen Gemütszustand ziemlich gut. Alessio hat nichts von meinem Vorschlag gehalten, de Luca gleich eine Abreibung zu verpassen. Er war dafür, dass wir erst einmal abwarten und den zerbrechlichen Frieden, der momentan herrscht, nicht riskieren.

»Es geht nur um einen Stricher«, hat Resco gesagt. »Wen kümmert schon, wenn er dabei umgekommen wäre?«

Nun, mich! Es geht nicht darum, wer Mason ist, es geht nur darum, dass er mir gehört und niemand sich an meinem Eigentum vergreift. Niemand außer mir, versteht sich.

»Was soll ich hier?«, fragt Mason unsicher.

Inzwischen ist es Abend. Ich habe mich in das obere Stockwerk der Villa zurückgezogen. Hier befindet sich eine große, offene Fläche, die nur mir gehört. Neben mehreren Sesseln stehen ein Billardtisch und eine Leseecke bereit. Hierhin ziehe ich mich zurück, wenn ich meine Ruhe brauche. Obwohl es keine Tür gibt und theoretisch jeder hoch spazieren könnte, wissen meine Angestellten, dass sie hier nichts verloren haben.

Heute war mir danach, Mason mitzunehmen.

»Setz dich.« Ich deute mit meinem Weinglas auf den Ledersessel, der mir schräg gegenüber steht. Zögerlich folgt er meiner Anweisung. Seine dunklen Augen treffen mich.

Er trägt eines meiner T-Shirts, dazu eine schlichte Jeans und ich finde, er sieht darin zum Anbeißen aus. Und dann dieser Blick ... Nicht scheu, aber vorsichtig. Und gleichzeitig feurig und störrisch.

»Was ist jetzt mit der Frau?«, fragt er unruhig.

»Steht noch auf der Kippe.« Ich nippe an meinem Wein. »Wenn sie überlebt, werden wir sie befragen.«

»Okay.« Offenbar hat Mason eine andere Antwort erwartet. »Essen wir heute hier?«

Scheinbar hat der Kleine schon wieder Hunger. Aber er wird sich gedulden müssen. »Nein. Wir warten noch auf unseren Gast.«

Masons Schultern spannen sich an. »Welcher Gast?«

Ich lege einen Finger an die Lippen und lausche. Ja, tatsächlich. Da sind näherkommende Schritte auf der Treppe. »Er ist schon auf dem Weg.«

Kurz darauf taucht ein bekanntes Gesicht am Treppenende auf. Luca habe ich bereits kennengelernt, als er in meinem Hotelzimmer aufgetaucht ist, nachdem Mason dieses verlassen hat. Damals hatte ich aber keinen Nerv mehr, ihn zu ficken, da mir im selben Moment bewusst geworden ist, dass ich soeben über den Tisch gezogen wurde. Von Mason. Dieser blickt nun schockiert zwischen Luca und mir hin und her.

»Dein Besuch, Dom«, verkündete Alessio knapp.

»Danke, Ace.« Ich nicke meinem Bruder zu, der sich daraufhin wieder verzieht. Nicht ohne ein skeptisches Kopfschütteln. Tja. Alessio war schon immer viel zu verklemmt.

»Darf ich vorstellen? Mason, das ist Luca.«

»Wir kennen uns«, springt Luca ein, nachdem Mason diesen nur mit offenem Mund ansieht. Luca strahlt. »Schön, dich wieder zu sehen.«

»Ihr kennt euch?« Nun bin ich derjenige, der einen scharfen Ton angeschlagen hat.

Luca wendet sich mir zu und senkt demütig den Kopf. »Wir sind uns vor dem *Bicchieri* begegnet, kurz vor unserem Treffen.«

Verstehe. »Was für ein Zufall.« Ich lächle breit. »Schön, dass Ricardo deinen Terminkalender für mich freischaufeln konnte.«

Lucas Wangen färben sich in einem leichten Rotton, er lächelt und wirft mir einen verführerischen Augenaufschlag zu. Allein dieser Anblick lässt mich hart werden. Ob

Mason mich jemals so ansehen wird? Angesichts seiner verbissenen Miene wohl nicht. »Für dich immer. Ich fand es äußerst schade, dass wir uns das letzte Mal nicht richtig ... kennen lernen konnten.«

Meine Lippen verziehen sich ebenfalls zu einem Grinsen. Ich deute mit dem Kinn auf Mason. »Er ist der Übeltäter.«

Schüchtern blickt Luca zu Mace, dann zurück zu mir. Er leckt sich lasziv über die Lippen, was mich noch härter werden lässt.

»Komm her«, fordere ich ihn auf. »Zeig Mason mal, wie man einen richtigen Blowjob gibt. Von dir kann er sicher einiges zu lernen.«

Ich strecke den Arm nach Luca aus und muss diesen nicht lange bitten. Er setzt sich sofort in Bewegung und stolziert auf mich zu. Erneut leckt er sich die Lippen.

»Darf ich?«, fragt er scheu. Ich winke ihn heran und lasse zu, dass er sich breitbeinig auf meinen Schoß hockt. Er küsst meinen Hals, seufzt leise. »Du riechst gut«, schnurrt er.

Ich lege eine Hand zwischen seine Schulterblätter und lasse sie seinen Rücken herunter gleiten. Er trägt ein Hemd, das schon zur Hälfte aufgeknöpft ist und seine Jeans ist mindestens so eng wie Masons bei unserem ersten Abendessen. Über Lucas Kopf hinweg sehe zu Mace, der mich ebenfalls anstarrt. Er hat die Hände zu Fäusten geballt, alles an ihm ist zum Zerreißen gespannt, als wäre er jederzeit bereit, aufzuspringen und abzuhauen.

Ich lächle und neige den Kopf etwas, damit Luca mich dort besser küssen kann. Dieser lässt seine Hände vorwitzig über meinen Bauch gleiten und reibt meinen Schwanz durch die Hose hindurch.

»Hör auf«, presst Mason hervor. Luca hält inne, aber ich streichle erneut über seinen Rücken.

»Mach weiter«, fordere ich ihn auf. »Mason genießt die Show.«

Luca steigt von meinem Schoß, um sich vor mich zu knien. Mit einem süßen Lächeln knöpft er meine Jeans auf und holt meinen Schwanz heraus. Er leckt genüsslich über die Spitze.

»Nimm ihn in den Mund«, fordere ich den Callboy auf. »Tief.«

Gerade öffnet Luca die Lippen, doch im selben Moment springt Mason von seinem Stuhl. »Stopp.«

Ich glaube schon, er wird jetzt einfach abhauen, aber Mace überrascht mich. Denn er kommt mit festen Schritten auf uns zu.

»Weg da.« Er greift nach Lucas Schultern und schiebt ihn zur Seite, was dieser perplex über sich ergehen lässt. Mit brennendem, unzufriedenem Blick starrt Mason auf mich herab. Amüsiert kräuseln sich meine Mundwinkel nach oben und ich nehme einen Schluck aus meinem Glas.

»Knie dich hin, Mason«, fordere ich ihn auf. Er tut es, umfasst mit einer Hand meine Härte und sieht mir fest in die Augen. Adrenalin schießt wie Feuer durch meine Venen.

In meinem Magen braut sich eine intensive Leidenschaft zusammen, die viel mehr ist als bloße Lust. Es ist wahre Begierde.

»Das hier geht nach meinen Regeln, klar?«, sagt er gepresst.

»Wenn du das sagst«, schmunzle ich.

Mason leckt sich über die Lippen, ehe seine Zunge an meinem Schwanz ist. Bei Luca hat sich das gut angefühlt. Aber bei Mason ist das der pure Himmel. Ich habe ehrlich nicht gewusst, dass ich auf tätowierte, sture Bad Boys stehe, doch scheinbar tue ich es.

Ich presse die Kiefer aufeinander, um mir ein Stöhnen zu verkneifen. Er hat erst angefangen, ich kann nicht bereits jetzt so verdammt erregt sein.

Mason lässt sich Zeit. Er streichelt mit einer Hand über meinen Schwanz, leckt und saugt an der Spitze. Schließlich nimmt er mich in den Mund, etwas tiefer als zuvor, seine Zunge liebkost die feinen Äderchen.

Mir ist Lucas Anwesenheit bewusst, doch ich kann sie im Moment nicht wirklich wahrnehmen. Meine ganze Aufmerksamkeit liegt auf Mason, der meinen Schwanz lutscht, als hätte er nie etwas anders getan.

Gerade lässt er mich aus seinem Mund, verreibt den Vorsaft und seine Spucke mit den Händen, sieht mich kurz an. Feuer. Pures, loderndes Feuer. Hätte nicht gedacht, dass ich es so heiß finde, seine tätowierten Fingerknöchel um meinen Schaft geschlungen zu sehen.

Erneut nimmt er mich in den Mund.

»Tiefer, Mason«, weise ich ihn mit rauer Stimme an. »Entspann deine Kehle, atme durch die Nase.«

Störrisch sieht er zu mir auf, zieht den Kopf zurück und lässt mich frustriert aufseufzen.

»Soll ich helfen?«, fragt Luca zögerlich, aber sanft.

»Nein!«, schnauzt Mason ihn an. Als er erneut die Lippen um meinen Schwanz schließt, nimmt er mich tiefer auf als zuvor, zieht den Kopf wieder etwas zurück, leckt und saugt. Ein Schauer geht durch meinen Körper.

Genießerisch schließe ich die Augen, lehne mich in den Sessel und greife mit einer Hand in Masons dunkles Haar. Ein Teil von mir würde seinen Kopf gerne fester auf meinen Schwanz drücken, aber ich halte mich zurück, fahre mit den Fingern nur durch seine weichen Haare und lasse ihn machen.

Mace massiert mit der freien Hand meine Eier, ich spüre bereits das elektrisierende Kribbeln in meinem ganzen Körper.

»Du wirst hoffentlich alles schlucken, Mason«, stöhne ich.

Tut er nicht, wie so oft, wenn ich ihm etwas befehle. Stattdessen zieht er den Kopf zurück und lässt zu, dass ich meine Hose versaue. Zumindest besitzt er so viel Anstand, die Reste von meinem Schwanz zu lecken.

Mein Blick gleitet zu Luca, der uns geduldig zugesehen hat. Ich erkenne die Beule in seinem Schritt und automatisch setzt er wieder sein Verführer-Lächeln auf.

»Geh jetzt, Luca«, fordere ich ihn auf. »Alessio wird dich nach draußen begleiten.«

Die Lippen des Callboys öffnen sich, scheinbar für einen Protest, aber ich lasse ihn nicht ausreden, sondern mache eine ungeduldige Handbewegung Richtung Ausgang. Er nickt eilig und zischt ab, ich höre seine Schritte auf der Treppe.

Ich umfasse Masons Wangen, ziehe seinen Kopf zurück und beuge mich vor, um ihn zu küssen. Hitzig schiebe ich meine Zunge in seinen Mund, er kommt mir mit seiner entgegen. Auch beim Kuss fechten wir einen unerbittlichen Kampf aus, keiner lässt den anderen gewinnen, keiner gibt nach. Ich glaube, das ist der beste Kuss meines Lebens. Er schmeckt nach Gefahr und Leidenschaft.

»Das war ... überraschend«, stelle ich fest. Eigentlich habe ich damit gerechnet, Luca heute Abend noch zu vögeln. Mason sollte zusehen oder Weglaufen, ich habe alles eingeplant, nur nicht, dass Mason ... eifersüchtig wird.

»Für mich auch«, murmelt Mason.

»Steh auf«, fordere ich ihn auf. Er tut es und stöhnt leise, als ich seine Jeans öffne und seinen harten Schwanz heraushole. In dieser Position befindet er sich unmittelbar vor meinem Gesicht, die Spitze glänzt verführerisch.

»Und das geht jetzt nach meinen Regeln«, stelle ich klar. »Beweg dich nicht. Dann wirst du auch zum Orgasmus kommen.«

»Okay«, stöhnt Mason.

Er hält sein Versprechen. Und ich meins.

So war das nicht geplant. Ganz und gar nicht.

Ich liege wieder in Doms Bett, es ist inzwischen tiefste Nacht, aber ich kriege kein Auge zu. Stattdessen lausche ich meinem eigenen Herzschlag und starre in die Dunkelheit. Ich glaube immer noch Doms Geschmack in meinem Mund zu haben, obwohl das nach dem Essen und dem abendlichen Zähneputzen eher unwahrscheinlich ist. Ich habe ihm tatsächlich ...

Ja, und er mir. Trotzdem fühlt es sich so an, als habe ich verloren. Gegen ihn. Und gegen mich selbst.

Domenic neben mir rührt sich und sofort versteife ich mich, doch er dreht sich nur von mir weg. Ein leises Keuchen seinerseits ist zu hören, erneut bewegt sich die Matratze. Neugierig drehe ich den Kopf in seine Richtung. Selbst im Dunkeln erkenne ich, wie angespannt seine Rückenmuskeln sind. Ich erwarte, dass er sich gleich zu mir umdreht und eine dämliche Aktion bringt, aber wieder ist da nur dieses erstickte Stöhnen.

Moment mal – hat er einen Albtraum?

»Dom.« Vorsichtig strecke ich den Arm aus und berühre mit den Fingerspitzen seine

Schultern. Sofort schreckt er zusammen, fährt ruckartig hoch und im nächsten Moment spüre ich seinen Unterarm an meiner Kehle.

Keuchend wehre ich mich gegen seinen Griff, schlage seine Hand weg und handle mir damit einen heftigen Schlag ein.

»Autsch.«

»Mace.« Domenic hält inne, schwer atmend kniet er über mir, blinzelt hektisch.

Am liebsten würde ich ihm das Blut ins Gesicht spucken, das sich in meinem Mund sammelt. Das hat verdammt weh getan!

Dom stöhnt langgezogen und lässt mich frei, rutscht an die Kante des Bettes und stützt die Unterarme auf den Knien ab, den Kopf zwischen den Beinen. Offenbar habe ich ihn mehr erschreckt als gedacht.

»Alles okay?«, frage ich mürrisch.

»Ja«, kommt die gepresste Antwort. Dann nur hektische Atemzüge, als stecke er mitten in einer Panikattacke.

»Danke der Nachfrage, ich habe den Schlag auch gut weggesteckt«, sage ich in die Stille.

Domenic erhebt sich, läuft ziellos durch das Zimmer, dann steuert er auf den Balkon zu. Er öffnet die Türen, tritt nicht heraus, sondern inhaliert nur die frische Meeresluft, die zu ihm herüberweht.

Ich fröstele und greife nach der Decke, während ich ihn argwöhnisch beobachte. Seine Atemzüge werden länger und gleichmäßiger und schließlich lässt er auch die angespannten Schultern sinken. Er schließt die Balkontür und legt sich zurück ins Bett, ohne mir Beachtung zu schenken.

»Schlecht geträumt?«, kann ich mir einen Kommentar nicht verkneifen.

»Von Einhörnern und Blumengärten«, brummt er.

Augenrollend drehe ich mich zur Seite und vergrabe das Gesicht im Kissen.

»Kuschel dich an mich.«

»Was?!« Nun wende ich mich ihm doch wieder zu. Er hingegen hat die Hand immer noch über die Augen gelegt.

»Du hast mich schon verstanden«, murmelt er.

»Vergiss es«, schnaube ich, ziehe die Decke bis zum Kinn und drehe mich weg von ihm.

Zwei Sekunden später wird mir die Decke weggerissen, Dom vergräbt die Finger in meinem Shirt und zerrt mich näher zu sich. Sein warmer Körper schmiegt sich von hinten an mich, sein Atem schlägt in meinen Nacken.

»Sturer Bastard«, knurrt er.

»Sagt gerade der Richtige. Wenn du so auf Kuscheln stehst, solltest du dir ein echtes Kätzchen besorgen«, erwidere ich gereizt.

Er lacht rau. Es klingt nicht amüsiert, eher erstickt »Wieso? Ich habe doch dich, *Micino.*« Das Lachen erstirbt abrupt und er seufzt gedehnt.

Ich habe keine Lust mehr auf Diskussionen, weshalb ich einfach die Lippen fest aufeinanderpresse und schweige.

Und innerhalb der nächsten fünf Sekunden bin ich eingeschlafen.

Der morgen beginnt mit einem Kaffee und der universellen Frage des Lebens.

Warum habe ich Luca aufgehalten, als er Dom einen blasen wollte?

Ich schiele zu dem Hausherr, der schweigend sein Frühstück zu sich nimmt.

Keine Ahnung. Irgendwie *wollte* ich es in diesem Moment so dringend. Ich wollte derjenige sein, der ihm Lust verschafft. Vielleicht ist das ein fairer Gedanke, immerhin behauptet er, ich würde ihm gehören. Dann sollte *er* auch nur *mir* gehören.

Du bist so krank, Mace. Er ist ein krimineller Mafiaboss, der dich ohne mit der Wimper zu zucken umbringen würde und du hattest seinen Schwanz im Mund.

Das Schlimmste daran ist, dass ich mir wirklich Mühe gegeben habe, es gut für ihn zu machen. Was stimmt nur nicht mit mir?

»Du siehst müde aus, Bruderherz«, merkt Arianne an. Sie sitzt mir gegenüber am Tisch und beobachtet Dom ebenso wie ich. »Schlecht geträumt? Oder«, Arianne wackelt übertrieben mit den Augenbrauen, »hat dich etwas anderes wachgehalten?«

Domenic antwortet nicht, er sieht seine Schwester noch nicht einmal an. Irgendwie wirkt er richtig abwesend.

»Dom.«

Eine männliche Stimme lässt uns alle herumfahren. Ein mir unbekannter Typ taucht im Esszimmer auf, er ist jung, mit breiten Schultern und auffällig hellen Augen, die im Kontrast zu seinem dunklen Teint stehen. »Ty hat mich geschickt. Die Einbrecherin hat es nicht geschafft. Sie ist verstorben.«

Stille. Ich traue mich nicht einmal, mein Gebäck anzurühren. Wortlos schiebt Dom seinen Stuhl zurück, wendet sich ab und folgt dem jungen Mann, wo auch immer sie gemeinsam hingehen. Ich sehe beiden noch nach, bis sie aus meinem Blickfeld verschwinden.

»Mann, Dom scheint heute ja richtig gut drauf zu sein«, merkt Arianne an.

»Tja.«

»Leidet er immer noch unter seinen Albträumen?«

Überrascht über die Frage hebe ich nur eine Augenbraue.

»Komm schon«, schnaubt Arianne. »Ich weiß doch, dass er dich nicht mehr aus seinem Bett lässt. Er lässt es sich vielleicht nicht anmerken, aber es macht ihn wahnsinnig, dass er dich in seinem eigenen Haus nicht beschützen konnte.«

Nun kann ich nicht anders, als aufzulachen. »Wie alt bist du, Arianne?«

Verwirrt über den plötzlichen Themenwechsel runzelt sie die Stirn. »Neunzehn«, antwortet sie schließlich.

Ja, das merkt man. »Du hast eine ziemlich romantisierte Vorstellung von deinem Bruder.«

»Du kennst ihn nicht richtig.« Sie zieht eine Schnute, was meine Vermutung nur bestätigt. »Dom hat Ace und mich immer beschützen. In seinem Herzen ist er ein guter Mensch.«

Ich glaube ihr zumindest, dass sie fest davon überzeugt ist, weshalb ich es dabei belasse. Stattdessen nutze ich die Zeit, um Arianne über andere Dinge auszufragen.

»Sind Alessio, Dom und du tatsächlich leibliche Geschwister?«

Ari nimmt einen Schluck von ihrem Cappuccino und nickt. »Wir haben alle den gleichen Vater. Der Rest ist etwas komplizierter.«

»Und Alessio arbeitet für Dom?« Bei meinem ersten Tag bin ich davon ausgegangen, er wäre nur ein weiterer Bodyguard.

»Ja. Ace ist der ältere, aber Dom hat die Familiengeschäfte übernommen.«

»Und was ist mit dir?«

Arianne lächelt über meine Frage. »Was ich mache, will nie jemand wissen.«

Ich lehne mich in meinem Stuhl zurück und lege den Kopf leicht schief. »Ich frage dich doch gerade.«

»Stimmt.« Sie lacht. »Eigentlich studiere ich Psychologie, aber das lasse ich in letzter Zeit ziemlich schleifen. Sag das bloß nicht Dom, sonst darf ich nicht mehr auf Partys.«

Ich zwinkere ihr zu. »Versprochen, dein Geheimnis ist bei mir sicher.«

»Da bin ich ja erleichtert«, schmunzelt sie.

»Wohnst du hier im Haus?«

»Im Gästehaus nebenan, die Gebäude sind miteinander verbunden. Ich hätte eigentlich gerne ein Zimmer auf dem Campus, für ... du weißt schon, die richtige Studenten-Erfahrung. Dom findet das allerdings nicht toll.« Sie verzieht kurz genervt das Gesicht, schüttelt dann aber den Kopf über sich selbst. »Ach, ich sollte mich nicht beschweren. Noch Frühstück?«

»Danke, ich bin pappsatt.«

»Okay. Kannst du meinen Teller mit abräumen?« Ohne auf meine Antwort zu warten, schnappt sie sich ihr Smartphone und verschwindet tippend aus dem Essbereich. Schmunzelnd räume ich den Tisch auf und stelle unser Geschirr in die Spülmaschine. Die Gespräche der Angestellten verstummen abrupt, als ich die Küche betrete, aber sie haben beide ein höfliches Lächeln für mich übrig.

Nachdem der Esstisch sauber ist, trete ich aus dem Esszimmer in den Wohnbereich und blicke mich um. Kein Alessio oder sonst ein Bodyguard weit und breit. Bis auf die weiblichen Angestellten bin ich allein. Mein Blick gleitet durch die große Glasfront nach draußen. Bereits jetzt knallt die Sonne erbarmungslos auf die Veranda und lässt den Außenpool glänzen. Sehnsucht zieht in meinem Bauch. Noch einmal sehe ich mich zu den Seiten um, aber da ist niemand, der mich beobachtet.

Euphorisch laufe ich auf die Türen zu, die zur Veranda führen, und ziehe daran. Sie lassen sich tatsächlich öffnen.

»Sieh mal an«, schmunzle ich und trete ins Freie. Es fühlt sich gut an, die frische, salzige Luft zu inhalieren. Wie lange war ich schon nicht mehr draußen? Sicher über eine Woche. Wahnsinn, was in letzter Zeit so passiert ist.

Hier auf der Veranda ist ein großer Infinity-Pool eingelassen, daneben befinden sich eine Sitznische und ein paar Grünpflanzen. Von hier aus könnte man theoretisch auf den darunter liegenden Parkplatz springen, aber das ganze Gelände wird von einem mindestens drei Meter hohen Zaun mit Stacheldraht begrenzt. Ein Fluchtversuch scheidet also aus, nicht, dass ich irgendeine Hoffnung darauf hätte.

Stattdessen schäle ich mich aus den Klamotten und tauche, nur in Boxershorts bekleidet, in den Pool. Das kühle Nass empfängt mich erfrischend, schlägt über mir zusammen und kühlt meine Haut. Das tut gut. Ich schwimme ein paar kräftige Runden, bis meine Lungen schmerzen. Dann lege die die Unterarme an den Rand des Pools und schließe genießerisch die Augen, während die Sonne mir auf den Kopf scheint.

Zum ersten Mal seit langem fühle ich mich richtig entspannt. Okay, gestern nach dem Orgasmus habe ich mich auch ziemlich gut gefühlt, aber das war etwas anderes. Tief seufze ich und versuche, die Gedanken an Domenic zu verdrängen. Es gelingt mir zumindest so lange, bis seine Stimme eine Gänsehaut über meinen Körper jagen lässt.

»Wer hat dir erlaubt, in meinen Pool zu springen?«

14. MASON

Domenics dunkle Stimme lässt mich zusammenzucken, ich reiße die Lider auf und drehe mich blinzelnd zu ihm herum. Dom schmeißt sein Jackett auf die Sitznische und schiebt eine Hand in die Tasche seiner Anzughose. Die Sonne scheint ihm direkt ins Gesicht, weshalb er die Augen zusammenkneift. Sie wirken in dem Licht fast blau.

»Hm. Du böser Junge.« Mit einer Hand beginnt er damit, sein weißes Hemd aufzuknöpfen.

Seine Worte rieseln warm in meinen Magen. »Hör auf, dich auszuziehen«, warne ich ihn. »Ich habe den Pool noch für eine Stunde reserviert. Nur für mich.«

»Keine Sorge, du wirst gar nicht merken, dass ich da bin.«

Das bezweifle ich stark. Gebannt beobachte ich, wie Stück für Stück von seiner verführerischen, gebräunten Haut freigegeben wird. Er streift das Hemd ab und schält sich aus der Anzughose. Und aus der Unterwäsche.

Hart schluckend lasse ich den Blick über ihn schweifen. Sein Schwanz ist hart und steht steil nach oben, er reibt über seine eigene

Härte, fast flüchtig. Mein Mund wird trocken und es juckt mich in den Fingern, bei ihm Hand anzulegen.

Verdammt, reiß dich zusammen!

Ich kann meinen Blick einfach nicht von seiner Mitte nehmen, als Dom bedächtig auf mich zukommt und einen Hechtsprung in den Pool macht. Wasser spritzt mir entgegen, er taucht unter und gleitet durch das kühle Nass. Geschmeidig schwimmt er bis zum anderen Ende des Pools und ich muss mich regelrecht zwingen, den Blick von ihm abzuwenden und mich wegzudrehen.

Es gelingt mir ganze dreißig Sekunden, der Versuchung standzuhalten, bevor ich wieder herumfahre. Dom beachtet mich gar nicht, schwimmt seine Bahnen von einem Ende zum anderen.

Aus irgendeinem Grund stört es mich. Ehe ich darüber nachdenken kann, stoße ich mich vom Poolrand ab und schwimme ihm entgegen. Ich erreiche ihn, als er gerade am Beckenrand angekommen ist und drücke mich einfach an ihn, umfasse den Rand und schließe ihn in meinen Armen ein. Sein muskulöser Rücken drückt gegen meinen Bauch und seinen Hintern gegen meinen Schritt. Oh ja. Genau so gefällt mir das.

»Was soll das werden, Mason?«, fragt er, betont ruhig, aber seine Stimme hat einen scharfen Ton angeschlagen.

»Ich stehe eigentlich nicht auf trainierte Jungs, aber bei dir mache ich eine Ausnahme«, schnurre ich ihm zu und lecke einen Wassertropfen von seinem Nacken.

Er könnte sich leicht aus meiner Umarmung befreien, tut es jedoch nicht. Er harrt aus. Wartet ab. Elektrisierendes Adrenalin schießt durch meine Adern. Ich gehe noch einen Schritt weiter, greife mit einer Hand zwischen uns und fahre seinen Rücken entlang. Tiefer. Gerade bohren sich meine Finger in seine festen Backen, was sich verdammt gut anfühlt, als Dom sich bewegt.

Blitzschnell dreht er sich herum, packt mich und wechselt die Position. Nun stößt mein Rücken gegen den Beckenrand, er drängt sich näher an mich und automatisch schlinge ich die Beine um seine Hüften, bereue es im nächsten Moment aber sofort. Ein siegessicheres Lächeln erscheint auf Doms Zügen.

»So ganz sicher nicht, *Micino*.«

»Wieso?«, keuche ich. »Ich bin auch sanft zu dir, Domenic.«

»Ja? Ich aber nicht zu dir«, knurrt er und beißt in meinen Hals. Ein Schauer geht durch meinen Körper und schießt geradewegs in meinen Schwanz. *Jesus Christ.*

»Das ist unfair«, meine ich. »Wie wär's, wenn ich dich zuerst ficke und wir dann weitersehen, in welche Richtung sich unsere Beziehung entwickelt?«

»Wie wäre es, wenn ich dich gleich in meinem Pool nehme und mir egal ist, was danach mit dir passiert?«

Ich schlucke den Kloß in meinem Hals herunter und kralle die Finger in den Beckenrand hinter mir. »Du wirkst eher wie der Blümchensex- und Kuschel-Typ.«

»Ich beweise dir gerne das Gegenteil, Mason. Gleich hier.« Seine Lippen streifen meinen Kiefer, mit zwei Fingern hält er mein Kinn fest und drückt seinen Mund auf meinen. Grob schlängelt sich seine Zunge in meinen Mund, fährt über meine Schneidezähne, sucht nach meiner.

Nein, Domenic Marino küsst mich nicht. Er fickt meinen Mund mit seiner Zunge.

Hitze schießt durch meine Glieder und geradewegs in meinen Unterleib. Fuck. Ich will nicht, dass er merkt, wie hart er mich macht. Widerwillig nehme ich den Kopf zurück, wehre mich aber nicht wirklich gegen seinen harten Kuss. Er lässt von mir ab, leckt über meinen Kiefer, saugt an meinem Hals, beißt, leckt. Fest kneife ich die Augen zusammen und lege den Kopf in den Nacken.

»Macht dich das an, Mason?«, raunt er mir zu. »Willst du, dass ich dich hier und jetzt nehme?«

Ja. Ja, fuck, tu es.

Scheiße, verdammt, was denke ich denn da?

»Nein«, sage ich fest, löse meine Umklammerung und drücke gegen seine Schultern. »Lass mich los.«

Die Hitze, die mich jetzt erfasst, ist ganz anderer Natur. Sie bringt eine Welle der Panik mit sich.

»Lass mich los!«, verlange ich, dieses Mal lauter.

Domenic zögert, löst sich aber von mir und schwimmt rückwärts von mir weg. Er behält mich argwöhnisch im Blick, ich brauche allerdings noch zwei tiefe Atemzüge, bis ich mich bewegen kann.

Ich hieve mich hoch, verlasse den Pool und klaube beim Hineingehen meine Kleidung vom Boden.

»So prüde, Mason?«, höre ich Domenic rufen, aber ich achte nicht mehr darauf, sondern stolpere blindlings durch den Wohnbereich, ziehe mir währenddessen meine Klamotten an.

Wohin jetzt? Ich bin nicht gewohnt, mich frei im Haus bewegen zu dürfen, und ich will sicher nicht zurück in Doms Schlafzimmer.

Die Entscheidung wird mir ohnehin abgenommen, da ich sogleich Schritte hinter mir höre. Domenic packt meine Schulter und wirbelt mich herum. Er ist immer noch splitterfasernackt, sein Blick ist dunkel.

»Wohin willst du?«, fragt er mich bedrohlich leise.

Keine Ahnung.

»Eine kalte Dusche würde dir guttun«, erwidere ich zynisch mit einem kurzen Blick auf seinen harten Schwanz. Ich will abhauen, aber Dom lässt es nicht zu. Er legt eine Hand in meinen Nacken und hält mich fest.

»Geh auf die Knie.«

»Nein, danke.«

Sein Griff wird schmerzhaft fest. »Na los.« Er grinst dreckig. »Oder soll ich erst wieder Luca holen?«

Feuer schießt durch meine Venen. »Es ist mir egal, wer dir die Eier leckt, solange ich es nicht sein muss.«

Dom lacht laut auf. »Sah gestern Abend ganz anders aus. Komm schon, Mace. Du kannst mich nicht erst scharf machen und dann einfach fallen lassen.«

»Du warst bereits hart, bevor du zu mir in den Pool gestiegen bist«, erinnere ich ihn und wehre mich, als er mich nach unten drücken will.

»Nur, weil ich dich beobachtet habe. Komm schon. Du kriegst ihn heute sicher tiefer rein als gestern.«

»Lass mich«, verlange ich und boxe ihm in den Magen.

Dom keucht überrascht, weicht zurück, seine Hand gleitet endlich aus meinem Nacken. Höchste Zeit für mich, die Flucht zu ergreifen.

Auch wenn ich sicher bin, dass Dom nicht lange brauchen wird, um mich einzufangen.

15. DOMENIC

Mason Roberts ist bei Gott keine leichte Beute.

Unzufrieden starre ich ihm hinterher, spüre die Wucht seines Schlages noch in meinem Magen. Sturer Bastard. Warum sträubt er sich nur so dagegen, wenn wir doch beide wissen, dass er es will?

»Dom.« Alessio taucht in meinem Blickfeld auf, bleibt wie vom Donner gerührt stehen und starrt überall hin, nur nicht auf meine unteren Regionen.

»Was, Ace?«, frage ich genervt. »Ich bin gerade beschäftigt.«

»Wir haben Dinge zu bereden, Dom«, zischt Alessio. »Kannst du deine ... Aktivitäten in deine Freizeit verschieben?!«

Oh mein Gott! Er ist so verklemmt.

»Warte, Ace.« Mit einer Engelsgeduld lächle ich ihn an. »Ich muss meinem Kätzchen erst ein paar Manieren beibringen.«

»Domenic!«, herrscht Alessio mich an. Er muss schon sehr wütend sein, wenn er meinen vollständigen Namen benutzt, aber darauf kann ich im Moment keine Rücksicht nehmen. Stattdessen folge ich Mason in den dritten Stock, dessen Treppen er soeben erklommen hat. Es gefällt mir ganz und gar nicht, dass er mit dieser Selbstverständlichkeit mein Reich betritt. Ich wusste, ich hätte ihn niemals hierhin mitnehmen dürfen.

»Mason«, flöte ich, sehe mich um und entdecke ihn schließlich am anderen Ende des Billardtisches.

»Zieh dir etwas an, dann spielen wir«, sagt er und greift nach einem Queue.

»Wir spielen doch schon, *Micino*«, erwidere ich und pirsche mich an ihn heran. Er umfasst das Queue mit beiden Händen und hält es vor seinen Körper wie eine Brechstange. Ich muss lächeln, da mich das an unser erstes, nein, eigentlich zweites Treffen erinnert.

»Was willst du tun? Mir die Beine brechen?«, frage ich, bleibe aber sicherheitshalber auf der anderen Seite des Tisches stehen und funkle ihn an.

»Wenn es sein muss.«

Nein, wird er sicher nicht. Obwohl er nicht zartbesaitet ist, hat er zu viel Angst vor den Konsequenzen. Und vielleicht auch ein bisschen zu viel Angst vor *mir*.

Ich umrunde den Tisch und komme auf ihn zu. Mason weicht zurück, bis er mit dem Rücken gegen die Wand stößt, das Queue fest umklammert. Seine Augen gleiten zu meinem immer noch erigierten Glied, sein Adamsapfel hüpft auf und ab.

»Du stehst auf mich«, stelle ich das Offensichtliche fest.

»Ich stehe vielleicht auf deinen Schwanz«, kommt prompt die Antwort. Sofort beißt er sich auf die Unterlippe und korrigiert sich: »Nein, tue ich nicht. Ich mag gar nichts an dir.«

Ich trete vor, spüre das kühle Holz des Queues auf meiner Brust und beuge mich näher zu Mason. Seine Pupillen sind geweitet, seine Kiefer malmen. Die Stoppeln auf seinen Wangen sind etwas dichter als gestern. Er muss sich wieder mal rasieren, ich mag es lieber glatt. Aber ich weiß noch nicht, ob ich ihm tatsächlich scharfe Klingen in die Hand drücken sollte.

Ich greife in seinen Schritt und reibe durch die Jeans seinen Schwanz. Es wundert mich nicht, dass er hart ist. Immer noch. Oder schon wieder.

Mason drückt das Queue fester gegen meine Brust, will mich damit wegschieben. Leider gelingt es ihm und ich verliere den Kontakt zu seinem Schritt. Verdammt, das macht mich wütend. Und ich werde langsam ungeduldig.

Energisch greife ich nach dem Stab, reiße ihn zurück und da Mason nicht loslässt, stolpert er vor, direkt gegen meine Brust. Das bringt ihn so aus dem Konzept, dass ich ihm das Queue endgültig entreißen kann und es achtlos quer durch den Raum werfe.

Schnell wirble ich Mason herum, drücke ihn mit dem Gesicht voran gegen den Billardtisch, trete näher und reibe mich gegen ihn. Mit einer Hand umfasse ich seine Hüfte, mit der anderen greife ich in seinen Nacken und presse seine Wange an den grünen Stoff. Mason stöhnt, klingt aber eher schmerzhaft denn erregt.

»Dom«, protestiert er.

Ich reibe mich gegen ihn und lasse die Hand unter sein Shirt gleiten, berühre seinen nackten Rücken. Seine Muskeln sind zum Zerreißen gespannt. Sie fühlen sich fest an unter der warmen, weichen Haut.

»Entspann dich«, rate ich ihm.

»Nein.«

Ich werde gröber, massiere seinen Rücken mit einer Hand, verstärke dabei den Griff um seinen Nacken.

»Du weißt selbst, dass es unangenehm für dich wird, wenn du so angespannt bist.«

»Bitte, Dom, hör auf«, keucht er. »Warte. Warte bitte.«

Tatsächlich halte ich inne. »Was denn?«

»Du hast gefragt, ob ich schon einmal von einem Mann gefickt wurde«, sagt er, sein Atem geht irgendwie rasselnd, als würde er jeden Moment in eine Panikattacke verfallen.

»Und?«, hake ich ungeduldig nach, als er nicht weiterspricht.

»Ich habe nein gesagt. Aber das stimmt nicht ganz. Zumindest habe ich mich niemals *freiwillig* nehmen lassen.«

Sein Geständnis reißt mir für einen Moment den Boden unter den Füßen weg. Er wurde ... von einem anderen Mann ...

»Und warum sollte mich das interessieren?«, frage ich kühl. Ich schiebe die Finger in sein Haar und ziehe ihn hoch. Nun drückt sein Rücken gegen meine Brust, mein Atem streift sein Ohr. »Ich bin nicht derjenige, der dich sanft und geduldig ein zweites Mal entjungfert. Mir ist egal, wie viel Männer dich schon benutzt haben.« *Lüge. Das ist eine verdammte Lüge.* Stattdessen brandet das irrationale Gefühl in mir auf, diese Männer zu finden und qualvoll sterben zu lassen. »Solange ich der Nächste bin, der es tut.« Ich zögere, weil ich seine Angst förmlich riechen kann. Trotzdem füge ich hinzu: »Und der Letzte.«

Schweigen, das nur gefüllt wird von seinen hektischen Atemzügen und meinen pochenden Herzschlägen.

»Dann lass mich dir einen blasen«, schlägt Mason zwischen zusammengebissenen Zähnen hervor.

Trocken lache ich auf. »Denkst du wirklich, ich lasse deinen Mund ausgerechnet jetzt in die Nähe meines Schwanzes?« Ich fürchte, das würde nicht gut für mich ausgehen.

»Ach. Ständig verlangst du das von mir und nun hast du Angst?«

»Ja, ziemliche Angst.« Ich drücke ihm einen harschen Kuss in den Nacken. »Leider habe ich hier oben kein Gleitgel. Meinst du, Spucke tut es auch?«

»Im Knast vielleicht«, gibt er salopp zurück.

Ich presse die Nase in sein Haar und inhaliere den inzwischen vertrauten Duft. Man sollte aufhören, wenn es am schönsten ist, nicht wahr? Nun. Was mich angeht, sollte ich aufhören, solange ich mich noch selbst kontrollieren kann. »Ich habe jetzt ein paar Dinge zu tun. Verlass diese Etage und geh nie wieder ohne meine Erlaubnis hier hoch. Verstanden?«

»Verstanden«, gibt er sofort zurück. Vermutlich ist er froh darüber, von mir wegzukommen. Als ich ihn loslasse, nimmt er die Beine in die Hand und verzieht sich. Amüsiert sehe ich ihm nach, greife dann nach meinem Schwanz und pumpe ihn ein paar Mal. Ein Stöhnen kommt über meine Lippen.

Während ich es mir selbst besorge, denke ich an Mason. Seine dunkelbraunen Augen, der störrische Blick darin, seine geschwungenen Lippen, den hitzigen Kuss im Pool.

Ich hätte ihn hier und jetzt haben können. Gerade nach seinem Geständnis hätte ich ihn einfach ficken sollen, hätte ihn damit vermutlich endgültig brechen können.

Aber ich mag das Spiel zwischen uns. Ich mag sein Feuer, seine Widerworte, seinen Kampfeswillen. Warum also sollte ich es nicht noch ein bisschen genießen, bevor ich seiner überdrüssig werde?

16. MASON

Domenic lässt mich die nächsten zwei Tage allein in seinem Zimmer. Er erlaubt sogar, dass ich durch das Haus streife, auch wenn immer jemand da ist, der mich beobachtet.

Nur ihn sehe ich nicht mehr. Ich schwimme meine Runden im Pool, genieße das gute Essen, versuche, eine Konversation mit Alessio am Laufen zu halten und spiele Karten mit Arianne, wann immer sie Zeit für mich hat.

»Wo ist Dom eigentlich?«, frage ich an Tag drei beim Abendessen.

»Keine Ahnung.« Sie schneidet ihr Steak, das Messer quietscht über das Porzellan. »Dom ist ständig irgendwo unterwegs. Manchmal ist er wochenlang nicht hier in der Villa.«

Wochenlang? Oh Gott, ich werde vor Langeweile sterben. Ich vermisse - nein, ganz sicher nicht *ihn*. Ich vermisse wohl nur etwas Aufregung in meinem Leben.

»Magst du ihn?« Ari mustert mich interessiert.

»Natürlich. Er ist ja nur mein Entführer und Peiniger.«

»Und Liebhaber.« Sie grinst mich herausfordernd an. »Oder etwa nicht?«

»Definiere Liebhaber.«

Nachdenklich schürzt sie die Lippen. »Na, ein Mann, der dich scharf macht und dich zum Orgasmus bringt.«

»Dann ganz sicher nicht.« *Lügner.*

Ich blicke auf meinen Teller und schiebe das Essen mit der Gabel hin und her. Irgendwie habe ich keinen Appetit, was wirklich an ein Wunder grenzt.

»Und warum bist du dann so traurig, dass er nicht da?«

»Ich bin nicht traurig«, widerspreche ich sofort.

»Ach.« Ari grinst schon wieder.

»Kein Grund zur Sorge.« Doms tiefe Stimme lässt uns beide zusammenzucken. Ich drehe den Kopf nach ihm um und spüre, wie mein Herz einen Satz macht, als ich ihn erblicke. Er trägt einen gutsitzenden, dreiteiligen Anzug, seine Wangen sind glattrasiert, seine Haare ordentlich frisiert. Warum hämmert mein Herz so sehr? *Jesus Christ.*

Dom kommt direkt auf mich zu, beugt sich herunter und schlingt einen Arm von hinten um mich. »Daddy ist wieder Zuhause«, raunt er mir zu.

»Ganz toll«, erwidere ich ironisch.

»Was sagt sein Gesichtsausdruck, Ari? Freut er sich, mich zu spüren?«, fragt Dom an seine

Schwester gewandt. Arianne hat sichtlich Mühe, ein Grinsen zu unterdrücken.

»Er sieht so aus, als würde er sich lieber einen Arm abhacken, als das zuzugeben.«

Dom seufzt und vergräbt das Gesicht an meinem Hals. »Dann sage ich es zuerst: Ich hab dich in meinem Bett vermisst, *Micino*. Jetzt du.«

»Ich habe vermisst, von dir verprügelt zu werden«, meine ich.

»Na, auch gut.« Endlich lässt er mich wieder los und setzt sich an seinen üblichen Platz am Ende des Tisches. »Gib mir was von deinem Steak. Medium Rare?«

Da ich ohnehin keinen Appetit habe, will ich ihm den Teller einfach zuschieben, aber ich entscheide mich anders. Ich schneide ihm ein Stück ab und halte ihm die Gabel hin, eine Augenbraue provozierend erhoben.

Ganz im Gegensatz zu mir hat er offenbar kein Problem damit, von mir gefüttert zu werden. Bereitwillig öffnet er den Mund und nimmt das Fleisch mit den Zähnen von der Gabel.

»Lecker«, kommentiert er.

»Willst du Wein dazu, Dom?«, fragt Arianne und nachdem Dom bestätigt, rauscht sie in die Kühe. Auffordernd nickt Domenic mir zu.

»Mehr.«

Ich kann mir ein Schmunzeln nicht verkneifen, während ich die Gabel volllade und sie Dom in den Mund schiebe.

»Deine Schwester denkt, du bist ein gefallener Engel«, meine ich in die Stille hinein.

»Bin ich das nicht?« Er versucht sich an einem unschuldigen Blick, aber der gelingt ihm nicht im Geringsten.

»Na ja.« Ich fokussiere das Steak, das ich Dom hinhalte. »Vor gut drei Tagen hast du mir angedroht, mich zu vergewaltigen und danach umzubringen.«

»Ach, das.«

Arianne kommt zurück, sie hat die ganze Flasche mitgebracht, um uns allen nachzuschenken.

»Ich gehe gleich auf eine Party, Dom«, informiert sie ihren Bruder. »Ich wäre dir sehr dankbar, wenn Alessio, Resco oder sonst irgendjemand mich diesmal nicht beschattet.«

»Keine Ahnung, wovon du redest.«

»Ich bin nicht bescheuert, Bruderherz. Aber heute brauche ich meine Privatsphäre.«

Dom wendet sich von mir ab und fokussiert seine Schwester mit scharfem Blick.

»Was willst du tun?«

Sie öffnet die Lippen, entscheidet sich jedoch anders und holt tief Luft. »Wenn du es genau wissen willst:

Ich habe ein Date. Mit einem besonderen Mann.«

»Du bist neunzehn, *Sorellina*. Das wird nicht passieren.«

»Ja, ich bin *schon* neunzehn!«, hält Arianne dagegen. »Du hast mit vierzehn angefangen, rumzuhuren und was Ace macht, interessiert dich auch nicht.«

»Das ist mir egal, Ari. Keine Dates, bis du einundzwanzig bist.«

»Oh Gott«, stöhne ich leise und schüttle den Kopf angesichts seiner Doppelmoral.

»Selbst Mace findet, dass du dich bescheuert verhältst!«, brüstet sich Arianne mit einem wütenden Funkeln in den Augen. »Du kannst es mir nicht verbieten, ich bin volljährig.«

»Mace hat keine kleine Schwester, die er beschützen muss«, sagt Domenic scharf.

»Genau gesagt habe ich sogar zwei kleine Schwestern«, rutscht es mir raus. Beide Marinos sehen mich plötzlich an – der eine skeptisch, die andere neugierig.

»Ich hatte kein Problem damit, meine Schwestern auf Dates zu schicken«, führe ich weiter aus. »Nicht, nachdem ich sie aufgeklärt und mit Kondomen versorgt habe. Sex hätten sie sowieso gehabt. Nur so konnte ich sichergehen, dass sie Bescheid wissen und sich an mich wenden konnten, wenn es nötig war.«

»Wow, Mace, das ist ziemlich erwachsen von dir«, pflichtet Arianne mir bei und sieht mit erhobenem Kinn zu ihrem Bruder.

Dom schnaubt abfällig. »Nur weil Mace seine Schwestern zu Huren erzogen hat, mache ich das nicht auch mit meiner.«

Schwungvoll erhebt Arianne sich. »Du bist so ein Arsch, Dom. Wenn du das nächste Mal weg bist, schnappe ich mir Mace und lasse mir von *ihm* alles über Sex erklären. Mit anschaulichen Beispielen!« Mit stapfenden Schritten verlässt sie das Esszimmer, kurz darauf knallt eine Tür.

Dom seufzt und rollt mit den Augen. »War das wirklich notwendig, Mason?«

»Scheinbar schon.« Ich lasse das Besteck sinken und schiebe ihm den halbvollen Teller hin. »Und nur mal nebenbei: Meine Schwestern sind keine Huren. Sie sind selbstbestimmte, unabhängige junge Frauen, die eine studiert Jura, die andere ist freie Journalistin.«

So unabhängig, dass sie mich, ohne mit der Wimper zu zucken, verraten haben. Ich schlucke den Schmerz herunter und versuche, meine neutrale Miene aufrecht zu halten.

»Ich bin ein mächtiger Mann, Mason. Ich kann nicht zulassen, dass meine Schwester sich mit den falschen Männern einlässt.«

Nachdenklich kaue ich auf meiner Unterlippe.

Er sieht mir stumm in die Augen, wartet scheinbar auf meine Erwiderung darauf.

»Du wirst schon das Richtige tun.«

Sein Lächeln ist voller Ironie. »Ich tue selten das Richtige, Mason. Da solltest du langsam wissen.«

Stimmt auch wieder. Ich wende den Blick ab und sehe in den leeren Kamin.

»Arianne ist erwachsener, als du denkst«, kann ich mir einen weiteren Kommentar nicht verkneifen. »Wir haben in den letzten Tagen viel Zeit zusammen verbracht. Du solltest ihr einen Vertrauensvorschuss gewähren.«

»Genug der hilfreichen Tipps.« Dom lenkt mit seiner euphorischen Tonlage meine Aufmerksamkeit wieder auf sich. »Ich habe einen Job für dich.«

Skeptisch ziehe ich eine Augenbraue hoch. »Was?«

»Du hast mir meine Uhr geklaut. Ich will sie zurück. Das wirst du für mich erledigen.«

»Wie soll das funktionieren?«

»Na, du hast sie de Luca übergeben. Also wird sie bei ihm sein.«

Ich blinzle perplex, unsicher, ob ich das gerade richtig verstehe. »Du weißt aber, dass de Luca jemanden engagiert hat, um mich umzulegen. Er wird mich umbringen, wenn ich in seiner Nähe auftauche.«

»Dann musst du dich eben geschickter anstellen.«

Ich verstehe seinen plötzlichen Sinneswandel nicht. Vor ein paar Tagen noch hat er ... Was will er nur ... Will er mich in den sicheren Tod schicken?

»Hör auf, mich so anzusehen, *Micino*«, schnaubt Dom.

Blinzelnd kriege ich meine Gefühle wieder unter Kontrolle und wende mich ab. »Okay.«

Vielleicht werde ich irgendwo zwischen dieser Villa und de Lucas Anwesen fliehen können. Und wenn nicht – mein Tod war doch ohnehin nur eine Frage der Zeit.

Mason sieht mich an, als habe ich ihm befohlen, in Säure zu baden. Ich nehme den letzten Bissen des Steaks und kaue ausgiebig, während ich ihn betrachte. Er beißt die Zähne sichtlich zusammen, seine Finger trommeln gegen den Holztisch.

»Willst du nicht die Einzelheiten meines Plans hören?«

»Schieß los«, sagt er steif, ohne mich anzusehen.

Denkt er wirklich, ich würde zulassen, dass de Luca seine schmutzigen Hände an ihn legt? Ganz sicher nicht. Das darf nur ich.

»Ich lade de Luca und ein paar andere Leute auf eine Party ein.«

»Und ich werde auch dabei sein?«

»Ja. Wie ich de Luca kenne, wird er die Uhr als Provokation direkt am Handgelenk tragen.«

Nun sieht Mason mich doch wieder an. Etwas von dem Trotz ist aus seinen Zügen gewichen und hat Platz gemacht für ehrliche Neugier. »Warum kannst du ihn nicht einfach töten und dir nehmen, was du brauchst?«

»So funktioniert das nicht. Damit würde ich einen waschechten Bandenkrieg auslösen, den ich im Moment nicht gebrauchen kann.«

Zumindest nicht, solange Romano weiterhin rumzickt.

»Was ist so besonders an dieser verdammten Uhr?«, fragt Mason verärgert.

»Sie gehört mir. Das ist alles, was du wissen musst.«

Er seufzt und blickt auf den Holztisch vor sich, beißt sich auf die Unterlippe. Es macht mich wahnsinnig scharf, wie er so seine Lippe malträtiert. Am liebsten würde ich mich vorbeugen und da weitermachen, aber wir haben noch ein paar Einzelheiten zu besprechen.

»Und du denkst, de Luca wird sich einfach auf deine Party begeben und so tun, als wäre alles in bester Ordnung? Er hat eine Killerin in dein Haus geschickt.«

»Was ich nicht beweisen kann«, halte ich dagegen. »Der Frieden ist zerbrechlich. De Luca wird mich nicht offen angreifen, genauso wenig wie ich ihn.«

Mason schnaubt, als ob er das lächerlich finden würde. Es juckt mich in den Fingern, ihn zu packen und auf den Tisch zu werfen, um ihm Manieren beizubringen. Aber gleich wird er sicher noch wütender auf mich sein, weshalb ich mich beherrsche.

»Und welche Rolle werde ich bei der Party spielen?«, stellt er endlich die entscheidende

Frage. »Werde ich mich als Angestellter verkleiden, oder was?«

»Nicht direkt. Du wirst als das gehen, was du bist.« Dieser Satz wäre wohl nicht nötig gewesen, aber nun ist er ausgesprochen. »Als meine Hure.«

Mason schweigt. Blinzelt. Dann bricht er in schallendes Gelächter aus. »Ganz sicher nicht.« Er erhebt sich von seinem Platz, fährt herum und verlässt das Zimmer.

»Mason, komm sofort zurück!«, rufe ich. Ach, was mache ich mir vor, er wird nicht zurückkommen. Schnell stehe ich auf und folge ihm die Treppen herunter, fange ihn kurz vor einem der Gästezimmer ab, wirble ihn herum und stoße seinen Rücken gegen die Tür. Ich lege eine Hand an seinen Hals, drücke aber nicht besonders fest zu.

»Du bist mein Eigentum, Mason«, stelle ich klar, schiebe den Daumen unter das Kinn und hebe seinen Kopf. Ein Kribbeln breitet sich in meinen Eingeweiden aus und ich hauche ihm einen Kuss auf die Lippen.

»Bin ich nicht. Ich bin …« Ich unterbreche seinen Protest mit einem weiteren Kuss, schiebe die Zunge in seinen Mund und schließe genießerisch die Augen. Ich würde lügen, würde ich behaupten, dass ich mich die letzten

Tage nicht danach gesehnt habe. Sehr sogar. Ich habe mich nach *ihm* gesehnt.

»Fuck, Dom«, keucht Mason, als ich von seinen Lippen ablasse. »Lass mich ausreden. Ich bin nicht deine Hure. Ich bin nicht dein Eigentum. Ich ...«

Erneut küsse ich ihn, stürmischer als zuvor. Sein Knie landet prompt in meinem Schritt. Stöhnend lasse ich von ihm ab und weiche zurück.

»Verdammt, dein Ernst?«

Provokant wischt Mason sich über den Mund. »Komm mir nicht zu nahe.«

In meinem Bauch brodeln Wut, Lust und Feuer. Ich will ihn so gerne nehmen, mich endlich in ihm versenken, ihn bis zum Orgasmus ficken, mein Sperma in ihn pumpen und ihm klar machen, dass er nur mir gehört. Noch nie wollte ich jemanden so sehr. Liegt vielleicht daran, dass sich mir bisher keiner so verweigert hat wie er.

Ich weiche zurück, bis ich selbst mit dem Rücken gegen die Tür stoße. Masons glühender Blick brennt sich in meinen. Er könnte weglaufen. Aber er bleibt, sieht mich an, wartet ab.

»Komm her«, fordere ich ihn auf. Und er kommt tatsächlich näher, Schritt für Schritt überbrückt er die Distanz zwischen uns. Er klammert sich in meinem Hemd fest, legt den Kopf in den Nacken und küsst mich. Diesmal ist er derjenige, der seine Zunge in meinen Mund drängt. Ich lasse ihn gewähren, zumindest ein paar Minuten lang, dann lege ich eine Hand an seine Seite und übernehme die Führung. Mason verschränkt seinerseits die Finger in meinem Nacken.

Dieser Kuss ist mehr als nur heiß, das ist der verdammt beste Kuss meines Lebens.

Mason lässt von meinen Lippen ab, seine sind rot und geschwollen, *perfekt*. Er atmet schwer, löst die Hände und legt sie stattdessen flach auf meine Brust, drückt mich gegen die Tür.

»So spielen wir nicht, Mason.«

»Scheint dir aber zu gefallen.« Demonstrativ sieht er an mir herunter. Er massiert meinen Schwanz durch die Anzughose hindurch, so wie ich es vor wenigen Tagen bei ihm getan habe.

»Ja. Genauso wie dir gefallen wird, mein Halsband zu tragen und einen Abend lang meinen Schoßhund zu spielen. Oder ein ganzes Leben lang, wenn du Spaß daran findest.«

Mason hält inne, seine Augen verengen sich. »Das kannst du vergessen.«

Ich umfasse sein Gesicht mit beiden Händen und verstärke den Druck etwas. »Nur das wird dir das Leben retten, Mason. Wenn de Luca dich sieht, wird er dich umgehend töten.«

»Du hast gesagt, bei der Party wird keiner getötet«, hält er dagegen.

»Niemand Wichtiges.« Ich umfasse sein Handgelenk, öffne den Knopf und Reißverschluss der Anzughose und schiebe seine Finger in meine Hose. »Aber du bist ein Kleinkrimineller, de Luca wird behaupten, dass du ihm noch Geld schuldest und er dich deswegen einen Kopf kürzer machen will. So läuft das.«

Mason umfasst meinen Schaft, streichelt mich bedächtig. »Warum muss ich dann überhaupt dabei sein?«

»Hörst du mir nicht zu, *Micino*? Du wirst dafür sorgen, dass ich meine Uhr wiederkriege.«

Er küsst meine Lippen, etwas unkonzentriert, weil er damit beschäftigt ist, mir einen runterzuholen. Und vermutlich auch damit, meine Worte zu verdauen. Ich schlinge einen Arm um seinen Nacken und sehe ihm in die Augen, keuche leise, als er schneller wird.

»Niemand fasst mein Eigentum an. Diese Regel wird keiner auf der Party brechen«, führe ich weiter aus.

Mason leckt über meinen Kiefer. »Und dafür muss ich ein Halsband tragen, wie ein räudiger Köter?«

»Sag das nicht so abfällig«, tadele ich. »Es ist eine verdammte Ehre für dich, es zu tragen. Damit zeigst du jedem, dass du nur mir gehörst und ich dich nicht nur ficke, sondern mein Bett mit dir teile.«

Mason runzelt die Stirn, lacht dann leise auf. »Nun, ich teile dein Bett, aber ich lasse mich nicht von dir ficken.«

»Das sollten wir ändern«, raune ich. Meine Konzentration geht allmählich wirklich flöten, weil ich dem Orgasmus immer näher komme.

Mason antwortet nicht, da er in dem Moment vor mir auf die Knie sinkt und mir den Schwanz leckt. Stöhnend lege ich den Kopf gegen die Tür und streiche ihm durch die Haare. Dieses Mal nimmt er meine Härte tiefer in den Mund, ich spüre die Enge seiner Kehle, seine geschickte Zunge, die Art, wie er an mir saugt und mir mit den Fingern die Eier massiert.

Keuchend drücke ich mich gegen das Holz und ergieße mich in seinen Mund, halte dabei seinen Kopf fest, damit er alles schlucken muss. Er schlägt blind nach meiner Hand, aber nur halbherzig. Sperma tropft aus seinem Mundwinkel und fließt über sein Kinn.

Hustend nimmt er den Kopf zurück, als ich ihn lasse, und blinzelt bitterböse zu mir auf.

»Sauberlecken«, befehle ich. Er tut es, ohne zu protestieren, vermutlich, weil er selbst zu scharf ist.

Wackelig kommt er wieder auf die Füße, lehnt sich gegen meinen Oberkörper und küsst mich mit offenen Lippen. Ich packe seine Schultern und schiebe ihn zurück. Perplex blinzelt er zu mir auf.

»Jetzt du«, verlangt er.

»Jetzt ich *was*?«

»Blas mir einen.«

Amüsiert lache ich auf. »Nein.«

»Nein?!«

»Ich muss jetzt mit meiner Schwester reden und dafür sorgen, dass sie nicht abhaut. Warte im Bett auf mich, *Micino*.«

»Fuck«, flucht er. »Das ist unfair!«

»Wer hat gesagt, dass wir fair spielen?«, erwidere ich schmunzelnd und lasse endgültig von ihm ab. »Bis später, Mason.«

18. MASON

Es ist weit nach Mitternacht, als sich ein warmer Körper an meinen schmiegt.

»Noch scharf auf mich?«, fragt Dom raunend. So, wie seine dunkle Stimme durch meine Glieder vibriert, könnte ich direkt wieder hart werden, aber das werde ich ihm sicher nicht sagen.

»Schon lange nicht mehr«, antworte ich, wehre mich jedoch nicht gegen seinen Griff. Seine große Hand fährt Kreise über meinen nackten Bauch. Da es so warm ist, habe ich heute auf ein T-Shirt zum Schlafen verzichtet. Nur, dass ich bisher kein Auge zutun konnte.

»Schade.« Dom haucht mir Küsse in den Nacken. Kribbelnd schießen seine Berührungen durch meinen Blutkreislauf.

»Hast du Arianne so lange bequatscht, bis es zu spät für sie ist, auf ihr Date zu gehen?«, frage ich, hauptsächlich um mich davon abzuhalten, die Kontrolle zu verlieren. Die Nummer heute im Flur war grenzwertig. Zur Hölle, uns hätte jeder beobachten können in diesem Haus! Und ich habe mich ihm unterworfen wie ein dämlicher Hund, zu dem er mich allen Ernstes machen will.

»Kann schon sein.« Dom klingt unzufrieden, was entweder daran liegt, dass ich ihn durchschaut habe oder daran, dass Arianne ihm stundenlange Vorträge gehalten hat. Oder an beidem.

Ich umfasse sein Handgelenk, streiche mit den Fingern über seinen warmen, tuckernden Puls. »Wann findet diese Party statt?«

»Morgen Abend.«

Wirklich?! Wie schön, dass er mich so früh einweiht. Ein ungutes Gefühl zieht in meinem Magen. Ganz egal, was Dom sagt, ich bin der festen Überzeugung, dass ich auf dieser Party sterben werde. Entweder durch de Lucas oder Doms Hand. Ist es nicht total makaber, dass ich mir wünsche, dass es Dom ist?

Idiot. Du bist ein fucking Idiot!

»Entspann dich, Mason«, haucht Dom mir zu. Dabei habe ich mich nicht wegen seiner streichelnden Berührungen versteift, sondern wegen der Vorstellung, was morgen Abend alles passiert.

»Lass mich los, Dom«, bitte ich ihn, aber ich habe keine Lust, mich wirklich gegen ihn zu wehren. Ich will nicht noch einen Kampf ausfechten. Nicht mehr heute Nacht.

»Nein«, sagt er wie erwartet. »Du kannst besser schlafen, wenn ich dich halte.«

Jetzt kann ich doch nicht anders, als nochmal nachzuhaken. »Was? Wie kommst du darauf?«

»Du kannst nicht leugnen, dass du schneller einschläfst, wenn ich bei dir bin.« Er küsst mich erneut in den Nacken. »Jetzt ruh dich aus. Du brauchst deine Kräfte für morgen.«

Ich beiße mir auf die Unterlippe. »Ich hätte dich nicht für einen so großzügigen Menschen gehalten«, sage ich schließlich. Es sollte sarkastisch klingen, aber stattdessen sind die Worte nur leise und rau, irgendwie kraftlos.

Dom seufzt und rückt mich enger an sich. »Vielleicht kann auch *ich* besser schlafen, wenn ich dich im Arm halte.«

Das Frühstück verläuft angespannt und steif. Arianne würdigt ihren großen Bruder keines Blickes.

»Warum isst Alessio so selten mit uns?«, frage ich in die Stille hinein. Dom wirft mir einen kurzen Blick zu.

»Alessio wohnt nicht hier. Er kommt nur zum Arbeiten her.«

»Ah. Und wo wohnt er dann? Hat er Familie? Frau und Kind?«

Domenic runzelt die Stirn und hebt das Kinn. »Warum willst du das alles wissen?«

Unbeeindruckt hebe ich eine Augenbraue. »Aus Neugier.«

Domenic streckt die Hand nach mir aus, ich zucke aus Reflex zurück und er hält inne. »Was? Denkst du, ich verpasse dir eine?«

»Wäre nicht das erste Mal.«

Er schnaubt und lässt die Finger durch meine Haare gleiten. »Ich überlege, ob ich dir für heute Abend die Haare schneiden soll«, erklärt er. »Einerseits mag ich es, reinzugreifen, wenn du meinen Schwanz lutschst, aber andererseits sind sie schon etwas zu lang. Vielleicht die Seiten etwas kürzen? Was sagst du dazu, Ari?«

»Ich sage, dass du den armen Jungen endlich in Ruhe lassen solltest«, erwidert sie kühl. Autsch. Das saß sichtlich, Dom sieht aus, als wäre er ein getretener Welpe. Ari lächelt kalt. »Offensichtlich steht er nicht auf dich, Bruderherz. Akzeptiere es und bestell dir wieder Stricher, die wenigstens so tun, als würden sie deine Gesellschaft genießen.«

Damn, Girl. Sie kann ja ein richtiges Biest sein.

Domenic lässt von mir ab und lehnt sich in seinem Stuhl zurück. »Du bist offensichtlich sauer auf mich.«

Wie hat er das nur rausgefunden?

»Warum sollte ich sauer auf dich sein? Du zerstörst ja nur mein Leben.« Tränen glitzern in Ariannes Augen, die selbst mir ein Stich versetzen.

»Ari, ich zerstöre gar nichts.« Dom rollt mit den Augen. »Sobald du alt genug bist, besorge ich dir einen anständigen Mann – oder eine Frau, wie du willst –, der dich heiratet und dich behandelt, wie du es verdienst.«

Das glaubt er doch wohl selbst nicht. Arianne wird ausrasten. In drei, zwei, ...

»*Vai a farti fottere*!«, flucht sie lautstark. »Was geht in deinem Kopf eigentlich vor?! Denkst du ernsthaft, du wirst mir einen Mann aussuchen und ich werde ihn gleich heiraten?!«

»Sag nichts mehr dazu«, schneide ich Dom das Wort ab, als er schon den Mund öffnet. »Ehrlich, halt einfach die Klappe.«

Seine Augen funkeln wütend, Arianne schnaubt ebenso verärgert. »Hör besser auf ihn.« Sie erhebt sich schwungvoll und verschwindet aus dem Esszimmer.

»Ari, Stopp!«, ruft Dom ihr nach. »Räum deinen Teller weg. Die Angestellten sind nicht dafür da, um hinter dir herzuräumen!«

Sie reagiert darauf nicht und Doms Seufzen wird tiefer. Er murmelt etwas, was sich wie »Frauen machen nur Probleme« anhört. Ich beschließe, mich besser nicht mehr einzumischen und esse schweigend weiter.

»Wie alt sind deine Schwestern?«, fragt er mich unvermittelt. Jetzt bin ich derjenige, der überrascht über sein Interesse ist.

»Zwei Jahre jünger als ich, also zweiundzwanzig«, antworte ich ihm. »Zwillinge.«

Ich vermisse Clara und Carola mehr, als ich gedacht hätte. Als ich Nashville verlassen habe, war ich so wütend auf sie, doch nun wäre ich bereit, das alles zu vergessen, wenn ich sie nur wieder in die Arme schließen könnte. Aber das wird nicht mehr passieren. Selbst wenn ich lebend von Sizilien runterkomme, was immer unwahrscheinlicher wird, werde ich nicht zurück nach Nashville können. Dort warten noch größere Feinde auf mich als hier.

»Sehen sie so aus wie du?«

Über diese Frage muss ich schmunzeln. »Ja. Nur ohne die vielen Tattoos. Wieso? Hast du Lust auf eine weibliche Version von mir?«

Dom schmunzelt. »Ich hätte eher Lust auf eine weniger störrische Version von dir.« Er deutet mit dem Kinn auf meinen leeren Teller. »Fertig mit Essen?«

»Eigentlich habe ich noch Hunger.«

»Du hast immer Hunger. Heute nach der Party bereite ich dir dein Lieblingsessen zu.«

»Was ist denn mein Lieblingsessen?«, frage ich prüfend.

»Das musst du mir noch verraten.« Er greift über den Tisch hinweg nach meinem Handgelenk, seine Finger streicheln über meine Haut. »Wirst du dich heute Abend benehmen?«

»Werden wir dann sehen«, weiche ich aus. »Kriege ich das Essen nicht lieber vor der Party? Eine letzte Henkersmahlzeit.«

Dom verstärkt seinen Griff. »De Luca wird dich nicht anrühren«, versichert er mir. »Und wenn du dich benimmst, habe ich auch keinen Grund, dich zu bestrafen.«

Ich entreiße ihm meine Hand. »Bestrafen? Das ist doch nicht dein Ernst.«

»Wenn du mir vor den anderen Widerworte gibst, muss ich durchgreifen.«

»*Vai a farti fottere*«, wiederhole ich Ariannes Fluch, stehe auf und beginne damit, die leeren Teller zusammen zu stapeln.

»Hey, beleidige mich nicht in meiner Muttersprache.« Er hilft mir, den Tisch abzuräumen. Dann greift er nach meinem Unterarm und zieht mich mit sich. Wir betreten ein Zimmer im unteren Bereich, was sich als großes Badezimmer entpuppt.

»Warte hier«, befiehlt er. Wenig später kommt er mit einem Stuhl zurück, stellt ihn in die Mitte und nickt mir zu. »Setz dich.«

»*Du* willst mir die Haare schneiden?«, frage ich skeptisch, lasse mich auf den Platz sinken.

»Ja.« Er lässt die Finger durch meine Haare gleiten, die tatsächlich schon etwas zu lang sind. Genießerisch schließe ich die Augen, als er anfängt, meine Kopfhaut zu massieren. »Irgendwelche bestimmte Wünsche?«

»Ist mir egal«, murmle ich. Es ist doch ohnehin nicht mehr relevant. »Mach, was dir gefällt.«

»Oh, *Micino*. Sag das lieber nicht zu laut.« Er lässt mich los und holt eine Schere heraus, positioniert meinen Kopf neu und beginnt.

Die Augen immer noch geschlossen lasse ich zu, dass er an mir herumschneidet. Er redet nicht, sondern verrichtet konzentriert seine Arbeit. Ich habe keine Ahnung wie lange er braucht, aber als er aufhört, wünschte ich, er würde weitermachen, da es sich so gut anfühlt, wie er mich berührt. Doch scheinbar ist er fertig, denn zuletzt rasiert er mir mit einer Maschine den Nacken aus.

»Darf ich sehen?«, frage ich, als das Geräusch verebbt, und schiele bereits zu dem Spiegel, der mir schräg gegenüber beim Waschbecken hängt.

»Noch nicht.« Dom streichelt über meinen Nacken und entfernt die verbliebenen Haare. »Ich hole Rasierschaum und Klingen.«

»Wozu?«

»Zum Rasieren«, erwidert er schlicht und verschwindet hinter mir. Er kramt in einer Schublade und kommt zurück. Ich lasse ihn gewähren, sehe ihn nun allerdings an, als er den Schaum auf meinen Wangen und meinem Hals verteilt. Die Klinge blitzt im Deckenlicht.

»Kopf in den Nacken«, befiehlt er.

Ich schlucke und tue wie geheißen. Präzise und konzentriert gleitet die Klinge über meine Haut, ich höre nur Doms leisen Atem und das rauschende Wasser, mit dem er die Klinge säubert. Schließlich wäscht er mir mit einem feuchten Handtuch die Reste des Schaums weg und verteilt Rasierwasser auf meinen Wangen.

»Fertig.« Er tritt einen Schritt zurück und betrachtet mich. »Perfekt.«

Ich springe auf und laufe zum Spiegel. Dom hat gute Arbeit geleistet, genau so einen Haarschnitt hätte ich mir auch machen lassen, wenn ich die Wahl gehabt hätte. Die Seiten sind kurz, in der Mitte etwas länger.

»Danke«, sage ich und fahre mir durch die Haare.

Dom taucht hinter mir im Spiegel auf, er senkt den Kopf und küsst meine Schulter. Er schlingt einen Arm um meine Mitte und drückt mich an sich. Warum wundert es mich überhaupt, dass er wieder hart ist? Scheint ein Dauerzustand bei ihm zu sein.

»Gerne, *Micino*. Jetzt komm. Ich lege dir schonmal dein Halsband an.«

Ich versteife mich bei den Worten. »Warum jetzt schon?«

»Damit du dich daran gewöhnst.« Er leckt über meinen Hals, beißt mir ins Ohrläppchen. »Ich freue mich, dich damit zu sehen.«

Er freut sich nur, weil er mich damit nur noch mehr erniedrigt. Das ist es doch, was ihn so aufgeilt. Es geht ihm nicht um meinen Körper. Es geht ihm um meinen Kampfeswillen, den er brechen will.

Meine Schultern sacken nach unten und ich nicke nur. Soll er machen. Vielleicht ist es besser, wenn ich ihm diesen Abend gehorche.

Dom umfasst mein Handgelenk und führt mich nach oben. In der obersten Etage angekommen lässt er von mir ab und zieht eine Schublade auf. Ich stehe hinter ihm und spähe ungeduldig über seine Schulter.

»Du hast mir gesagt, ich darf nicht mehr hier hoch«, erinnere ich ihn. Dabei ist das mein liebster Bereich des Hauses. Alles hieran wirkt gemütlich, auch wenn es zusammengewürfelt aussieht. Der Billardtisch, die Sitzmöbel, die verwinkelten Regale. Hier würde ich gerne mehr Zeit verbringen.

»Nur nicht ohne meine Erlaubnis«, konkretisiert Domenic. Er dreht sich herum und hält mir ein dunkelbraunes Lederband hin. Die silberne Schnalle glänzt im Deckenlicht, das dritte Loch ist leicht ausgeleiert.

»Wie viele Männer haben das schon getragen?«, frage ich, ohne es entgegenzunehmen.

Domenic ist offenbar überrascht über meine Frage. »Ein paar.«

»Und was waren sie für dich?«

»Liebhaber.«

»Wer war der Letzte?«

Dom hebt eine Augenbraue. »Matteo. Ist schon ein paar Jahre her.«

Ich kräusle unzufrieden die Lippen. »Das trage ich ganz sicher nicht.«

»Es sollte eine Ehre für …«

»Ich gebe einen Fick auf deine Ansage. Nein, es ist ganz sicher keine Ehre für mich, etwas zu tragen, das deine ehemaligen Huren ebenfalls anhatten. Das. Werde. Ich. Nicht. Tragen.«

Domenic lässt das Lederband sinken, blinzelt perplex, scheinbar sprachlos.

»Mason.« Zu meiner Überraschung wirkt er richtig amüsiert. »Bist du etwa eifersüchtig?«

»Das hat damit doch gar nichts zu tun. Es ist demütigend genug, ein *fucking* Halsband zu tragen, aber wenn ich es anziehen muss, dann will ich ein neues.«

Domenic schmeißt das Lederband blind zurück in die Schublade und macht einen Schritt auf mich zu. Er umfasst grob meine Wange und zwingt meinen Kopf in den Nacken. Sein heißer Atem trifft meine Lippen.

»Es soll dich nicht demütigen, *Micino*. Ich bitte dich, es anzulegen, weil es dich diesen Abend lang schützt. Du wirst für mich von de Luca meine Uhr zurückklauen. Wenn du es das nächste Mal anziehst, dann, weil du es willst. Weil du mich darum anflehen wirst. Es zeigt jedem, dass du mir gehörst und etwas Besonderes für mich bist.«

Ich schlucke trocken, öffne die Lippen, kann aber dazu nichts sagen. Seine Worte haben mir einen warmen Schauer über den Rücken rieseln lassen und ich kann dieses Gefühl einfach nicht mehr abschütteln.

»Das da«, meine Augen huschen zu der Schublade, »werde ich nicht anziehen.«

»Okay.« Domenic ist ruhig, in seinen dunkelgrünen Iriden spiegelt sich ein ganzer Ozean wider. »Ich besorge dir ein neues.«

Einen Moment lang sehne ich mich danach, von ihm geküsst zu werden, doch für den Gedanken schalt ich mich innerlich selbst. *So ein dämlicher Idiot.*

Dom lässt mich los und schließt die Schublade bedächtig. »Warte hier auf mich«, befiehlt er. »Ich bin in zwei Stunden zurück.«

Ich kann nicht glauben, dass ich das wirklich mache.

Aber ich tue es. Ich fahre in die Innenstadt und statte meinem Gerber einen Besuch ab. Nachdem ich ihm ein Bündel Geldscheine auf den Tresen gelegt habe, nimmt er mich sofort dran und fertigt ein neues Band, ganz nach meinen Wünschen, an.

Während ich ihm bei der Fertigung zusehe, frage ich mich, seit wann ich mich von einem Mann so beeinflussen lasse.

Seit Mason.

Irgendwie haben sein sturer Blick und diese verführerisch geschwungenen Lippen Macht über mich. Das sollte mir verdammt nochmal eine Heidenangst machen, aber stattdessen fühle ich mich nur leicht.

Kein Grund zur Sorge. Ich habe immer noch die Kontrolle über alles.

Als ich zurück in die Villa komme, stoße ich im Eingangsbereich mit Arianne zusammen.

»Wohin gehst du?«, frage ich sofort. Genervt zieht sie einen Kopfhörer heraus.

»Was?«

»Wohin du gehst, will ich wissen.« Alles in mir ist gespannt wie eine Feder. Ich hasse es, mit meiner Schwester im Clinch zu liegen, aber manchmal habe ich keine Wahl.

»Ich treffe mich auf einen Kaffee mit Maisey«, sagt sie augenrollend. »Lässt du mich jetzt vorbei?«

Eine Sekunde länger sehe ich ihr fest in die Augen, dann trete ich einen Schritt zur Seite. Doch statt nach draußen zu verschwinden, zögert Ari und mustert mich abschätzig.

»Die Sache mit Mason ... du wirst ihm nicht wirklich wehtun, oder?« In ihren hellbraunen Augen blitzt ehrliche Verletzlichkeit auf. Plötzlich ist sie wieder meine fünfjährige Schwester, der ich versichern soll, dass da keine Monster unter ihrem Bett wohnen.

Ich habe ihm bereits wehgetan. Mehrfach. Und das war erst der Anfang.

»Nein«, lüge ich sie an. So wie damals. Die Monster haben nicht unter ihrem Bett gelauert, sondern im Schlafzimmer nebenan. Das hat sie viel zu früh erfahren müssen. Wie kann sie mir nur glauben, wenn ich sie doch damals schon angelogen habe?

»Gut.« Sie wirkt richtig erleichtert. Sogar ein kleines Lächeln bekomme ich von ihr. »Bis später.«

Nachdem die Haustür hinter ihr geschlossen ist, warte ich zwei Sekunden, dann zücke ich mein Handy und schreibe Resco eine Nachricht. Er soll sie im Blick behalten.

Mason wartet in der oberen Etage auf mich, wie ich es befohlen habe. Er sitzt auf einem der Sessel und starrt ins Leere. Als ich näher komme blinzelt er und fokussiert mich.

»Komm her«, verlange ich, nachdem ich zwei Meter vor ihm stehen geblieben bin.

»Komm du doch her«, sagt er, störrisch wie immer.

Na schön. Ich überbrücke die Distanz und knie mich vor ihn, sodass wir auf Augenhöhe sind. Zufrieden lasse ich den Blick über seine säuberlich rasierten Wangen und die nun kürzeren Haare schweifen. Das ist mir wirklich gut gelungen.

Mason sieht auf das Lederband, das ich immer noch in den Händen halte. Ich habe es den Weg über nicht losgelassen, inzwischen ist das Leder unter meinen Fingern ganz warm.

Es ist pechschwarz, mit silberner Schnalle und trägt meine Initialen. DM. Genau so, wie sie auf seinem Rücken verewigt sind.

»Gib her«, verlangt er und greift danach. »Bringen wir es hinter uns.«

»Nein.« Ich lasse es nicht los. »Ich werde es dir anlegen.«

Mason zögert, schluckt merklich. Schließlich zieht er die Hand zurück und sieht mir fest in die Augen. Vorsichtig lege ich ihm das Halsband an, es schmiegt sich perfekt um seinen Hals und passt wie angegossen. Für den Anfang ziehe ich es nicht ganz so fest, damit er sich daran gewöhnen kann.

Schon allein der Anblick lässt jegliches Blut in meinen Schwanz schießen. Verdammt. Wie soll ich es einen langen Abend aushalten, ihn so zu sehen? Er sieht so heiß aus. Ein Teil seins Halstattoos wird von dem schwarzen Leder verdeckt, aber am besten gefällt mir das geschwungene *DM*. Bedächtig fahre ich mit den Fingern darüber, bevor ich Mason in die Augen sehe.

»Gefällt mir«, raune ich.

Er schluckt und lehnt sich in den Sessel zurück, bringt so Abstand zwischen uns. »Na dann.«

Er wirkt irgendwie unsicher, was ich so gar nicht von ihm kenne. Ein Lächeln kräuselt sich an meinen Mundwinkeln.

»Wie fühlt es sich für dich an?«

»Als würde ich ein Halsband tragen«, erwidert er lapidar und zupft an dem schwarzen Leder. »Kann ich es wieder abnehmen?«

»Wieso?«

»Na die Party beginnt erst später und ich muss vorher duschen.«

»Ich will nicht, dass du es abnimmst.« *Nie wieder.* »Nicht, bis wir zurück sind.«

Mason fährt mit zwei Fingern unter dem Bund des Halsbandes entlang, als wolle er es lockern, widerspricht mir aber nicht. »Na schön. Und wie genau läuft das heute Abend ab?«

»Du musst nichts tun. Nur gehorchen.« Am liebsten würde ich ihn überall berühren, doch ich halte mich zurück. Im Moment ist nicht der richtige Zeitpunkt, um über ihn herzufallen, denn ich weiß, dass ich mich nicht beherrschen kann, wenn ich einmal damit anfange.

Trocken lacht Mason auf. »Bei dir klingt es, als wäre das leicht.«

»Das ist es.«

Er schüttelt den Kopf und presst die Lippen fest aufeinander. Mein Blick huscht von seinem Gesicht zu seinem Hals. Er berührt immer noch das Lederband.

»Versuch es einfach«, bitte ich ihn. »Das wird dir das Leben retten.«

Er kaut unzufrieden auf seiner Unterlippe. Auffordernd strecke ich das Kinn vor.

»Gib mir einen Kuss.«

Es kostet ihn sichtlich Überwindung, er zögert endlos lange Sekunden, doch schließlich beugt er sich vor und haucht mir einen schnellen, harschen Kuss auf die Lippen.

»Das kriegst du besser hin, da bin ich mir sicher.«

Mason rollt mit den Augen und schüttelt leicht den Kopf. Aber er reißt sich zusammen, legt mir eine Hand an die Wange und küsst mich noch einmal, dieses Mal nicht ganz so unwillig, fast sogar liebevoll.

Geht doch.

»Gut. Aber ich habe dir nicht gesagt, dass du mich anfassen sollst.«

Demonstrativ legt er auch die zweite Hand an mein Gesicht und schiebt die Finger in mein Haar, zieht leicht daran, damit ich den Kopf zurücklege. Er leckt sich über die Lippen, bevor er die Augen schließt und sie auf meine presst.

»Mason«, raune ich zwischen zwei Küssen. »So war das nicht abgesprochen.«

Ich reiße mich von ihm los, richte mich auf und beuge mich über ihn, die Hände links und rechts neben seinem Kopf auf der Sessellehne abgestützt. Herausfordernd sieht er zu mir auf.

»Wirst du mir eine Waffe mitgeben?«

Sein abrupter Themenwechsel bringt mich kurz aus dem Konzept. »Nein.«

Er verzieht unzufrieden die Lippen. »Nicht einmal ein Messer?«

»Auf keinen Fall.«

»Und wenn de Luca mich umbringt?«

»Wird er nicht.«

»Aber was, wenn er es darauf anlegt?«, lässt er nicht locker. Mason legt eine Hand auf meine Brust. »Wenigstens ein Messer, Dom. Mehr brauche ich gar nicht.«

Dieser Bastard versucht doch, mich zu manipulieren. Ich drücke mich ab und entferne mich von ihm. »Nein«, sage ich nochmal. »Wir sehen uns in zwei Stunden vor meinem Zimmer. Geh vorher duschen. Ich werde bestimmen, was du anziehst.«

Ein letztes Mal lasse ich den Blick über ihn schweifen. Er sitzt in dem Sessel, strahlt pures Selbstbewusstsein aus, als würde ihm dieses ganze Haus gehören. Und doch trägt er mein Halsband. Er geht vor mir auf die Knie. *Er ist mein.*

Und heute Abend wird es jeder sehen.

Ich nehme den Mercedes, um uns zur Party zu bringen. Alessio hat darauf bestanden, mich zu eskortieren und ich habe ihn gelassen, auch wenn ich im Moment gerne mit Mason allein in dem Auto wäre.

Er sitzt kerzengerade auf dem Beifahrersitz, jeder seiner Muskeln angespannt. Das kann ich so gut sehen, da er halbnackt ist. Er trägt nur eine zerrissene Jeans, die ihm verführerisch tief auf den Hüften sitzt und seine Unterwäsche hervorblitzen lässt. Mehr nicht. Kein störender Stoff, der seinen muskulösen Oberkörper bedeckt, die vielen Tattoos und vor allem meine Initialen auf seinem Rücken. Sie sind immer noch gut sichtbar.

Mason hat sich nicht so sehr gegen meine Klamottenwahl gewehrt, wie erwartet. Er hat sein Schicksal nach nur fünfzehn Minuten Diskussion, die hauptsächlich aus »Nein« und »Doch« bestand, angenommen.

Ich lege die Hand auf seinen Oberschenkel, woraufhin er sofort zusammenzuckt.

»Bleib ganz ruhig«, bitte ich ihn. »Am besten tust du auf der Party nicht so, als würde jede meiner Berührungen dich umbringen.«

»Du kannst mich mal«, spuckt Mason mir entgegen.

»Ich kann dich mal *was*? Ficken? Sehr gerne. Wir können hier und jetzt anhalten und ich erfülle dir deinen sehnlichsten Wunsch.«

Mason schlägt nur meine Hand weg und versinkt tiefer in den Sitz, die Arme vor der nackten Brust verschränkt.

»Du brauchst nicht nervös zu sein«, versichere ich ihm.

»Was, wenn ich die Uhr nicht zurückbekomme?«, fragt er mich salopp. »Was dann?«

»Nun, diesen Fall müssen wir nicht besprechen, da du es schaffen wirst.«

Der Wagen wird langsamer, ich setze den Blinker und fahre in eine Tiefgarage. Mason neben mir atmet sichtlich tief ein und aus. Mein Blick gleitet in den Rückspiegel zu Alessio, der stumm auf der Rückbank sitzt. Nichts in seinem Gesicht deutet darauf hin, was er von unserer Unterhaltung hält.

Wie unterschiedlich meine Geschwister doch sind.

»Du hast nie gefragt, was mein Lieblingsessen ist«, sagt Mason gepresst, als ich in dem fast leeren Parkhaus neben einem Ford Escalade halte.

»Was?« Für einen Moment habe ich tatsächlich keine Ahnung, was er mir damit sagen will.

Mace dreht den Kopf zu mir, seine Zähne malträtieren die Unterlippe. »Du hast gesagt, dass du nach der Party mein Lieblingsessen kochst. Aber du hast nie gefragt, was es ist. Also ist es dir egal, weil du ohnehin nicht davon ausgehst, dass ich den Abend überlebe.«

Etwas in meiner Brust wird weich und warm. Ich lege den Kopf gegen die Lehne, ohne ihn aus den Augen zu lassen.

»Mac'n'Cheese. Auch wenn man dabei nicht wirklich von Kochen sprechen kann.«

Masons Mund klappt vor Überraschung auf. »Woher ...«

»Von Arianne.«

Ein leichtes Schmunzeln legt sich auf seine Züge. »Ach, sie redet wieder mit dir?«

»Zumindest, wenn es um die wichtigen Sachen geht.« Bedächtig lasse ich den Blick über sein Gesicht schweifen. »Ich habe dich nie angelogen, Mace. Wenn ich sage, dass du heute Abend nicht gekillt wirst, dann vertraue darauf.«

Zögern. Schweigen. Er senkt die Lider. »Okay«, wispert er.

»Lass uns gehen.«

Wir fahren mit dem Fahrstuhl direkt in den siebten Stock. Mason steht schräg hinter mir, den Blick starr nach vorne gerichtet. Ich bin ganz entspannt, öffne die obersten Knöpfe meines Hemdes und lockere den weißen Stoff. Ich trage keine Krawatte, nicht einmal ein Jackett und obwohl die Klimaanlage selbst im Aufzug funktioniert, ist mir bereits heiß. Könnte aber auch an meiner Begleitung liegen und der Vorstellung, was heute Abend alles passieren wird.

»Noch eine Sache«, flüstere ich ihm zu, ohne ihn anzusehen. »Du wirst dich entweder auf meinen Schoß setzen oder vor mir knien.«

»Was ...«

Die Türen gleiten auf und unterbrechen damit Masons Protest. Klaviermusik schlägt uns entgegen, ich halte einen Moment lang inne und lasse das Ambiente auf mich wirken.

Zwei bewaffnete Männer, die offenbar zu einer Art Sicherheitsdienst gehören, kann ich auf den ersten Blick erkennen. Sie tragen Kopfhörer und mischen sich bedächtig unter die Leute. Es sind mehr Gäste da, als erwartet.

Ich habe Talina die Organisation überlassen, habe nur verlangt, dass de Luca da sein soll. Alles andere, von der Location bis hin zum Thema, habe ich in die Hand meiner Cousine gelegt. Aber dass sie einen Sicherheitsdienst beauftragt, passt nicht zu ihr. Diese beiden Männer gehören zu jemand anderem auf dieser Party.

Ich trete einen Schritt vor, raus aus dem Aufzug und hinein in das schicke Penthouse. Es ist weitläufig und geräumig, überall stehen Tische mit Getränken und einer kalten Platte, außerdem wurden verschiedene Sitzmöglichkeiten eingeräumt. Am Ende des Raumes kann man durch eine Glasfront direkt auf das Meer blicken. Die untergehende Sonne taucht alles in ein mattes Rot.

»Domenic.« Randall Thalhaus tritt zu mir und streckt mir strahlend die Hand hin. Randall ist der Chef einer großen Bankfiliale, mein Vater hat schon mit seinem Vater zusammengearbeitet.

»Randall«, erwidere ich und schüttle seine Hand. »Wir müssen noch über die letzte Quartalsabrechnung sprechen.«

Er lacht nervös und lockert den Knoten seiner Krawatte. Er sieht nicht aus wie ein Typ, der in kriminelle Machenschaften verwickelt ist und ich glaube, dass er dafür eigentlich gar nicht gemacht ist. Doch es ist ein Familiengeschäft – so wie bei mir.

»Ja, natürlich. Aber nicht heute Abend.« Sein Blick gleitet neugierig zu Mason, der immer noch schräg hinter mir steht. »Neues

Spielzeug?« Er leckt sich die Lippen und seine Augen werden glasig. Widerlicher Bastard.

»Offensichtlich.« Ich mache einen Schritt zur Seite, um Randall den Ausblick auf meinen Jungen zu verwehren. »Wo ist deine Frau? Hast du sie nicht mitgebracht?«

»Doch, doch, natürlich.« Randall verzieht die Lippen. »Ich gehe sie mal suchen.«

Gute Idee. Hauptsache, er starrt Mason nicht mehr an, als wolle er ihn zum Dessert vernaschen. Kurz werfe ich einen Blick über die Schulter. Ein Kribbeln erfasst meinen ganzen Körper. Ihn in diesem schummrigen Licht zu betrachten, ist eine wahre Wohltat. Seine definierten Muskeln und die Tattoos, die wie ein halbfertiges Kunstwerk auf seiner makellosen Haut wirken, lassen ihn aussehen wie den Hauptgewinn.

Und er gehört nur mir.

Mit einem zufriedenen Lächeln auf den Lippen setze ich meinen Weg fort, begrüße Leute und führe hier und da Smalltalk. Mason folgt mir, lässt die Blicke der anderen an sich abprallen und schweigt beharrlich.

Und schließlich treffen wir auf den Mann, wegen dem dieses ganze Event erst veranstaltet wurde.

Emilio de Luca betritt mit einer blutjungen Frau das Penthouse, sie werden von zwei seiner

Männer flankiert. Vor den breitschultrigen Riesen wirkt de Luca fast schmächtig.

»Ah, Domenic.«

»Emilio«, erwidere ich und strecke ihm die Hand hin. Er lacht, schlägt sie weg und küsst mich rechts und links auf die Wange.

»Nicht so förmlich, Junge. Ich habe deine Windeln gewechselt und jetzt willst du deinen Onkel nicht einmal umarmen?«

Ja, Emilio wird mich nie vergessen lassen, wie lange er schon im Geschäft ist und was er von mir denkt. Mein Vater und er waren Geschäftspartner, sogar Freunde, auch wenn ich nicht genau weiß, ob sie sich jemals wirklich gemocht oder doch nur ständig Pläne geschmiedet haben, den jeweils anderen zu vernichten.

»Ich habe deiner letzten Geliebten die Kehle aufgeschlitzt, ich ging davon aus, dass du mir das noch nachträgst«, erwidere ich mit einem kalten Lächeln. Dann wende ich mich der schwarzhaarigen Schönheit zu, die mich mit aufgerissenen Augen ansieht.

»Sehr erfreut, junge Dame. Domenic Marino. Willkommen in meinem Viertel.« Sie ergreift meine Hand und lässt zu, dass ich ihr einen Kuss auf den Handrücken platziere.

»Vanessa«, stellt sie sich im Gegenzug mit dünner Stimme vor.

»Das ist doch Schnee von gestern«, erwidert de Luca, greift Vanessas Hand und schielt an mir vorbei. Sein Lächeln erstirbt, als er Mason erkennt.

»Wie ich sehe, hast du auch jemanden mitgebracht.«

Ich winke Mason heran. »Sag ‚Hallo' zu Emilio und Vanessa, Mace.«

Er macht einen Schritt vor, sodass wir auf einer Höhe sind. Vanessas Augen werden groß, als sie den Blick über seinen nackten Oberkörper wandern lässt. Eine leichte Röte breitet sich auf ihren Wangen aus.

»Hallo«, sagt er und selbst dieses eine Wort aus seinem Mund klingt so unwillig, dass ich grinsen muss. Er wäre vermutlich gerade überall lieber als hier.

»Aus welcher Gasse hast du den denn aufgegabelt?«, fragt de Luca mit gerümpfter Nase.

»Oh, Mason ist ein *Fan*.« Ich fahre Mace durch die Haare, ohne Emilio aus den Augen zu lassen. »Er stand in meinem Hotelzimmer und hat darum gebettelt, von mir genommen zu werden. Was soll ich sagen. Ich habe Gefallen an ihm gefunden.«

Ich muss Mason zugutehalten, dass er keine Miene verzieht, obwohl er innerlich bestimmt am Kochen ist.

De Luca lacht leise, doch es wirkt nicht im Geringsten amüsiert.

»Komm mit, Emilio. Ich habe etwas für dich vorbereiten lassen.« Ich laufe voraus, durchquere das Penthouse und führe de Luca mit seinen Männern zu einem Durchgang, der von einem seidenen Vorhang verdeckt wird. Ich schiebe ihn zur Seite, lasse erst Mason, dann Vanessa eintreten. Emilio hält inne und sieht mir fest in die Augen. Misstrauen und Verärgerung glänzen kurz in seinem Blick auf, ehe er es mit einem Lächeln wegwischt.

»Schön, dass wir uns mal wieder sehen, Domenic.«

»Die Freude ist ganz meinerseits.«

Hinter dem Vorhang verbirgt sich ein weiterer, privater Raum. Mehrere Sessel und niedrige Tische, auf denen teurer Wein und Zigarren bereitliegen, stehen verteilt herum. Eine Tür führt zu einem geräumigen Balkon, eine Stehlampe spendet schummriges Licht.

De Luca lacht schallend los. »Kubaner. Wie in alten Zeiten.«

Er greift sich eine Zigarre und hält sie sich unter die Nase, inhaliert den Geruch. »Herrlich.«

»War gar nicht so leicht, deine Lieblingsmarke aufzutreiben«, sage ich und lasse mich auf einen der Sessel fallen. Mein

Blick gleitet hoch zu Mason und ich deute ihm, sich zu setzen. Er ballt die Hände zu Fäusten, sein Kiefer mahlt. Es widerstrebt ihm sichtlich, ich kann seinen inneren Kampf förmlich hören. Schließlich lässt er sich auf die Knie vor mich sinken, die Hände hinter dem Rücken verschränkt. Er hält das Kinn erhoben, die Muskeln angespannt. Seine Haltung ist perfekt und er sieht dabei so faszinierend schön aus, dass ich meinen Blick unmöglich von ihm nehmen kann.

De Luca fällt auf den Sessel mir gegenüber, Vanessa setzt sich auf seinen Oberschenkel und krallt sich an seinem Hemd fest. Emilios Blick ist starr auf Mason gerichtet.

»Was hast du mit ihm vor?«, fragt er mit einem Nicken in seine Richtung.

»Er wird bei mir bleiben, solange ich Interesse an ihm habe.« Ich greife nach der Weinflasche und schenke zwei Gläser ein. De Lucas Gorillas haben sich am Durchgang zum Raum aufgebaut und beobachten mich wachsam. Ich ignoriere sie, auch wenn ich niemals vergesse, dass sie da sind.

Ich nippe an meinem Glas, genauso wie de Luca. Wir liefern uns einen Anstarrwettbewerb, den keiner von uns unterbricht. Ich hasse diese vorgetäuschte Freundlichkeit, wo wir doch beide wissen, dass wir einander töten, wenn es sich ergibt. Aber so läuft das auf Sizilien. Nur so kann man den zerbrechlichen Frieden wahren.

»Er erinnert mich ein bisschen an deinen Letzten«, sagt Emilio. »Wie hieß er noch gleich? Max? Matteo?« Ein kaltes Lächeln umspielt seine Lippen. »Der hat nicht lange gehalten.«

»In der Tat nicht.« Wir wissen beide, auf wessen Kappe Matteos Tod geht. Aber er wurde gerächt, auch wenn das nur ein kleiner Trost ist.

Ich lege die Hand auf Masons Kopf, vergrabe die Finger in seinem Haar und drehe ihn in meine Richtung.

»Trink«, befehle ich und halte ihm mein Glas an die Lippen. Er öffnet den Mund und lässt zu, dass ich ihm Wein einflöße.

An so einen gefügigen Mason könnte ich mich glatt gewöhnen.

»Gut so«, lobe ich und streiche ihm erneut durch die Haare.

»Ein feines Schoßhündchen hast du da«, kommentiert de Luca mit einem widerlichen Grinsen. »Lässt er sich auch gut ficken?«

Das muss ich erst noch herausfinden.

Mason ist gespannt wie eine Feder, ich weiß, dass er am liebsten aufspringen und de Luca eine verpassen will, aber er hält sich zurück.

»Tja ...« Bevor ich darauf antworten kann, schiebt sich der Vorhang zur Seite und ein bekanntes Gesicht taucht auf. Sofort springe ich auf die Füße, eine Hand an meine Knarre gelegt.

Christian Romano steht vor mir. Er trägt einen teuren schwarzen Anzug und eine platinblaue Krawatte, die perfekt zu seinen funkelnden Augen passt. Er ist ein Stück größer als ich, was mich schon immer geärgert hat, aber auch ohne seine Größe strahlt er pure Arroganz aus.

»Ich glaube, meine Einladung ist bei der Post verloren gegangen«, sagt er und schnipst sich einen nicht vorhandenen Fussel vom Jackett.

Natürlich, die Männer, die ich fälschlicherweise für Sicherheitspersonal gehalten habe, gehören zu Romano. Sie haben die Lage ausgekundschaftet, bevor Christian auftauchen konnte.

»Christian, hallo«, grüße ich und lasse mir nicht anmerken, wie sehr seine Anwesenheit mich nervt. So war das alles nicht geplant. »Das ist nicht *diese* Art von Party.«

Christian lacht leise auf, sein Blick gleitet demonstrativ zu Mason. »Tatsächlich? Ein hübscher Junge kniet vor dir auf dem Boden, eine sicher nicht volljährige Frau reibt sich auf

Emilios Schoß ... ich glaube sehr wohl, dass es diese Art von Party ist.«

Ein weiterer arroganter Satz aus seinem Mund und alles könnte eskalieren. Verdammt, ich muss einen kühlen Kopf bewahren, auch wenn es mich mächtig nervt, dass er einfach in meinem Viertel auftaucht, in meinem Haus, auf meiner Party.

»Auf ein Wort, Christian«, bitte ich ihn und deute mit einem Kopfnicken Richtung Balkontür.

»Gerne doch.«

»Bleib hier und unterhalte meine Gäste, *Micino*«, sage ich an Mason gewandt und laufe voraus. Ich öffne die Balkontür, frische, warme Abendluft weht hinein. Christian wirft Mason noch einmal einen Blick zu, dann tritt er als Erster raus auf den Balkon.

21. MASON

Unruhig starre ich Dom nach, der mit dem fremden Mann auf den Balkon tritt. Die Tür schließt sich und ihre Stimmen sind nur noch gedämpft zu hören. Mein Blick klebt an den beiden Männern, die sich weiter entfernen und aus unserem Blickfeld verschwinden.

Scheiße. Jetzt bin ich allein mit de Luca.

»Mason, Mason, Mason«, sagt dieser säuselnd. »Dich hier zu sehen war eine wahre Überraschung.«

Ich schlucke trocken. »Was? Hast du gedacht, ich wäre schon längst tot?«

»Natürlich. Aber irgendwie scheinst du Marinos Aufmerksamkeit zu fesseln.« Er neigt den Kopf und mustert mich abschätzig.

»Wie alt ist das Mädchen?« Angewidert verziehe ich das Gesicht. »Sie könnte deine Enkeltochter sein.«

Mein Blick bleibt bei seiner Hand hängen, die in kreisenden Bewegungen über ihre Hüfte streicht. An seinem Handgelenk blitzt etwas auf, als sein Jackettärmel nach oben rutscht.

Dom hatte recht. De Luca trägt tatsächlich die gestohlene Uhr.

»Ach, bitte«, schnaubt Emilio. »Wenn ich deinem Liebhaber sage, weswegen du wirklich in seinem Hotelzimmer warst, wird er dir hier und jetzt eine Kugel verpassen.«

Er hat Dom diese lächerliche Geschichte abgekauft? Eigentlich hätte ich gedacht, dass er uns gleich durchschaut hat.

»Tu's doch«, erwidere ich scharf.

Er seufzt langgezogen. »Damit würde ich dir nur einen Gefallen tun, Junge. Sieh dich an. Rutschst vor ihm auf den Knien wie eine billige Nutte.«

Die Hitze in meinem Magen wird fast übermächtig.

»Oder hast du dich verliebt?« Spöttisch hebt de Luca eine Augenbraue. »Man erzählt sich, dass Domenic Marino sanft und einfühlsam sein kann. Hat er dich tatsächlich verführt, kleiner *Americano*?«

Er provoziert mich doch absichtlich. Was ist sein Plan? Will er mich so weit reizen, damit ich mich auf ihn stürze und er mich umlegen kann? Das würde ihm sicher gefallen.

Aber dieses Spiel können wir beide spielen.

»Wer war die Kleine, die versucht hat, mich umzubringen?«, frage ich ihn. »Du hättest besser jemand Standhafteren schicken sollen. Sie hat nicht lange überlebt.«

De Lucas Miene verdüstert sich. »Keine Ahnung, wovon du sprichst.«

»Sie war süß. Und jung. Hast du sie auch vorher gefickt, bevor du sie in ihren Tod geschickt hast?«

»Geh und hol mir einen Scotch, Nessie. Dieser Wein ist mir zu lasch«, befiehlt Emilio mit ruhiger Stimme. Sofort erhebt sich Vanessa und stöckelt aus dem Raum hinaus, vermutlich ist sie froh, dieser Situation entkommen zu können.

De Luca rutscht an den Rand des Sessels, stützt die Unterarme auf den Knien ab und beugt sich zu mir vor. Schweiß glänzt auf seiner Stirn, er kneift die Augen zusammen und schüttelt den Kopf.

»Als du ein dämlicher, aber mutiger Dummkopf auf den Straßen Sizilien warst, habe ich dich respektiert. Jetzt bist du nur noch eine dreckige Hure, die nichts mehr wert ist. Du bist Abfall, Mason Roberts. Und genauso wird Marino deine Leiche auch behandeln.«

Er erhebt sich schwerfällig und macht einen drohenden Schritt auf mich zu. Damit ragt er über mir auf wie ein Dämon, doch ich halte mich zurück und bleibe auf den Knien, auch wenn es mich all meine Willenskraft kostet. »Du hättest dich gleich von ihm töten lassen sollen, dann wärst du wenigstens einen ehrvollen Tod gestorben. Stattdessen trägst du sein Halsband und seine Initialen in deiner Haut.« Er packt mit einer Hand meinen Kopf, mit der anderen greift er an seinen Gürtel. »Du hast es nicht verdient, besser als eine Nutte behandelt zu werden.«

Jetzt ist der Moment gekommen. Ich werfe den Kopf zurück, springe auf die Beine und verpasse ihm einen Kinnhaken. Wie erwartet wehrt er meinen Schlag ab, packt meinen Arm und drückt mich wieder auf den Boden. Mit der freien Hand greife ich seinen Unterarm, kralle die Nägel in sein Fleisch und kratze über seine Haut.

De Luca stößt ein wütendes Knurren aus und schubst mich mit Wucht zurück. Ich stolpere nach hinten, falle gegen die Stehlampe und gemeinsam mit ihr krache ich zu Boden.

Emilio macht einen Satz auf mich zu, die Klinge eines Messers blitzt auf. Mein Atem stockt, ich rutsche auf dem Boden zurück, aber der Abstand ist nicht weit genug. Er muss sich nur noch auf mich stürzen und die Klinge in mein Herz rammen.

»Ich werde dich aufschlitzen, wie ich es bei deinen Schwestern getan habe«, knurrt de Luca wütend.

Was?

»Was ist hier los?«

Die Balkontür geht auf und Doms Stimme weht herüber. Sofort packt de Luca das Messer weg und wirbelt herum.

»Hast du deiner Hure kein Benehmen beigebracht? Sein vorlautes Mundwerk sollte bestraft werden.«

Verärgert rapple ich mich auf und komme schwer atmend auf die Beine. Domenic mustert mich, die Mundwinkel unzufrieden verzogen. Keine Ahnung, ob sein Gespräch mit dem großen Typen nicht wie erwartet lief oder das an mir liegt.

»Komm, Mason, entschuldige dich bei Emilio.«

»Entschuldige, Emilio«, äffe ich Dom nach und wische mir mit dem Unterarm über das Gesicht.

»Das klang aber nicht sehr aufrichtig«, höre ich diesen Christian amüsiert sagen.

De Luca fällt zurück in seinen Sessel und greift nach einer der Zigarren. »Das lässt du doch nicht zu, oder Dom?«

Ich starre Domenic entgegen, der nach wie vor an der Tür zum Balkon steht.

De Luca holt ein Feuerzeug aus der Jacketttasche, in dem Moment fällt ihm etwas auf. Seine Uhr fehlt. Alle Farbe weicht aus de Lucas Gesicht, er hält in seiner Bewegung inne, dann zeichnet sich Erkenntnis auf seinen

Zügen aus. Hass sprudelt in seinen Augen auf. Ich kann es förmlich hinter seinen Schläfen rattern hören. Wenn er sagt, dass ich seine Uhr geklaut habe, wird Dom sie sehen wollen – und erkennen, dass es eigentlich *seine* ist.

»Gib mir eine Stunde mit ihm«, sagt de Luca dunkel. »Du präsentierst ihn doch sowieso wie ein Ausstellungsstück. Da kannst du nichts dagegen haben, wenn ich ihn ausprobiere.«

Ekel krampft sich in meinem Magen zusammen. Hilfesuchend blicke ich zu Dom, auf dessen Lippen sich ein kleines Lächeln ausbreitet. Das verschwindet jedoch schnell, er setzt sich in Bewegung und kommt auf mich zu. Er schiebt die Finger in mein Haar und zieht meinen Kopf zurück, leichter Schmerz prickelt durch meinen Körper.

»Geh zum Auto«, grollt er. »Warte dort auf mich. Resco wird dich begleiten.«

Ich beiße die Zähne zusammen, nicke und folge seiner Anweisung.

22. MASON

Stocksteif sitze in auf dem Beifahrersitz des Mercedes, zucke bei jedem Geräusch zusammen und warte darauf, dass Domenic zurückkommt. Zu meiner Überraschung steigt nicht Dom bei mir ein, sondern Alessio.

»Wohin fahren wir?«, frage ich angespannt, als er den Motor startet.

»Zurück zur Villa.«

Ich spähe durch die Fenster zu dem Aufzug, doch dessen Türen bleiben verschlossen. »Wo ist Dom?«

»Kommt gleich nach.«

Meine Schultern entspannen sich etwas und zum ersten Mal an diesem Abend kann ich mich zurücklehnen und durchatmen.

In der Villa sperrt Alessio mich wortlos in Doms großes Schlafzimmer, ohne mich zu informieren, was jetzt passiert. Ich krame die Uhr aus meiner Hosentasche und lege sie auf dem Nachttisch ab, ehe ich zu dem Kleiderschrank laufe und mir ein T-Shirt überstreife. Unruhig tigere ich auf und ab, trete auf den Balkon und drehe dort ein paar Runden. Inzwischen ist es kühler geworden, Gänsehaut kriecht meinen Nacken entlang, weshalb ich mich zurück ins Innere verziehe.

Seufzend lasse ich mich bäuchlings aufs Bett fallen und schließe die Augen. Keine Ahnung, wie viel Zeit vergangen ist, aber schließlich öffnet sich die Tür zum Schlafzimmer. Ich schrecke auf und richte mich halb auf. Erleichterung durchströmt mich, als ich Dom erblicke.

»Bleib liegen«, sagt er, als ich mich vom Bett hieven will. Er läuft auf mich zu, bleibt vor dem Bett stehen und sieht sich die Uhr auf dem Nachttisch an. Befreit lacht er auf. »Ich wusste doch, dass du das hinkriegst.«

»Du hättest de Lucas Gesicht sehen sollen«, erwidere ich murmelnd.

Dom kommt zu mir aufs Bett, kommt näher, bis er halb auf mir liegt. Er schiebt einen Arm unter meine Kehle und haucht mir einen Kuss in den Nacken.

»Gute Arbeit, *Micino*.«

Noch mehr Küsse in meinen Nacken, seine Hand rutscht unter mein Shirt und streichelt meinen Rücken. Er brummt zufrieden und reibt seinen Schritt an meinen Hintern. Ich rege mich unter ihm und als sein Gewicht über mir verschwindet, drehe ich mich auf den Rücken.

»Komm her«, fordere ich ihn auf. Dom hebt eine Augenbraue, rollt sich aber wieder auf mich. Ein Knie stützt er zwischen meinen Beinen ab, das andere neben mir, seine Hände gehen unter meinem Shirt auf Wanderschaft. Hitze und Adrenalin fluten mein Innerstes.

Ich verschränke die Hände in seinem Nacken und strecke mich zu einem Kuss. Langsam umspiele ich seine Zunge mit meiner, nicht so stürmisch wie das letzte Mal, sondern eher bedächtig. Ich lasse mir Zeit und genieße. Genieße seinen Geschmack, seine starken Hände, die Wärme seines Körpers. *Ihn.*

Wir küssen uns leidenschaftlicher, Dom übernimmt die Führung und ich strecke den Rücken durch, drücke mich damit seinen Berührungen entgegen. Ein leises Stöhnen kommt über meine Lippen.

»Verdammt«, flucht Dom, küsst mich nochmal, dann zieht er stöhnend den Kopf zurück. »Verdammt, Mason.«

Ich blinzle mehrmals. »Was?«

Seine Finger streichen über das Lederband an meinem Hals. »Du trägst immer noch mein Halsband.«

Ich öffne die Lippen, bringe aber keine Erwiderung zustande. Dom flucht erneut, dann stöhnt er gequält und rollt sich von mir herunter. Er rutscht bis an die Bettkante und vergräbt das Gesicht in den Händen.

»Geh, Mason.«

»Was?« Jetzt bin ich verwirrt.

Gerade macht er mich scharf und will dann plötzlich, dass ich verschwinde?

»Ich gebe dir fünf Sekunden, um das Halsband abzunehmen und dich in eines der Gästezimmer zurückzuziehen. Sonst kann ich mich nicht kontrollieren.«

Mein Herz schlägt kräftig und fast schon schmerzhaft fest in meinem Brustkorb. Ich schließe die Lider und atme bewusst ein und aus.

Fünf Sekunden vergehen. Zehn.

Es kommt wieder Bewegung in Dom, im nächsten Moment spüre ich seinen Atem auf meinem Gesicht und öffne die Augen. In seinen Augen glüht ein loderndes Feuer.

»Ist dir bewusst, was du tust?«, grollt er. »Du gehörst mir. Ich werde mich nicht zurückhalten.«

Fuck, ich habe keine Ahnung, was ich tue. Aber ich weiß zumindest, dass ich dieses Zimmer nicht verlassen will.

Er umfasst mein Kinn und küsst mich fiebrig. Seine Lippen wandern weiter, über meine Wange, meinen Kiefer, meinen Hals. Erst leckt er über meine Haut, beißt dann zu. Leichte Schmerzwellen zucken durch meinen Körper.

»Ich will dich nackt sehen«, knurrt Dom und zerrt an meinem T-Shirt. Ich richte den

Oberkörper halb auf und entledige mich des Stoffs. Ungeduldig drückt Dom mich zurück in das Laken, seine Lippen gehen wieder auf Wanderschaft. Er saugt an meiner Haut, beißt, küsst, leckt. Ich erschaudere unter jeder seiner sanften und weniger sanften Liebkosungen, streiche fiebrig über seine Arme, seinen Hals, seinen Nacken, will ihn so sehr berühren, dass ich glaube, an der Sehnsucht verglühen zu müssen.

Er fährt mit der Zunge meine Tattoos nach, jedem einzelnen Motiv schenkt er Aufmerksamkeit, bis er schließlich an dem Bund der Hose ankommt. Inzwischen vibriert jeder meiner Muskeln vor freudiger Euphorie. Gott, dieser Mann macht mich verrückt. Wenn er mich wieder in der Luft hängen lässt, werde ich sterben, ich schwöre.

Dom öffnet den Knopf der Jeans und hakt die Finger in die Schlaufen. Ich helfe ihm dabei, die Hose loszuwerden, bis ich nur in Boxershorts vor ihm liege. Keuchend und verdammt hart. Er beugt sich über mich, die Unterarme neben meinem Kopf abgestützt. Fiebrig küsse ich ihn und beginne damit, die Knöpfe seines Hemdes aufzumachen. Fuck. Warum dauert das so lange?

Ich unterbreche den Kuss, um meine ganze Konzentration darauf verwenden zu können,

Knopf für Knopf zu öffnen und fluche dabei immer wieder leise. Doms Lachen vibriert durch meinen Körper.

»Brauchst du Hilfe, *Tesoro?*«

Der Kosename aus seinem Mund löst eine hitzige Welle in meinem Inneren aus. Wie ein Tornado, der alle Mauern in mir niederreißt.

»Bin schon fertig«, erwidere ich, öffne den letzten Knopf und reiße ihm das Hemd herunter. Er streift es ab und wirft es achtlos zu Boden. Ich fokussiere meine Kräfte, drücke die Hände gegen seine Schultern und ändere unsere Position. Nun liegt er unter mir und ich sitze rittlings auf seinen Hüften, spüre seine Erektion in der Anzughose.

Spielerisch lecke ich über seinen Hals, so wie er es bei mir getan hat. Er schmeckt fantastisch, so absolut berauschend, dass ich sofort süchtig werde. Ich küsse und lecke weiter, zu seiner Brust, über seinen muskulösen Bauch, wieder rauf, versuche, jeden Zentimeter der gebräunten Haut zu erkunden.

»Mason.« Doms Stimme klingt rau. Er umfasst meine Handgelenke und bugsiert mich zurück auf das Bett. Er thront über mir wie ein Gott. »Nur, dass wir uns verstehen: *Ich* werde *dich* ficken.«

Ein heißkalter Schauer fährt über meinen Rücken. Mit leicht geöffneten Lippen sehe ich zu ihm auf, stimme ihm nicht zu, protestiere aber auch nicht. Dom zieht meine Boxershorts herunter und umfasst mit einer Hand meine Härte. Stöhnend schließe ich die Augen, als er den Vorsaft auf meinem Schaft verteilt und auf und ab reibt.

»Bleib so«, raunt Dom, seine Hände und seine Wärme verschwinden. Blinzelnd hebe ich den Kopf und sehe zu, wie er die Schublade öffnet und eine Tube herausholt. Er entledigt sich seiner restlichen Klamotten und mein Blick bleibt an seiner Erektion hängen.

Fuck. Natürlich ist mir schon klar gewesen, dass er groß ist, aber jetzt stelle ich mir das erste Mal vor, ihn *in* mir zu spüre. Das ist … ich kann nicht …

»Ruhig, Mace.« Dom legt sich wieder zu mir und streichelt mit einer Hand über meine angespannten Bauchmuskeln. Er scheint meine Unruhe zu spüren. Tief atme ich durch und versuche, mich zu entspannen. Er drückt mir einen schnellen, heißen Kuss auf die Lippen, dann ist sein Mund mit meinem Schwanz beschäftigt. Automatisch stoße ich die Hüften vor und versenke mich tief in seiner Kehle, genieße die herrliche Enge und Hitze.

Ohne aufzuhören, mich zu verwöhnen, greift er nach meinen Fußgelenken und stellt meine Beine auf. Er lässt mich aus seinem Mund entgleiten, die Tube klickt, dann leckt er erneut über meinen Schaft. Gleichzeitig spüre ich feuchte Finger, die um meinen Eingang kreisen. Ich wimmere, kralle die Hände ins Laken und kneife die Augen zusammen.

Dom nimmt meinen Schwanz wieder in den Mund und schiebt einen Finger in mich hinein. Der brennende Schmerz und die rasende Lust gehen Hand in Hand ineinander, ich kann unmöglich sagen, welches Gefühl die Oberhand gewinnt. Meine Hüften zucken, ich weiß nicht, ob ich mich gegen seine Finger oder tiefer in seinen Mund drücken will. In dem Moment trifft Dom in meinem Inneren einen so empfindsamen Punkt, dass ich nicht anders kann als vor Lust laut zu Stöhnen.

Sterne tanzen vor meinen Augen, Blitze zucken durch meinen Unterleib. *Jesus Christ.* Das ist der verdammte Himmel.

Dom hört auf, mir einen zu blasen und nimmt einen zweiten Finger hinzu. Hitze und Adrenalin schießen durch meine Venen, ich bewege mich, will wieder das atemberaubende Gefühl von eben spüren. Dom tut mir den Gefallen, trifft den bittersüßen Punkt und lässt mich erneut Stöhnen.

»Das ist gut, hm?«, raunt er, leckt wieder meinen Schwanz, aber ich kann mich nur noch darauf konzentrieren, was seine Finger da tun.

»Ja, Dom«, keuche ich. Niemals hätte ich gedacht, es so sehr zu wollen. Niemals hätte ich gedacht, von einem anderen Mann auf diese Weise ausgefüllt werden zu wollen. Aber Dom hat mir das Gegenteil bewiesen. Ich will mehr. Ich will *alles.*

Er scheint es zu spüren, ohne, dass ich es aussprechen muss. Seine Finger entfernen sich, er spreizt meine Beine weiter auseinander und positioniert sich über mir.

»Sag nochmal meinen Namen«, verlangt er. Die Spitze seines Schwanzes dehnt mich bereits so sehr, dass ich das Gefühl habe, zu explodieren.

»Domenic«, stöhne ich, als er sich Stück für Stück in mir versenkt. Er greift nach meiner Hand, die nutzlos auf dem Bettlaken liegt, und verschränkt unsere Finger. Der Schmerz und die Lust erreichen ihren Höhepunkt, aber Dom ist noch nicht fertig. Ich kann nicht. Das ist zu viel. Wie soll ich ...

»Verdammt, Mason.« Doms heißer Atem schlägt auf meine Haut. Er hält inne, sein Gesicht schwebt direkt über meinem. Sekundenlang verharrt er und mir wird bewusst, dass er wartet, bis ich mich an ihn gewöhnt habe.

»Dom.« Ich weiß nicht, ob ich ihn bitten soll, aufzuhören oder weiterzumachen. Aber als er sich in mir bewegt, gehen beide Gedanken in einem Strudel unter. Unsere Körper verschmelzen ineinander, immer wieder, langsam und bedächtig. Hitze trifft auf Hitze, Feuer auf Feuer.

»Bitte«, flehe ich und weiß selbst nicht, worum. Dom beschleunigt sein Tempo, fickt mich in kurzen Stößen, ich kralle die Nägel in seine Seite, er beißt in meinen Hals. Fiebrig lasse ich die Finger zu seinem Rücken gleiten, spüre, wie seine Muskeln sich bewegen, als er immer wieder in mich stößt.

Als er innehält, stöhne ich frustriert auf. Er zieht sich aus mir zurück und hinterlässt eine pochende, dumpfe Leere. Noch bevor ich begreife, was passiert, packt er mich und dreht mich auf den Bauch. Keuchend stütze ich die Hände auf der Matratze auf, will mich aufbäumen, aber Dom legt mir eine Hand ins Kreuz. Mit der anderen hebt er meine Hüften an und schiebt sich erneut in mich. Er keucht. Stöhnt. Schreit meine Namen. Und ich seinen.

Mit jedem Stoß seinerseits werde ich fester in die Matratze gedrückt, seine Finger bohren sich fast schon schmerzhaft in meine Haut. Mein

Äußeres steht genauso in Flammen wie mein Inneres. Verzweifelt kralle ich die Finger ins Laken, will irgendwo Halt finden, mich ihm entgegen drücken und gleichzeitig von ihm wegbewegen.

Dom ist unerbittlich, bohrt sich immer wieder in mich, trifft mit jedem Mal den perfekten Winkel, bringt mich damit beinah um den Verstand. Gerade als ich glaube, das nicht mehr aushalten zu können und in Tausend Teile zerbersten zu müssen, umfasst er meinen Schwanz und beginnt, mich zu pumpen. Rasend schnell steuere ich auf den Höhepunkt zu, falle und ergieße mich in seiner Hand.

Ein letztes Mal stößt Dom zu, stöhnt laut und kommt in mir.

23. MASON

Stille. Dumpfe, leere Stille. Ich höre nur meinen eigenen Herzschlag in meinen Ohren dröhnen und mein lautes Atmen. Dom zieht sich aus mir heraus und fällt keuchend neben mir ins Laken. Ich bin nicht dazu fähig, mich zu bewegen, all meine Glieder fühlen sich an wie aus Gummi.

Domenic legt eine Hand auf meinen Rücken und streicht mit den Fingern über meine Wirbelsäule. Er haucht mir einen flüchtigen Kuss auf die Schulter, dann verschwindet er aus dem Bett.

»Bin gleich wieder da.«

Ich höre nur noch, wie die Zimmertür auf- und zugeht.

Ergeben schließe ich die Lider. Ist das etwa *Enttäuschung*, die sich in mir breitmacht? Fuck, was habe ich erwartet? Dass er sich an mich kuschelt? Sicher nicht. Ganz bestimmt will ich nicht, dass sein warmer Körper sich an meinen schmiegt und seine starken Arme sich um mich schlingen ...

Genervt stöhne ich auf und verschränke die Hände in meinem Nacken. Eine gefühlte Ewigkeit liege ich so da, bis ich mir endlich einen Ruck gebe und aus dem Bett steige. Ich statte dem Badezimmer nebenan einen Besuch ab und entferne die Reste meines Spermas. Und Doms. Er hat kein Gummi benutzt.

Als ich wieder in das Zimmer trete, kommt auch Dom zurück. Der herrliche Geruch nach geschmolzenem Käse steigt mir in die Nase, noch ehe ich den Teller in seinen Händen bemerke.

»Oh mein Gott«, entfährt es mir. Mein Magen zieht sich vor Hunger schmerzhaft zusammen. Er hat mir tatsächlich Käsemakkaroni gemacht.

»Vorsicht, heiß.« Dom stellt den Teller auf dem Nachttisch ab. Ich kann mich nicht zurückhalten, mache es mir im Bett gemütlich und will danach greifen, verbrenne mir sogleich die Finger an dem Teller. Autsch.

Dom lacht. »Ich sagte doch, heiß.«

»Ja, aber es riecht so gut.«

Nackt wie Gott ihn schuf, legt Dom sich zu mir ins Bett und streckt sich.

»Wie ist die Sache mit de Luca ausgegangen?«, hake ich nach.

»Er war sauer, als ich dich weggeschickt habe«, erzählt Dom. »Doch es gab andere Dinge zu besprechen.«

»Die da wären?«

Als Dom nicht antwortet, drehe ich mich zu ihm herum, den Kopf auf dem Unterarm abgestützt.

»Zerbrich dir darüber nicht den Kopf.« Er hebt die Lider und sieht mich fest an. »Du hast deinen Job erfüllt. Du musst de Luca nie wiedersehen.«

Ein ungutes Gefühl zieht in meinem Magen. Den Job erfüllt. Meint er damit, seine Uhr zurückzuholen oder ... oder das, was wir soeben in seinem Bett getan haben? Er hat das bekommen, was er die ganze Zeit wollte: Er hat mich gefickt. Und ich habe mich nicht einmal dagegen gewehrt, es sogar genossen.

Wie ironisch, dass Mac'n'Cheese tatsächlich zu meiner Henkermahlzeit werden.

Keuchend schrecke ich auf, bin einen Moment verwirrt, bis mir bewusst wird, was los ist. Ich liege in Doms Bett. Es ist mitten in der Nacht.

Ich strample das Laken weg und steige aus dem Bett. Fast wäre ich über meine eigene Jeans gestolpert, die vor mir auf dem Boden liegt. Einen Fluch unterdrückend kicke ich sie weg und laufe weiter ins Badezimmer.

Als ich mir die Hände wasche und in den großen Spiegel blicke, erschrecke ich fast selbst. Gott, wann hat Dom *das* geschafft? An meinem Kiefer, meinem Hals und bis zu meiner

Brust sind überall Knutschflecke und Bissspuren verteilt. Schon jetzt verfärbt sich alles in ein blau-lila und ich bin mir sicher, dass das die nächsten Tage noch schlimmer wird.

Fuck. Ich hasse das Kribbeln, das sich bei dem Anblick in meinem Magen ausbreitet. Ich will das nicht. Ich will nicht, dass es sich so gut anfühlt, dass er seine Markierungen an mir hinterlassen hat.

Meine Finger tasten nach dem schwarzen Lederhalsband. Hat es sich zu Anfang des Abends angefühlt, als würde es sich in meine Haut brennen, habe ich jetzt fast vergessen, dass ich es noch trage. Gerade löse ich die Schlaufe, will es abnehmen, halte aber inne.

»Mace?«, höre ich Dom aus dem Schlafzimmer rufen. Ich zögere und sehe mir selbst in die Augen. Mein Gesicht sieht aus wie immer und doch fühle ich mich anders.

Scheiß drauf.

Ich ziehe die Schlaufe wieder fest und trete aus dem Badezimmer. Dom steht vor dem Bett, hat ein T-Shirt in der Hand. Als er mich erblickt, lässt er das Stück Stoff sinken, der gehetzte Ausdruck verschwindet aus seinen Zügen.

»Da bist du ja.«

»Wo soll ich denn hin?« Wie ein verschrecktes Tier bleibe ich im Türrahmen stehen und blicke meinem Jäger hilflos entgegen. Dieser pirscht sich an mich heran, kommt immer näher, bis seine Brust meine berührt. Seine Hände stemmt er links und rechts neben mir ein, kesselt mich ein. Seine grünen Iriden funkeln.

»In mein Bett«, sagt er mit leiser Stimme. Er senkt den Kopf und küsst mich flüchtig, saugt meine Unterlippe zwischen die Zähne und knabbert sanft daran. Mein Puls beschleunigt sich.

Doms Hände lösen sich von der Wand und beginnen damit, meinen Oberkörper zu streicheln. Ich ziehe den Kopf zurück, beende den qualvoll sinnlichen Kuss und drücke ihn weg. Schweigend wende ich mich ab und tapse zum Bett. Mein Herz schlägt kräftig und schnell, weil ich sehr gut weiß, dass Dom mich nicht einfach so gehen lassen wird.

Tatsächlich fängt er mich ab, kurz bevor ich das Bett erreicht habe, packt mich und schubst mich auf die Matratze.

»Hey ...« Er unterbricht meinen Protest, indem er sich auf meine Hüften setzt und mich hitzig küsst. Ich halte dagegen, stütze den Oberkörper auf die Unterarme, erwidere den Kuss mit derselben Intensität. Von sanft oder sinnlich kann jetzt keine Rede mehr sein und doch bin ich mir sicher, niemals besser geküsst worden zu sein. All die Hitze sammelt sich in meinem Schoß und lässt mich hart werden.

»Verdammt, Mason«, stöhnt Dom und beißt in meinen Hals. Der heftige Schmerzimpuls lässt mich ebenfalls aufstöhnen.

»Du trägst immer noch mein Halsband«, raunt er mir ins Ohr.

Ja. Tue ich. Ich hätte es abnehmen können, aber ich … wollte nicht.

»Du weißt, was das bedeutet«, sagt er, ich spüre sein Grinsen an meiner Haut. »Du gehörst mir, *Tesoro*.«

»Ich gehöre niemanden«, schnaube ich, doch meine Stimme bricht, da Dom meinen Schwanz umfasst und ihn an seinem reibt. *Fuck.*

»Oh doch. Du trägst meine Initialen sogar doppelt«, meint Dom amüsiert und leckt versöhnlich über den neuen Biss, den er mir zugefügt hat.

Ich will etwas darauf erwidern, aber ich kann nicht. Die Lust vernebelt mir die Sinne und ich stöhne abgehackt.

»Sag es, Mason«, fordert Dom mich auf. »Sag mir, dass du mich liebst.«

Humorlos lache ich auf. »Fick dich.«

»Nein, ich ficke lieber *dich*.«

Sein Gewicht verschwindet von mir, er dreht mich auf den Bauch und hebt meine Hüften an. Stöhnend vergrabe ich das Gesicht in dem Laken unter mir. Es riecht nach Dom und Sex.

Domenic brummt zufrieden und verteilt raue Küsse auf meinem Rücken, während seine Finger meinen Hintern kneten. Kurz verschwindet seine Wärme hinter mir, aber er kommt schnell wieder und umfasst mit einer Hand meinen Nacken, mit der anderen spreizt er meine Beine weiter.

Dieses Mal nimmt er sich nicht so viel Zeit bei der Vorbereitung, aber das ist auch nicht nötig. Als er sich in mir versenkt, scheinen all meine Sinne zu vibrieren. Unser Stöhnen vermischt sich, ich beiße mir fest auf die Unterlippe und kralle die Finger ins Laken.

»Du gehörst nur *mir*, Mason«, raunt er mir zu, während seine Stöße immer heftiger werden.

Und in diesem Moment, in dem es sich anfühlt, als würde er mich in den Himmel ficken, verspüre ich nicht das Bedürfnis, ihm zu widersprechen.

24. DOMENIC

Schon lange habe ich mich nach dem Aufwachen nicht mehr so gut gefühlt. So, als wäre alles genau richtig, als stünde alles an seinem Platz.

Das Gefühl vergeht jedoch jäh, als ich die Hand ausstrecke und nur kühles Laken spüre. Sofort schlage ich die Lider auf. Es ist bereits hell, die ersten Sonnenstrahlen beleuchten das Zimmer und lassen mich den leeren Platz neben mir nur allzu deutlich erkennen.

Mason ist nicht mehr da. Mein Herz macht einen Satz und dann fällt mein Blick auf den Nachttisch. Dort liegt das schwarze Lederband. *DM.* Mason hat es abgenommen.

Meine Kehle fühlt sich mit einem Schlag trocken an, eine dunkle Vorahnung schleicht wie Gift durch meinen Blutkreislauf.

»Mason?«, rufe ich, springe auf die Beine und laufe ins Badezimmer. Keine Spur von ihm zu sehen. Mein Puls beschleunigt sich.

»Mace!« Ich reiße die Tür auf und streife durch die Flure. Im oberen Stockwerk stoße ich mit meinem Bruder zusammen. Seine Augen werden groß, gleiten kurz irritiert über meinen nackten Körper.

»Dom, wir müssen ...«

»Hast du Mason gesehen?«, unterbreche ich ihn.

»Nein, aber ...«

Ich höre ihm nicht mehr zu und stapfe weiter. »Kann mir jemand verdammt nochmal sagen, wo Mason ist?!«, rufe ich verärgert.

Kate, die ein volles Tablett in den Händen balanciert, schiebt sich in mein Blickfeld und räuspert sich schüchtern. »Er ist oben, soweit ich weiß.«

Oben. Ohne auf sie zu achten, fahre ich herum und erklimme die Stufen in den dritten Stock. Tatsächlich, dort sitzt er. Warme Erleichterung strömt durch meine Glieder, ich atme tief durch und lasse die Schultern sinken.

Er hat sich in einem der Sessel hinter dem Billardtisch zusammen gerollt. Im Gegensatz zu mir hat er sich angezogen, trägt ein sauberes T-Shirt und eine Jogginghose.

»Mason.« Misstrauisch laufe ich auf ihn zu. Ich habe es gestern wirklich ein wenig übertrieben, von seinem Kiefer bis zu dem, was das Shirt preisgibt, kann ich die vielen Knutschflecke und Bisse erkennen. Bei ihm konnte ich mich einfach nicht zurückhalten, nachdem er sich mir endlich hingegeben hat.

Normalerweise liebe ich es, die Zeichen auf der Haut meiner Liebhaber zu sehen, aber im

Moment kann ich nur auf Masons leeren Blick achten.

»Sorry.« Er fährt sich mit dem Unterarm über die Augen, blinzelt, starrt an mir vorbei. »Ich darf ja gar nicht hier sein.«

»Ist schon okay«, erwidere ich langsam und gehe vor ihm auf die Knie, sodass wir auf Augenhöhe sind. Suchend lasse ich den Blick über sein Gesicht schweifen.

»Was ist los?« Meine Stimme ist fast tonlos.

Schweigen.

»Mace.« Ich lege ihm eine Hand aufs Knie und drücke leicht zu, um seine Aufmerksamkeit zu bekommen. Es klappt, zumindest fokussiert er mich nun wieder.

»Warum hast du das Halsband abgenommen?«, frage ich.

Er runzelt die Stirn. »Du hast gesagt, dass ich es nur für einen Abend tragen muss.«

Seine Worte schneiden etwas in meinem Inneren. Natürlich, er hat recht. Aber als ich ihm gestern Abend Gelegenheit dazu gegeben habe, es abzunehmen, hat er sich dagegen entschieden.

Meine Fingerspitzen kribbeln. Am liebsten würde ich die Hände in seinem Nacken verschränken und ihn stürmisch küssen, bis seine Gleichgültigkeit von ihm abfällt. Aber wie er so in dem Sessel hockt, sieht er irgendwie zerbrechlich aus. Total irrational. Wenn Mason eins nicht ist, dann *zerbrechlich*.

»Lass uns frühstücken«, schlage ich vor. Vielleicht ist er nach dem Essen etwas gesprächiger.

Mason nickt nur und erhebt sich. Irgendetwas bedrückt ihn, das ist nicht zu übersehen. Aber was, verdammt?

Das Frühstück ist so angespannt wie schon lange nicht mehr.

Mason isst schweigend, ich trinke schweigend meinen Kaffee und Arianne mustert mich, als habe ich einen Welpen getreten. In ihren großen Augen schimmern Tränen.

»Was hast du mit ihm gemacht?«, fragt sie mich zischend auf Italienisch. Mason sieht auf, reagiert jedoch nicht darauf.

»Nichts, Arianne«, erwidere ich ruhig. Sie schüttelt ungläubig den Kopf. Natürlich sind ihr die vielen Knutschflecke nicht entgangen. Ich kann mir schon denken, was sie sich zusammenreimt. Aber das gestern Abend ist nicht gegen seinen Willen geschehen, verdammt. Er hat es genossen. Das weiß ich ganz genau. Warum fühle ich mich dann trotzdem so mies?

»Mace«, richtet sie das Wort schließlich an unseren Gast.

»Ist alles in Ordnung? Kann ich irgendetwas für dich tun?«

Mason hebt eine Augenbraue. »Nein. Alles okay.«

Das macht mich wahnsinnig. Viel lieber will ich von ihm angeschrien werden, alles ist besser als dieser Zustand.

»Dom, können wir uns jetzt unterhalten?« Alessio taucht wie aus dem Nichts auf und trommelt unruhig mit den Fingern gegen den Türrahmen. »Es ist wichtig.«

»Ja.« Der Appetit ist mir ohnehin vergangen. »Wir treffen uns später in meinem Schlafzimmer, *Tesoro*.« Ich erhebe mich und beuge mich nochmal zu ihm herunter, um ihm einen Kuss auf die Schläfe zu drücken. Mason lässt es einfach über sich ergehen, drückt mich weder weg, noch gibt er einen dämlichen Kommentar ab.

Während ich Alessio folge, frage ich mich, ob das gestern tatsächlich so freiwillig war, wie ich es in Erinnerung habe. Verdammt, das sollte mich nicht so sehr kümmern. Ganz im Gegenteil. Ich wollte ihn von Anfang an ficken und es war mir egal, was er davon hielt. Was hat sich also verändert?

»De Luca macht Stress«, fängt Alessio an, als wir in mein Büro treten. »Er ist sauer und verlangt, dass du ihm Mason auslieferst. Oder seinen Kopf.«

Trocken lache ich auf. »Er ist nur verärgert, weil Mace ihm meine Uhr geklaut hat.«

»Das ist kein Spiel, Dom.« Alessio setzt sich breitbeinig auf den Schreibtischstuhl und massiert sich die Unterlippe, sein düsterer Blick ruht weiterhin auf mir. »De Luca ist unberechenbar. Liefere ihm Mason aus und gut ist.«

»Ich bitte dich, Ace. Seit wann bist du so ein Angsthase?« Der Gedanke, dass de Luca sich gerade den Kopf darüber zerbricht, was Mason mit meiner Uhr anstellt, amüsiert mich.

»Wenn du ihm den Diebstahl deiner Uhr vorwerfen willst, hast du deine Chance verspielt«, meint Dom. »Mason ist kein glaubwürdiger Zeuge. Deine Uhr ist jetzt wieder bei dir und du kannst nicht beweisen, dass de Luca sie jemals hatte.«

Ich winke ab. »Ist doch egal. Ich werde ihm Mason sicher nicht einfach übergeben.«

»Du gefährdest den Frieden, Dom.« Ein Muskel in Alessios Wange zuckt. »De Luca wird nicht mehr lange fackeln. Er wird ein Exempel an unserer *Familia* statuieren. Ist er dir das wert?«

Ich kneife die Augen zusammen, mache zwei Schritte auf ihn zu, wir starren einander an wie Todfeinde.

»Willst du mich erpressen, Ace? Willst du mir vorwerfen, ich stelle irgendeinen bedeutungslosen Fick vor meine Familia?«

»Das tust du gerade, Dom! Du verhältst dich irrational. Zuerst zettelst du einen sinnlosen Streit mit Romano an und jetzt verärgerst du de Luca. Und dieser Amerikaner ...« Alessio bricht ab und holt tief Luft. Jeder seiner Bewegungen ist beherrscht und konzentriert, aber das leise Zittern in der Stimme verrät ihn. Ich kenne meinen großen Bruder eben. »Er bringt noch mehr Probleme und er lenkt dich vom Wesentlichen ab.«

»Ich habe alles unter Kontrolle, Ace. Wie immer.« Ich strecke ihm die Faust hin, ein altes Ritual, welches wir bereits in unserer Kindheit eingeführt haben. Es zeigt uns, dass wir zusammenhalten, komme, was wolle.

Alessio beißt sichtlich die Zähne zusammen, er zögert, aber schließlich stößt er seine Faust gegen meine. »Versprich mir nur«, fügt er hinzu, »dass du dich nicht verliebst.«

Jetzt kann ich nicht anders, als schallend loszulachen. »Gott, Ace. Du bist süß. Verlieben? Der einzige Mann, den ich liebe, bist du. Keine

Sorge, *Bello,* du bist und bleibst meine Nummer eins.«

Er schnaubt und erhebt sich von dem Stuhl. »Er schläft in deinem Bett, er betritt deinen oberen Bereich wie es ihm beliebt, er darf sich frei in deinem Zuhause bewegen, deine Klamotten tragen ... Sag mir, was ihn von einem festen Freund unterscheidet.«

Als Antwort darauf verdrehe ich nur die Augen.

»Kümmere dich um de Luca, bevor er durchdreht«, schließt Ace mit einem Seufzen.

»Ich lasse mir etwas einfallen.« Ich werfe einen Blick auf meine Armbanduhr. »Ich muss jetzt los. Pass auf Arianne auf.«

»Mach ich.« Mein Bruder hebt neugierig das Kinn. »Mit wem triffst du dich?«

»Das erzähle ich dir ein anderes Mal.«

Misstrauisch runzelt Alessio die Stirn, akzeptiert meine Geheimniskrämerei aber.

»Pass auf dich auf, Dom.«

»Werde ich.« Wie immer.

Ich komme erst am späten Nachmittag zurück und finde Mason in meinem Zimmer vor.

»Hey.« Ich ziehe die Lederhandschuhe von den Fingern und werfe sie auf den Nachttisch. Mace liegt ausgestreckt auf dem Bett, den Blick gen Decke gerichtet, die Arme hinter dem Kopf verschränkt.

»*Tesoro*?«, versuchte ich, seine Aufmerksamkeit zu erlangen. Endlich kommt Bewegung in ihn, er dreht sich zur Seite und sieht mir entgegen.

»Was ist?«

»Willst du mich nicht einmal begrüßen?«, frage ich und verziehe unzufrieden die Mundwinkel. Sein Blick gleitet über meine Gestalt.

»Du siehst heiß aus«, kommentiert er. Damit habe ich am allerwenigsten gerechnet, weshalb ich skeptisch eine Augenbraue in die Höhe ziehe. Mit einer schnellen Handbewegung streiche ich mir durch die durcheinandergewirbelten Haare, um sie zu ordnen. Heute war es windig am Strand.

»Danke.«

Ein halbes Lächeln erscheint auf seinen Zügen. »Wo warst du?«

»Geschäftsessen im Savong.« Das Restaurant liegt direkt am Meer, aber ich bevorzuge es vor allem wegen der privaten Atmosphäre.

Mason schiebt schmollend die Unterlippe vor. »Du hast eine Mahlzeit ohne mich eingenommen?«

Einer meiner Mundwinkel zuckt. »Ich habe dir die Reste der Lasagne mitgebracht. Steht in der Küche, wenn du sie dir warmmachen willst.«

Mace ist schneller auf die Beine gesprungen, als ich gucken kann. Bevor er jedoch aus dem Zimmer verschwinden kann, packe ich ihn, schlinge einen Arm um seine Mitte und presse ihn an mich.

»Nicht so schnell.« Ich küsse ihn in den Nacken und inhaliere seinen vertrauten Geruch. »Zuerst will ich meinen Nachtisch.«

Ich bemerke die Gänsehaut, die sich auf seiner Haut ausbreitet. Er windet sich aus meinem Griff, macht zwei Schritte rückwärts, aber ich greife nach seinem Shirt und ziehe ihn zurück. Unsere Körper stoßen gegeneinander, ich lege eine Hand in seinen Nacken und küsse ihn, dränge stürmisch meine Zunge in seinen Mund. Mason krallt die Finger in mein Hemd, zerrt es aus der Hose und schiebt die Finger darunter, kratzt über meine Bauchmuskeln.

Ich zucke zurück und lache leise gegen seine Lippen. »Mein stürmisches Kätzchen.«

Er streckt den Rücken durch, presst sich damit fester an mich und beißt in meine Unterlippe. Ich will ihn aufs Bett bugsieren und dort mit diesem kleinen Spielchen weitermachen, aber bevor ich meinen Plan in die Tat umsetzen kann, fliegt meine Tür auf.

Verärgert weiche ich zurück, fahre herum und bin schon bereit, den Störenfried anzuschnauzen. Niemandem ist es gestattet, einfach ungefragt in mein Schlafzimmer zu kommen. Doch zu meiner Überraschung ist es meine Schwester, die mit durchgestreckten Schultern und erhobenem Kinn vor mir steht.

»Was soll das, Arianne?«, frage ich verärgert. Sie zuckt kaum merklich zusammen, als ich sie mit ihrem vollständigen Namen anspreche, doch sie bewahrt ihre Haltung.

»Ich hole Mason ab.« Sie stapft auf mich zu und will mich von ihm wegschubsen, aber sie ist zu zierlich, um wirklich etwas gegen mich ausrichten zu können. Als sie merkt, dass ich mich keinen Millimeter bewege, stemmt sie verärgert die Hände in die Hüften. »Komm mit, Mace. Ich habe dir ein Gästezimmer hergerichtet. Ich werde auf dich aufpassen.«

»Arianne, es reicht«, sage ich. »Ich werde vergessen, dass du ungefragt in mein Zimmer gestürmt bist, wenn du jetzt sofort verschwindest.«

»Du kannst mich mal, Dom!« Tränen schimmern in ihren Augen. Schon wieder. »Du hast versprochen, ihm nicht wehzutun und dann ...«

»Ari.« Mason tritt an mir vorbei und fasst sanft Ariannes Unterarme, um sie von mir wegzuziehen. »Du hast da etwas falsch verstanden. Mir geht es gut, okay? Alles, was ich mit Dom mache, tue ich freiwillig.«

Eine Träne bahnt sich Ariannes Wange hinab. »Was ist mit diesen ganzen Blutergüssen?« Sie streicht ihm über den Kiefer, wo ein Knutschfleck von mir prangt.

In mir brodelt Wut, ich würde Arianne am liebsten packen und eigenständig in ihr Gästehaus verfrachten, aber ich halte mich zurück und warte ab, was Mason ihr zu sagen hat.

Dieser lacht leise. »Dein Bruder ist *etwas* leidenschaftlich. Ein Italiener eben.«

Nun lacht auch Arianne, was dank ihrer Tränen jedoch erstickt klingt. Schuldbewusst schielt sie zu mir.

»Aber warum warst du heute Morgen beim Frühstück so abwesend?«

»Das hatte einen anderen Grund. Mach dir doch keine Sorgen um mich, Süße.« Er streicht ihr sanft die Tränen von den Wangen. Arianne schnieft und nickt. Sie zieht die Schultern ein.

»Tut mir leid, Dom«, sagt sie kleinlaut.

»Geh«, befehle ich nur. Ari zieht sich zurück und schließt leise die Tür hinter sich. Laut stöhnend setze ich mich aufs Bett, schließe die Augen und stütze die Hände hinter mir auf der Matratze ab. Meine Lust ist dank des dramatischen Auftritts meiner Schwester vergangen.

Masons Schritte kommen näher und im nächsten Moment sitzt er rittlings auf meinem Schoß.

»Du hast deiner Schwester versprochen, mir nicht wehzutun?«, fragt er amüsiert.

»Habe ich«, brumme ich, ohne die Augen zu öffnen. Seine Nase streicht über meine Wange, seine Lippen hauchen sanfte Küsse auf meine Haut. »Was man neunzehnjährigen Mädchen eben verspricht.«

»Und was sagst du ihr, wenn du mich umgebracht hast?« Seine Stimmlage ist immer noch amüsiert. »Dass du mich hast gehen lassen und jetzt mit gebrochenem Herzen zurückgelassen wirst?«

»So ähnlich.« Ich öffne die Lider und sehe direkt in seine Augen. »Was war heute Morgen mit dir los?«

Das Lächeln verschwindet von seinen Zügen. Er schüttelt leicht den Kopf. »Nicht so wichtig.«

»Wenn es mir nicht wichtig wäre, hätte ich nicht gefragt.«

Mason stutzt, beißt sich dann auf die Unterlippe und senkt den Blick. »Es ging um etwas, das de Luca gesagt hat. Zuerst habe ich gar nicht länger darüber nachgedacht, aber jetzt geht es mir nicht mehr aus dem Kopf.«

Ich runzle die Stirn, sofort alarmiert. »Was genau?«

»Es ging nicht um dich.«

»Mason, was hat er gesagt?«, frage ich ihn, dieses Mal schärfer.

Mace rollt mit den Augen, antwortet mir aber endlich. »Er hat gesagt, dass er mich abstechen wird, genauso, wie er es bei meinen Schwestern getan hat.«

Überrascht hebe ich beide Augenbrauen. »Wo genau befinden sich deine Schwestern? Sind sie auch hier auf Sizilien?«

»Gott, nein. Sie sind beide in den USA, deswegen habe ich diesem Satz keine Beachtung geschenkt. Aber jetzt zerbreche ich mir den Kopf darüber, woher er überhaupt wusste, dass ich Geschwister habe. Das habe ich ihm nie erzählt.«

Ich richte den Oberkörper gerade auf und schlinge einen Arm um Mason, um ihn festzuhalten. »Als ich dich am Flughafen abgepasst habe, wolltest du damals zurück nach Nashville? Zurück zu deiner Familie?«

»Nein. Ich wollte nur weg von Sizilien, weg von dir, aber nicht nach Nashville.«

Weg von dir. Irgendwie muss ich darüber lächeln. Es gab sicher Momente, in denen er sich nichts sehnlicher gewünscht hat, als damals in den Flieger gestiegen zu sein. Nur frage ich mich, ob dieser Wunsch gestern Nacht immer noch präsent war.

»Verstehe.«

Mason windet sich aus meinem Griff. »Ich bin echt am Verhungern«, lässt er mich wissen und ich protestiere dieses Mal nicht, als er abzischt.

Das Abendessen verläuft so ruhig wie schon lange nicht mehr.

Ari hat offenbar ein schlechtes Gewissen, denn sie schielt immer wieder mit einem Hundeblick zu mir und stößt ab und an ein dramatisches Seufzen aus. Ich frage sie nicht, was los ist, sondern lasse sie noch ein wenig länger schmoren.

Mason ist damit beschäftigt, die Garnelen aus seinem Salat zu fischen und sie zu mir zu schaufeln, das scheint eine äußerst schwierige Aufgabe zu sein angesichts dessen, wie viel Konzentration er dafür aufbringt.

»Dom«, ergreift Arianne schließlich das Wort. Sie hat ihr Essen kaum angerührt. »Kann ich dich um einen Gefallen bitten?«

»Natürlich kannst du«, meine ich ruhig.

Sie kaut auf ihrer Unterlippe. »Ich mag Jason wirklich, wirklich gerne und ...«

»Wer ist Jason?«, unterbreche ich sie.

»Der Mann, mit dem ich verabredet war, als du mich nicht hast gehen lassen. Ich kenne ihn aus der Uni«, erklärt sie eifrig.

»Aha.« Ich schwenke den Wein in meinem Glas hin und her und trinke einen Schluck.

»Er wäre sogar bereit, sich vorzustellen, bevor er mich zu einem Date abholt«, führt Arianne aus. »Ich habe ihn schon vorgewarnt, dass du sehr ... beschützend bist. Aber er sagt, ich bedeute ihm etwas und er will meine Familie kennen lernen.«

Ich stelle das Glas auf dem Tisch ab, falte die Hände und neige den Kopf. »Stell ihn mir vor.«

Arianne zögert, sie lässt ihren Blick über mein Gesicht schweifen. »Wirst du ihm wehtun?«

»Nein.«

Sie kneift die Augen zusammen. »Wirst du ihn umbringen?«

Und wie.

Und wehtun werde ich ihm auch.

»Kein Männerbesuch für dich, Ari«, übersetzt Mason mein Schweigen. Meine Schwester blinzelt, hält einen Moment länger ihren unschuldigen Welpenblick, dann verzieht sie genervt das Gesicht. Es sieht so aus, als habe sie einiges zu sagen, aber sie scheint sich daran zu erinnern, dass ich wegen heute Nachmittag immer noch böse auf sie bin. Sie presst die Lippen zusammen, erhebt sich und räumt ihren Teller in die Küche. Dann verklingen ihre wütenden Schritte im Haus.

»Nachschlag?«, frage ich mit einem Nicken auf Masons leeren Teller. Dieser schüttelt den Kopf.

»Nein, jetzt bin ich wirklich satt.«

»Gut.« Ich kümmere mich um unser Geschirr, Mason geht mir zu Hand und wischt den Tisch ab. Er scheint sich hier schon wie zu Hause zu fühlen.

»Komm mit«, weise ich ihn an. Neugierig reckt er das Kinn und folgt mir. Ich führe ihn in die untere Etage, vorbei an meinem Schlafzimmer zu einem der Gästezimmer. Das, welches Arianne für ihn herrichten ließ. Es ist eines ohne Code für die Tür, aber im Notfall kann ich es von außen abschließen.

Verwirrt landet Masons Blick auf mir, als ich die Tür öffne und eine einladende Bewegung hinein mache. »Dein neues Zimmer.«

»Okay«, sagt er gedehnt.

Alessios Worte haben mich zum Nachdenken angeregt. Ich hasse es, dass er es immer wieder schafft, mir ins Gewissen zu reden. Er ist und bleibt nun mal mein großer Bruder.

»Du hast ein Badezimmer für dich«, füge ich hinzu und lehne mich gegen den Türrahmen. Fragend blickt Mason über die Schulter zu mir. Ja, ich kann seine Verwirrung verstehen, aber ich habe keine Lust, ihm irgendetwas zu erklären. Das muss ich auch nicht. Alessio hat recht. Der kleine Amerikaner nimmt sich zu viele Freiheiten heraus.

»Gute Nacht, Mason.«

26. MASON

Ich tue kein Auge zu. Stattdessen springe ich jede halbe Stunde aus dem Bett, tigere unruhig durch das Zimmer und öffne das Fenster, nur, um es wieder zu schließen. Inzwischen ist es fünf Uhr morgens. Scheint, als ob Dom nicht vorhat, mir nochmal einen Besuch abzustatten.

Erneut reiße ich das große Fenster auf und inhaliere die frische Meeresbrise, die hereinweht. Meine Vermutung hat sich bestätigt. Jetzt, wo Domenic bekommen hat, was er will, bin ich uninteressant für ihn. Warum sonst verbannt er mich ins Gästezimmer?

Das bedeutet, dass meine Zeit bald abgelaufen ist. Bald wird Dom mich nicht mehr um sich haben wollen und dann ... ein bitterer Geschmack breitet ich auf meiner Zunge aus.

Wird er es selbst machen? Wird er mir dabei in die Augen sehen oder es einfach einen seiner Männer tun lassen?

Kopfschüttelnd schließe ich die Augen und reibe mir über den Hals. Seine *Liebkosungen* sind immer noch sehr gut sicht- und spürbar. Jetzt, wo ich ohnehin nicht mehr lange zu leben habe, könnte ich mir auch eingestehen, dass sein Desinteresse mich verletzt.

»Fuck«, fluche ich und schließe das Fenster wieder, bevor ich zurück in das schmale Bett falle und einen neuen Versuch starte, einzuschlafen.

»Du siehst müde aus, Mace«, kommentiert Arianne am Frühstückstisch.

»Du auch«, gebe ich zurück. Die junge Italienerin reckt das Kinn und schnieft leise.

»Ich konnte die ganze Nacht nicht schlafen, weil ich die Liebe meines Lebens verliere, nur weil mein Bruder mir nichts gönnt.«

Oh-oh, das wird ja ganz schön dramatisch.

»Dein Bruder wird dir gleich Hausarrest verpassen«, kommentiert Dom trocken.

»Ich bin neunzehn Jahre alt, du kannst mich nicht einsperren!«

»Das wirst du dann schon sehen.«

Die beiden Geschwister liefern sich einen Starr-Contest der Extraklasse. Hilfesuchend schiele ich zu Alessio, der abseits auf einem der Sessel sitzt und gedankenverloren ins Nichts blickt. Scheinbar hat er nicht vor, sich hier einzumischen.

»Kannst du ihn nicht zur Vernunft bringen, Mace?«, bittet Arianne gereizt.

»Wer ist dieser Jason überhaupt und was macht ihn so besonders?«, hake ich misstrauisch nach. Sofort seufzt Ari verträumt, aus ihren Augen sprühen regelrecht Herzchen.

»Er ist intelligent, höflich und charmant, ein richtiger Gentleman, aber auch ein Bad Boy mit seinen Tattoos und der Lederjacke.« Erkenntnis breitet sich auf ihrem Gesicht aus. »Er ist wie du, nur in hetero!«

Es ist Dom, der mehr als skeptisch beide Augenbrauen in die Höhe wandern lässt. »Charmant, höflich, intelligent? Haben wir denselben Mason kennengelernt?«

»Hey!« Empört boxe ich ihm gegen den Oberarm. »Ich bin zumindest intelligent genug, zweimal dieselbe Uhr zu stehlen.«

»Du hast Glück und gutes Aussehen, *Tesoro.*«

»Na ja, jedenfalls«, ergreift Arianne wieder das Wort. »Jason ist nicht so wie die anderen, die nur scharf auf meinen Körper sind. Er interessiert sich für mich, für meine Gedanken und Träume.«

»Mich interessiert eher, ob er heiß ist«, erwidere ich. »Hast du ein Bild?«

»Du kannst ihn ja persönlich kennen lernen.« Arianne schenkt ihrem Bruder einen hoffnungsvollen Augenaufschlag.

»Ich überlege es mir«, brummt Dom. Wird er sicher nicht. Sein Entschluss steht doch schon längst fest. Aber Ari scheint das nicht aufzufallen, ein Strahlen legt sich auf ihre Züge.

»Wir können das Treffen für nächsten Freitag vereinbaren. Ich schicke alle Angestellten früher heim und koche. Das wird ein richtig gemütlicher, entspannter Abend. Was sagst du, Ace?«

Alessio wirft seiner Schwester nur einen skeptischen Blick zu. »Doms Entscheidung.«

»Wie gesagt, ich überlege es mir«, wiederholt Dom. So ein Lügner.

Sein Blick findet meinen, er nickt mir zu. »Bist du fertig?«

Das klingt, als habe er etwas mit mir vor. »Ja«, erwidere ich misstrauisch.

»Gut. Wir machen einen Ausflug.«

Mein Herz schlägt plötzlich in doppelter Geschwindigkeit, ich spüre, wie mein Mund trocken und meine Handinnenflächen schwitzig werden.

»Wow, ein romantisches Date?«, hakt Arianne mit einem breiten Grinsen nach.

»So ähnlich«, meint Dom ruhig.

Das kann nichts Gutes bedeuten.

Unsere Unterhaltung von gestern kommt mir in den Sinn. Sie war nur halb scherzhaft gemeint, aber gestern Nachmittag noch habe ich geglaubt, dieser Zeitpunkt läge in der Zukunft. In einer weit entfernten Zukunft.

»*Und was sagst du ihr, wenn du mich umgebracht hast? Dass du mich hast gehen lassen und jetzt mit gebrochenem Herzen zurückgelassen wirst?*«

»*So ähnlich.*«

Das wird *definitiv* nicht gut für mich enden.

27. MASON

Unruhe kribbelt durch jeden Zentimeter meines Körpers, als Dom mich zu dem Aufzug lotst und den Code für die Tiefgarage eintippt.

2343.

Er gibt sich nicht einmal Mühe, ihn vor mir zu verbergen. Noch ein schlechtes Zeichen.

»Warum siehst du mich so an?« Dom dreht sich zu mir, eine Augenbraue erhoben, die Hände in den hinteren Hosentaschen vergraben.

»Findest du mich nicht charmant?«, platzt es aus mir heraus, statt ihn einfach zu fragen, wo er mich hinbringt. Vielleicht will ich nur das Unvermeidbare hinauszögern.

»Ganz und gar nicht.«

»Du hast trotzdem mit mir geschlafen.«

»Ja, aber das lag sicher nicht daran, dass du ein Gentleman bist, Mason. Worüber zerbrichst du dir wirklich den Kopf?«

Ich schlucke und wende den Blick ab, starre stattdessen auf die Metalltüren, die sich nun langsam öffnen.

»Na gut, dann sag es mir nicht.« Dom klingt weder sauer noch besonders interessiert. Eher gleichgültig.

Er greift nach meinem Handgelenk und zieht mich mit zu dem Mercedes, bugsiert mich auf den Beifahrersitz und steigt selbst neben mir ein.

»Wohin fahren wir?«, kann ich mir die Frage nun nicht mehr verkneifen.

»Lass dich überraschen.« Hätte ich mir auch denken können.

Frustriert schnaube ich auf und starre durch die Windschutzscheibe. Dom legt mir eine Hand lässig auf den Oberschenkel, sie rutscht sofort höher. Ich greife nach seinen Fingern und halte sie auf, ehe sie meinen Schritt erreichen.

»Hör auf«, verlange ich.

»Hör du auf, mich aufzuhalten«, meint er spielerisch.

»Dom, ich meine es ernst.« Energisch drücke ich seine Hand zurück.

»Ach komm, stell dich nicht so an.« Er hält gegen meinen Druck an, schließlich verschränkt er unsere Finger miteinander und zerrt meine Hand in seinen Schoß. »Ich habe was Lustiges mit dir vor.«

Das bezweifle ich, aber ich protestiere nicht weiter, auch wenn es sich verdammt falsch anfühlt, seine Hand zu halten.

Wir brauchen nicht lange, die Verkehrslage ist vergleichsmäßig ruhig, die Straßen kurvig, wie ich es auf Sizilien langsam gewohnt bin. Schließlich tauchen wir ab in die Tiefgarage einer imposanten Villa.

»Bitte sag mir, dass du mich nicht schon wieder auf eine Party schleifst«, murmle ich. Dom lacht nur und lässt mich los, um einzuparken. Er steigt aus, umrundet den Wagen und öffnet meine Tür.

Mit einem mulmigen Gefühl folge ich ihm zum Aufzug, erneut gibt er einen Code ein und wir fahren hoch. Mein Herz klopft wie wild, ich mache mich für alles bereit, doch werde überrascht, als wir im Erdgeschoss ankommen.

Vor uns liegt eine komplett leere Villa. Keine Möbel, keine Menschen, nur eine weitläufige, große Fläche. Von hier aus hat man den perfekten Blick auf die Terrasse und den dahinter liegenden Strand.

»Komm, *Tesoro*.«

Fasziniert steige ich aus dem Aufzug und starre auf Domenics Rücken, da er vorausläuft. Er ist scheinbar entspannt, lässt die Schultern kreisen und streckt die Arme über den Kopf.

»Was ist das für ein Haus?«

»Unser altes Zuhause«, erklärt Dom, schiebt die Terrassentür auf und sieht über die Schulter zu mir. »Wir haben hier ein paar Jahre gelebt, aber es wurde zu unsicher.«

»Inwiefern?«

»Zu viele Nachbarn und der Privatstrand war zwar ein nettes Extra, doch zu schwer zu bewachen.« Er macht eine auffordernde Geste.

Ich laufe nach draußen und atme die salzige Meeresluft. Ich kicke die Sneakers von den Füßen, ziehe die Socken aus und lasse alles achtlos liegen, ehe ich von der Veranda in den Sand trete. Deshalb liebe ich Sizilien. Das Klima, die frische Luft und dann dieses kristallblaue, klare Wasser. Das Meer wirft sanfte Wellen an den Strand, rhythmisch und beruhigend.

Ich spüre Doms Hände an meinen Schultern und zucke zusammen, da ich nicht bemerkt habe, dass er so dicht hinter mir ist. Er massiert mich sanft, bevor er einen Arm um mich schlingt und mich näher zu sich zieht.

»Wirst du mich jetzt umbringen und meine Leiche im Meer versenken?«

Dom schnaubt amüsiert, ich spüre die Vibration seines Lachens. »Bist du deshalb so angespannt?«

»Könnte man so sagen.«

Er greift nach meinem Shirt und zieht es hoch, ich zögere kurz, helfe ihm dann aber und streife es über den Kopf. Es fällt in den Sand, während Dom mich zu sich umdreht. Er legt mir einen Finger unters Kinn und hebt meinen Kopf.

»Noch nicht, Mason. Noch habe ich nicht genug von dir bekommen«, flüstert er. Diese Worte sollten nicht so warm in meinen Magen rieseln, aber ich kann das Kribbeln nicht unterdrücken.

Er küsst mich, erobert stürmisch meinen Mund, während eine Hand in meinen Nacken gleitet und mich festhält. Seine Finger tanzen über meine Bauchmuskeln, gleiten unter den Bund meiner Shorts, spielerisch, neckend.

Obwohl der rationale Teil in mir ihn gerne abweisen würde, schlinge ich die Arme um ihn und lasse mich in den Kuss fallen. Lasse zu, dass Dom die Kontrolle übernimmt, meinen Mund in Besitz nimmt und meinen Körper mit seinen Fingern liebkost.

Ungeduldig ziehe ich sein Shirt hoch, streiche über seinen Oberkörper, erwidere den Kuss mit derselben Intensität. Dom löst sich von mir, entledigt sich des T-Shirts und öffnet seine Jeans. Er zieht meine Hand zu sich und schiebt sie in seine Hose, stöhnt laut, als ich unter seiner Führung seinen Schwanz berühre. Meine Lider flattern, ich beuge mich vor und fange mit den Zähnen seine Unterlippe ein.

»Lass uns schwimmen gehen«, schlage ich rau vor und entziehe ihm meinen Arm.

»Blas mir lieber einen.«

Ich lache und weiche noch weiter zurück, meine Jeans und Boxershorts landen im Sand. »Na los.« Ohne auf ihn zu achten, laufe ich los durch den warmen Sand. Salziges Wasser umspült meine Zehen, kurz darauf tauche ich in die Fluten ein, Wasser schlägt sich über mir zusammen und für einen Moment dämpft das Meer all meine Sinne, ehe ich wieder auftauche. Dom ist mir offenbar gefolgt, denn ich spüre, wie er die Arme von hinten um mich schlingt und mich an sich drückt.

»Willst du abhauen?«, raunt er mir ins Ohr.

»Würdest du mich lassen?«, frage ich im Gegenzug japsend.

Er beißt mir wenig sanft ins Ohrläppchen. »Auf keinen Fall. Du gehörst mir.«

Er lockert den Griff so weit, dass ich mich herumdrehen kann. Ich will mich von ihm wegstoßen, doch er lässt es nicht zu. Stattdessen presst er mich enger an sich und ich reagiere instinktiv, indem ich die Beine um ihn schlinge und mich an ihn drücke.

»Du gehörst eher mir.«

Spöttisch hebt er eine Augenbraue. »Meinst du?«

»Definitiv.« Ich reibe mich an ihm, kralle die Nägel in seine Schulter. »Nur mir.«

»Du hast keine Macht darüber.« Er leckt über meinen Kiefer, küsst die Stelle. »Ich könnte fünfzig andere Kerle ficken, ohne, dass du etwas dagegen tun kannst.«

Die Vorstellung stößt mir sauer auf. »Versuchs doch, Dom«, fordere ich ihn heraus.

Dom lacht leise. »Verdammt, warum finde ich das so heiß?«, höre ich ihn murmeln, ehe er mich stürmisch küsst. Er vergräbt die Finger in meinem Hintern und knetet ihn, was mir ein leises Stöhnen entlockt. Dom schwimmt Richtung Ufer, lässt mich nicht los, sondern trägt mich aus dem Wasser.

»Nicht in den Sand«, protestiere ich, aber er legt mich trotzdem dort ab. Es klebt sofort an meinem nassen Rücken und ich seufze genervt. Domenic lacht nur, kniet sich halb über mich und umfasst meinen harten Schwanz. Er bringt sich so in Position, dass seine Härte an meiner reibt. Wir beide stöhnen synchron, als er die Hüften bewegt. Sein Gesicht schwebt über meinem, seine dunkelgrünen Augen nehmen mich gefangen und lassen nicht zu, dass ich den Blick abwende.

»Dom«, keuche ich und strecke den Rücken durch, drücke somit die Schulterblätter fester in den warmen Sand. Dom senkt die Lider halb, keucht und reibt sich schneller an mir.

Mein Atem geht stockend, ich lasse zu, dass er es in seinem Tempo macht, obwohl ich nichts lieber tun will, als schneller zu werden. Fuck, am liebsten würde ich ihn in mir spüren.

Aber Dom hat andere Pläne, er reibt uns beide bis zum Orgasmus. Sperma vermischt sich mit Salzwasser auf meiner Haut, ich drücke mich fester in den Sand und genieße die hitzigen Wellen, die mein Innerstes erobern.

Blinzelnd sehe ich wieder zu Dom auf, muss unwillkürlich lächeln, dann lachen.

»Deine Schwester hatte Recht«, sage ich keck. »Das ist wirklich ein romantisches Date. Wann kommen der Champagner und die Erdbeeren?«

Dom schmollt. »Gar nicht, wenn du dich weiter über mich lustig machst.« Er ächzt leise und hievt sich auf, reicht mir dann die Hand, um mich ebenfalls hochzuziehen.

»Du schmutziger Junge.« Grinsend sieht er an mir herab.

»Ich hasse dich.«

»Du liebst mich«, hält er dagegen, zieht mich zu sich, umfasst meine Wangen und küsst mich.

»Geh dich saubermachen«, befiehlt er, nachdem wir uns voneinander gelöst haben, und gibt mir einen Schubs Richtung Meer. Nur allzu gerne komme ich der Aufforderung nach, tauche wieder ab in die Fluten und säubere mich von Sand, Schweiß und Sperma. Ich schwimme eine Runde und als ich zurück ans

Ufer trete, kommt Dom gerade aus dem Haus. Er hat zwei Handtücher unterm Arm, in der anderen Hand hält er eine Flasche Rotwein, den Korken noch zwischen den Zähnen.

Als wir uns näherkommen, schmeißt er die Handtücher in den Sand, greift mit einer Hand in mein Haar und zieht meinen Kopf in den Nacken. Er legt die Weinflasche an meine Lippen und flößt mir etwas von dem Wein ein. Ich schlucke brav und spüre sogleich, wie mein Magen sich von innen wärmt. Liegt das an dem Wein oder daran, wie sexy ich ihn im Moment finde?

Er lässt die Flasche sinken und schmeißt den Korken zu den Handtüchern. Dann küsst er mich, leckt mir Salzwasser und Wein von den Lippen.

Dieser Tag entwickelt sich ganz anders, als ich geglaubt habe. Und ehrlich gesagt finde ich das ziemlich berauschend. Vor einer Woche noch wäre es die Hölle gewesen, mit Domenic Marino in einem verlassenen Haus an einem einsamen Privatstrand festzustecken.

Und jetzt? Jetzt kann ich mir nichts Schöneres vorstellen.

Du bist sowas von am Arsch, Mason.

Wir kommen erst am späten Nachmittag zurück in die Villa. Schon als wir den Wohnbereich im zweiten Stock betreten, sehe ich Alessios skeptischen Blick, der über uns schweift.

»Ich habe nach dir gesucht, Domenic«, sagt er scharf. Er benutzt in letzter Zeit zu oft meinen vollen Namen. Das sollte mir zu denken geben.

»Jetzt hast du mich ja gefunden«, erwidere ich, bleibe zwei Meter vor ihm stehen und sehe meinem Bruder fest in die Augen.

»Geh auf dein Zimmer, Mason«, befehle ich, ohne mich zu ihm umzusehen.

»Was ist mit Abendessen?«, fragt dieser mich.

»Hast du nicht schon genug in den Magen bekommen?«

Er erdreistet sich tatsächlich, mir in den Rücken zu boxen.

»Essen ist in einer Stunde fertig«, sagt Alessio über meinen Kopf hinweg. »Ich hole dich dann.«

»Na schön.« Versöhnlich streicht Mason mir über die Stelle, in die er eben noch seine Faust gerammt hat, dann entfernen sich seine Schritte, er nimmt die Treppe und ist damit außer Hörweite.

»Du hast ihm also ein eigenes Zimmer besorgt«, kommentiert Alessio mit hochgezogener Augenbraue.

»Ja.«

»Und was habt ihr heute gemacht?«

Gegenseitige Blowjobs am Strand. »Nichts besonders. Was wolltest du von mir?«

»De Luca hat dir ein Ultimatum gestellt.« Alessio beißt die Zähne sichtlich zusammen. Dann seufzt er. »Er will Mason bestraft haben. Bis morgen um Mitternacht. Er hat angedeutet, dass du auch seiner letzten Geliebten die Kehle aufgeschlitzt hast, nur weil sie sich an Ariannes Schmuckkästchen bedient hat.«

Ich verdrehe genervt die Augen. »Er ist so eine Mimose.«

»Domenic.« Alessio hält mich am Arm fest, als ich an ihm vorbeilaufen will. »Verdammt, tu es einfach. Was bedeutet er dir schon?«

»Es geht nicht um Mace. Es geht um de Luca und dass er meint, mich herumkommandieren zu können.«

Und es geht darum, dass ich verdammt nochmal nicht fertig mit Mason bin.

»Bitte, tu das Richtige.« Ein letztes Mal sieht Alessio mir fest in die Augen, dann lässt er mich los und verschwindet in die andere Richtung.

Ich sehe meinem Bruder nach. Warum muss er immer den Moralapostel spielen?

Das Abendessen verläuft schweigend, Arianne ist mit ihrem Handy beschäftigt und mir hängen Alessios Worte nach.

»Was jetzt?«, fragt Mason, nachdem er gemeinsam mit Ari den Tisch abgeräumt hat. Er unterdrückt ein Gähnen. »Hast du noch was vor oder kann ich ins Bett?«

»Geh. Schlaf gut.«

»Gute Nacht.« Ich sehe Mason nach, wie er aus dem Esszimmer verschwindet, Arianne schließt sich ihm an, geht aber auf die Terrasse und nicht nach nebenan.

»Und, hast du eine Entscheidung getroffen?«

Wie so oft hat Alessio es sich auf dem Sessel am Kamin gemütlich gemacht. Ich verlasse den Esstisch und setze mich ihm gegenüber. Mit einem tiefen Seufzen entspanne ich meine Schultern.

»Natürlich habe ich das.«

Alessio und ich sehen uns fest in die Augen.

»Was wirst du also tun?«

»Ich werde Talina bitten, ein Abendessen für de Luca zu organisieren.«

Alessio nickt, scheinbar zufrieden. Kurz kehrt Schweigen zwischen uns ein.

»Er erinnert mich ein wenig an Matteo«, sagt mein Bruder schließlich.

Ich runzle die Stirn. »Mason?«

Alessio schmunzelt. »Offensichtlich Mason. Die Tattoos, das freche Mundwerk.«

Auf den ersten Blick mögen sie sich ähneln, doch sie sind unterschiedlich wie Tag und Nacht. Matteo hat mir nur so viel Konter gegeben, weil er wollte, dass ich ihn bestrafe. Er hat für diese Art von Schmerz gelebt. Aber Mason ist nicht so. Es liegt einfach in seiner Natur, zu widersprechen.

»Du hast ihn geliebt, hm?«

Alessios unvermittelte Frage lässt mich kurz auflachen. »Matteo? Nein. Ich habe nur gerne Zeit mit ihm verbracht.«

Wieder kehrt Stille zwischen uns ein.

»Ich muss nochmal mit Roy raus«, meint Alessio schließlich und erhebt sich.

»Wem?«

»Dem Hund.«

Wir verabschieden uns mit einem Nicken und dann bin ich allein. Mein Blick bleibt an dem leeren Kamin hängen und ich lasse zu, dass meine Gedanken abschweifen.

Irgendwann kommt Arianne wieder ins Haus, wünscht mir eine gute Nacht und verschwindet in ihr Gästehaus. Seufzend erhebe auch ich mich und laufe die Treppe nach unten, bleibe vor meiner Tür stehen und halte inne, den Türgriff schon in der Hand.

Ich entscheide mich anders, gehe zu dem Gästezimmer und öffne die Tür, ohne zu klopfen. Der Raum liegt dunkel und still vor mir, ich blinzle mehrmals, bis mir bewusst wird, dass niemand in dem Bett liegt.

»Mason?«, flüstere ich und betätige den Lichtschalter. Tatsächlich. Keiner da.

Der kurze Anflug von Panik in meinem Magen flacht schnell wieder ab, stattdessen muss ich lächeln. Ich lasse das Gästezimmer hinter mir und betrete mein großes Schlafzimmer.

Wie bereits erwartet habe ich einen Gast in meinem Bett. Ohne das Licht anzuknipsen, trete ich näher an ihn heran, entledige mich meiner Klamotten und lege mich zu ihm. Da er mit dem Rücken zu mir liegt, schmiege ich mich von hinten an ihn, schlinge einen Arm um seine Mitte und drücke ihn fest an mich.

»Habe ich dir erlaubt, mein Schlafzimmer zu betreten?«, flüstere ich ihm ins Ohr.

»Nicht direkt«, antwortet Mason wie aus der Pistole geschossen. Offenbar hat er auf mich gewartet.

»Warum bist du dann hier?«

»Ich mag das Gästezimmer nicht. Das Bett ist so klein.«

Amüsiert schnaube ich, schließe die Augen und vergrabe die Nase in seinem Nacken.

»Und mein Bett ist besser?«

»Viel besser«, bekräftigt Mason.

»Weil ich ebenfalls darin schlafe?«

»Nein, das ist nur ein lästiger Nebeneffekt, den ich ignorieren kann.«

Ich beiße in seine Schulter und er lacht leise. »Du bist so frech.« Nur kurz lasse ich ihn los, um aus meiner Nachttischschublade Gleitgel zu holen, dann bin ich wieder bei ihm und schiebe seine Boxershorts herunter.

»Ich kann nicht mehr, Dom«, ächzt Mason.

»Dann hättest du nicht in mein Bett kommen sollen.« Ich küsse und lecke über seinen Hals, während meine Hände fiebrig über seinen Körper gleiten. Mason lässt es zu, wehrt meine Finger nicht ab, stöhnt sogar leise.

Aber schließlich windet er sich unter mir, schwingt sich auf meinen Schoß und begräbt mich unter sich.

»Positionswechsel?«, fragt er neckend. Er küsst meine Lippen, meine Wange, meinen Kiefer. »Ich schwöre, es wird dir gefallen.«

»Treib es nicht zu weit«, warne ich ihn und greife nach ihm. Mace verschränkt unsere Finger und drückt meine Hände in das Laken neben meinen Kopf. Seine Lippen schweben nur Zentimeter über meinen, sein Blick huscht über mein Gesicht.

»Ich hab' auch nicht gedacht, Fan davon zu sein, aber es ist besser als gedacht«, vertraut er mir an. »Versuch es mal, Dom. Wenn, dann mit mir.«

Spöttisch hebe ich eine Augenbraue. »*Wenn, dann mit dir*?«, wiederhole ich.

»Natürlich. Nur mit mir. Lass mich dein Erster sein, Domenic. Bitte, bitte.«

Seine Besitzansprüche machen mich irgendwie an, auch wenn ich nicht genau beschreiben kann, warum.

Ich spanne die Muskeln an und bugsiere ihn in die Matratze neben mir. Seine Augen blitzen, sein Lächeln ist schelmisch.

»Ist das ein Ja oder ein Nein?«

»Das ist ein: Wenn du nicht aufhörst zu reden, werde ich dich knebeln.« Ich packe seine Hüften und drehe ihn auf den Bauch. Wieder greife ich nach dem Gleitgel und spreize seine Schenkel.

»Wenn du mich knebelst, kann ich ja gar nicht mehr ... ahhh, fuck!« Seine Worte gehen in einem lauten Stöhnen unter, als ich anfange, ihn mit den Fingern zu ficken. Ich lasse mir nicht so viel Zeit wie beim ersten Mal, was offenbar eine gute Methode ist, um Mason zum Schweigen zu bringen. Zumindest vom Reden abzuhalten, denn leise ist er ganz und gar nicht.

Selbst das Kissen, in das er das Gesicht vergräbt, kann sein Stöhnen und seine Lustschreie nicht dämpfen und ich liebe es, wie er sich mir entgegen drückt und erzittert. Als ich die Finger zurückziehe, glänzt bereits Schweiß auf seinem Rücken und er stößt seine Hüften ins Laken, scheinbar auf der Suche nach Reibung. Ich positioniere mich hinter ihm und versenke mich mit einem Stoß in ihm. Jetzt bin ich derjenige, der laut aufkeucht.

»Gott, Mason. Du bist so perfekt für mich.« Langsam bewege ich mich und er wimmert. Eine Zustimmung? Zumindest in meiner Wunschvorstellung.

Ich lasse mir Zeit, genieße jeden Zentimeter, jeden Stoß, wie meine Finger Spuren auf seiner Haut hinterlassen. Irgendwann lasse ich die Hand über seine Wirbelsäule gleiten und fasse schließlich in sein Haar, ziehe seinen Kopf zurück und vergrabe mich gleichzeitig ein weiteres Mal in ihm.

»Dom«, keucht er abgehakt.

»Wie fühlt es sich an, von mir gefickt zu werden, Mason?«

»Gut.« Er wimmert fast. »Unfucking fassbar gut.«

Ein langsamer Stoß, mit dem ich ihn Zentimeter für Zentimeter spüren lasse. »Habe ich dir nicht vorausgesagt, dass du irgendwann darum betteln wirst, von mir genommen zu werden?«

»Ja.«

»Und?«

Mason stöhnt, ich erkenne, dass er sich so fest in das Laken krallt, dass seine Fingerknöchel weiß hervortreten.

»Bitte, Dom, *bitte*. Fick mich weiter. Schneller. Härter.«

Das ist wie Musik in meinen Ohren. Ich lasse seinen Kopf los, umfasse stattdessen seine Hüften und erfülle ihm seinen Wunsch.

Ich fühle mich mehr als zufrieden, mit Mason zwischen den zerwühlten Laken zu liegen, die kühle Nachtluft aus dem geöffneten Fenster hereinwehen zu lassen und die Nachwehen des Orgasmus zu genießen. Masons Kopf liegt auf meinem Bauch, er hat die Augen geschlossen, aber sein Atem geht noch immer einen Tick zu schnell.

»Mace.«

»Hm?«

»Ich muss mein Versprechen brechen. Es tut mir leid.«

Seine Lider gehen flattern auf, sein Blick findet meinen. Verwirrt zieht er die Augenbrauen zusammen. »Wann hast du mir jemals ein Versprechen gegeben?«

»Nach der Party. Ich habe dir gesagt, du musst de Luca nie wieder sehen.«

»Und nun?«

»Wir sind morgen mit ihm verabredet.«

Mason richtet sich auf, rutscht ein Stück von mir ab und sieht mich von oben an, den Kopf leicht schief gelegt. »Warum?«

»Er ist sauer wegen der letzten Aktion.« Ich strecke die Hand nach ihm aus. »Komm her.«

Mason zögert, bettet aber schließlich wieder den Kopf auf meinen Bauch. Ich schlinge einen Arm um ihn und beuge mich vor, um ihm einen Kuss auf die Schläfe zu drücken.

»Vertraust du mir?«

»Nein, nicht wirklich.«

»Gut.« Ich streichle sanft über seine Seite. »Ich werde tun, was ich tun muss und du wirst tun, was du tun musst.«

Zweifelnd flattert sein Blick zu mir, dann sieht er wieder gen Decke. Ich erwarte weitere Fragen, aber Mason schweigt nur. Und innerhalb der nächsten fünf Minuten ist er eingeschlafen.

Als ich am Morgen wach werde, bin ich allein in dem großen Bett. Suchend taste ich über die leere Bettseite neben mir, öffne schließlich die Lider und seufze frustriert. Warum hat er nur die verdammt schlechte Angewohnheit, einfach aus dem Bett zu verschwinden?

Ich rolle mich von der Matratze und angle mir frische Unterwäsche aus meiner Schublade, ehe ich aus dem Zimmer trete. Suchend streife ich durch die zweite Etage, finde ihn aber weder im Esszimmer, noch in der Küche oder im Pool. Als er auch nicht im oberen Bereich ist, werde ich langsam sauer.

»Mason!«, rufe ich, als ich die Treppe zurück nach unten jogge.

»Hast du deinen Liebhaber verloren?«

Alessio lehnt lässig gegen den Türrahmen des Gästebades und mustert mich wachsam. Genervt bleibe ich stehen und drehe mich zu ihm herum.

»Was?«

Mein Bruder erdreistet sich tatsächlich, zu schmunzeln. »Ich habe meinen Hund noch nie verloren, weißt du. Du solltest an das Halsband eine Leine legen.«

»Fick dich, Ace! Hast du ihn jetzt gesehen oder nicht?«

»Hast du schonmal in seinem Zimmer nachgeguckt?«

Oh, natürlich. Ohne weiter auf Alessio zu achten, mache ich auf dem Absatz kehrt und stapfe zum Gästezimmer. Tatsächlich liegt er dort auf dem schmalen Bett, ein weißes Laken um seinen Körper gewickelt, das Gesicht im Kissen vergraben.

Laut schlage ich die Tür hinter mir zu, Mason zuckt zusammen, richtet sich halb auf und blinzelt mir entgegen.

»Was soll das denn?«, fragt er mit verschlafener, rauer Stimme.

»Warum haust du jedes Mal ab, *Tesoro*? Das kotzt mich an.« Ich lege mich zu ihm, schiebe einen Arm unter seinen Kopf und drücke ihn an mich. Grob küsse ich seinen Hals und merke, wie ich mich entspanne.

»Du hast mich in dieses Zimmer verfrachtet«, erwidert er.

»Dann bist du gestern nur zu mir gekommen, um dich von mir flachlegen zu lassen?«

Mason schließt die Lider wieder, ein wehmütiges Lächeln liegt auf seinen Lippen. »Ist doch das, was du willst.«

Daraufhin erwidere ich nichts, höre aber auf, ihn zu streicheln.

Stille legt sich zwischen uns, irgendwann schließe auch ich die Augen und lasse meine Gedanken treiben.

Ich will vor allem, dass er bei mir ist, wenn ich aufwache. Ich hasse und liebe gleichermaßen seine sture Art, genau das Gegenteil von dem zu machen, was ich von ihm erwarte. Selbst jetzt, wo ich ihn schon ein wenig besser kenne, weiß ich nie, was er will oder was er glaubt, zu wollen.

Es klopft laut gegen die Tür und reißt mich aus dem Halbschlaf.

»Dom«, dringt Alessios Stimme zu uns herüber. »Talina ist da. Sie muss mit dir sprechen, wegen heute Abend.«

Ganz tolles Timing. Aber meine Cousine lasse ich besser nicht warten.

»Bis später, Mace.« Ich drücke einen Kuss auf seine Schulter und lasse ihn los. Als ich aus dem Bett steige, richtet er sich auf und sieht mir nach.

»Domenic?«

Kurz vor der Tür halte ich inne, unsere Blicke kreuzen sich über die Distanz hinweg.

»Ja?«

»Lass mich heute Abend dein Halsband tragen.«

Verdammte Scheiße. Was ... Damit habe ich nun wirklich nicht gerechnet. Ich lasse Alessio warten, gehe zurück zu Mason, stütze ein Knie auf der Matratze ab und komme ihm näher. Unsere Nasenspitzen berühren sich fast.

»Willst du das?«

»Ja.« Er beißt sich auf die Unterlippe. »Bitte.«

Das war nicht der Plan, Mason sollte nicht als meine Begleitung mitkommen wie das letzte Mal. Verdammt, schon allein, wenn ich mit Mason an meiner Seite heute Abend aufkreuze, wird de Luca vermutlich ausflippen.

Aber ich kann Mason diesen Wunsch nicht abschlagen. Unmöglich. Nicht, wenn er mir so tief in die Augen sieht.

»Okay«, stimme ich zu, lege ihm eine Hand auf die Wange und befreie mit dem Daumen seine Unterlippe. »Nur für einen Abend?«

Er nickt.

Und besiegelt damit sein Schicksal.

»Wenn du mich noch einmal so kurzfristig engagierst, etwas zu planen, kündige ich«, droht Talina, bevor sie Domenic einen Kuss auf die Wange drückt und schwungvoll verschwindet.

Ich habe die zierliche Italienerin mit den katzenhaften Augen nur kurz kennengelernt, aber bereits beschlossen, dass ich sie mag. Sie hält Domenic auf Trab. Gut so.

Dom dreht sich zu mir herum und jetzt, wo Talina weg ist, traut er sich auch, die Augen zu verdrehen.

»Was für ein Stress.«

»Wann fahren wir los?«, hake ich nach.

»Um acht. Du solltest vorher duschen.«

»Ich habe erst geduscht.« Es war nur nicht so klug, danach auf der Terrasse in der prallen Sonne ein Training zu absolvieren.

Dom tritt näher an mich heran, sein Blick gleitet über meinen Körper. »So verschwitzt nehme ich dich nirgendwo hin mit.« Er beugt sich herunter, küsst meine nackte Schulter, leckt von meinem Schlüsselbein bis zu meinem Hals.

»Scheint dir doch zu gefallen«, murmle ich und neige den Kopf. Ich beginne seine

Angewohnheit, mich ständig lecken und beißen zu müssen, wirklich zu mögen. Er nennt mich *Kätzchen*, dabei ist er derjenige, der sich wie eins verhält.

»Es gibt vieles, das mir gefällt«, erwidert Domenic raunend.

»Müsst ihr immer im Flur vögeln?«

Alessios Stimme bringt Dom dazu, innezuhalten, er weicht jedoch nicht vor mir zurück. Ich recke den Hals, um zu seinem Bruder zu blicken, der mit düsterer Miene im Türrahmen lehnt.

»Wir müssen nicht, Bruderherz«, erwidert Domenic. »Aber es macht so viel Spaß.«

»Ist dir bewusst, dass Arianne sich gerade für ein Date fertig macht?«

Dom brummt genervt, lässt von mir ab und dreht sich zu Alessio. »Dann behalte sie im Blick, bitte.«

»Ich kann euch nicht beide im Blick behalten.«

»Du musst nicht mit«, stellt Dom klar. »Pass lieber auf Ari auf.«

Alessios Gesichtsausdruck nach zu urteilen, findet er das alles andere als gut. »Und wer passt auf dich auf, Dom?«

»Mason.«

Ach ja?

Alessio schnaubt spöttisch. »Er würde dir eine Kugel in den Kopf jagen, wenn er die Gelegenheit dazu hätte.«

Vielleicht.

»Spiel nicht den großen Bruder«, verlangt Domenic verärgert. Die kurz aufgeflammte hitzige Stimmung zwischen uns kühlt wieder ab und macht Platz für die Nervosität, die ich schon den ganzen Tag verspüre.

»Schick dein Spielzeug weg und lass uns nochmal über den Plan für heute Abend reden«, verlangt Alessio.

Damit bin wohl ich gemeint. »Holst du mich zum Abendessen?«, frage ich und zupfe an Domenics T-Shirt, um seine Aufmerksamkeit zu erlangen. Er sieht über die Schulter zu mir.

»Wir essen mit de Luca.«

»Ja, aber werde ich da auch was bekommen?«

»Ja, *Tesoro*.«

Mit dieser Antwort bin ich zufrieden, laufe um ihn herum und steure die Treppe an, um mich in mein Zimmer zurückzuziehen. Doch noch bevor ich aus Domenics Sichtweite verschwinde, greift er nach meinem Handgelenk und wirbelt mich herum. Er legt mir eine Hand in den Nacken, zerrt mich grob zu sich und küsst mich auf die Lippen. Lasziv erobert seine Zunge meinen Mund, er zieht meinen Kopf tiefer in den Nacken und beginnt, an meiner Unterlippe zu knabbern.

»Jetzt kannst du gehen«, raunt er mir zu, während ich noch nach Atem ringe. *Jesus Christ,* seine Küsse bringen mich um den Verstand. Wortwörtlich. »Bis später.«

Er lässt mich los und wendet sich ab, aber ich bin nicht bereit, das so zu beenden. Stattdessen fasse ich an sein Kinn, drehe sein Kopf zu mir und küsse ihn ebenso leidenschaftlich wie er mich gerade, dringe dieses Mal in seinen Mund. Erst dann fahre ich herum und verschwinde in meinem Zimmer.

»Du musst immer das letzte Wort haben, nicht?«, ruft Dom mir amüsiert nach.

Ganz genau. Und ich denke, das ist eine Sache, die ihn so an mir reizt.

Domenic holt mich kurz vor acht an meinem Zimmer ab. Er klopft sogar an und stürmt nicht einfach herein. Als ich die Tür öffne, stocke ich unwillkürlich und lasse meinen Blick demonstrativ über seine Gestalt gleiten. Verdammt, ist er heiß.

Er trägt einen dunkelblauen Anzug, dazu ein blütenweißes Hemd, das mehrere Knöpfe offen steht. Keine Krawatte oder Fliege, was ihn trotz des schicken Aufzuges irgendwie leger wirken lässt. Er ist frisch rasiert und riecht herrlich nach Aftershave, seine Haare sind nicht frisiert und fallen ihm verwegen in die Stirn.

»Hi«, grüße ich atemlos. »Soll ich mich umziehen?«

Domenics Blick schweift über meinen Körper, von dem Nike-Sportshirt zu den zerrissenen Blue Jeans und dem Lederband an meinem Handgelenk.

»Nein.« Er tritt einen Schritt näher und erst jetzt fällt mir das Halsband auf, das er mit der linken Hand umklammert hält. Ich schlucke den Kloß in meinem Hals herunter und halte still, als er es mir umlegt. Das kühle Leder schmiegt sich an meine Haut und wird sofort von meiner Körperwärme ganz warm. Fuck. Warum liebe ich es, wie es gegen meine Kehle drückt?

Unter den Wimpern sehe ich zu Dom auf, der mich ebenso intensiv mustert.

»Das sieht perfekt an dir aus, *Tesoro*«, flüstert er und streicht über die Initialen, die in dem Leder eingelassen sind. *DM.*

»Wie lange werde ich es tragen?«, hake ich nach. Unsere Blicke treffen sich. Er neigt den Kopf etwas und fährt mit dem Daumen über meine Unterlippe.

»Solange ich es dir gestatte.«

»Was, wenn ich es vorher abnehmen will?«

»Dann wirst du das tun«, meint Dom ruhig. Tief atme ich durch.

»Lass uns fahren, Schatz.«

»Wie bitte?« Überrascht hebt er eine Augenbraue, was mich zum Lachen bringt.

»Du nennst mich *Tesoro*, ich nenne dich *Schatz*.«

Unzufrieden kneift er die Augen zusammen. »Lass das bleiben.«

»Warum, Schatzi?«

Er hakt die Finger unter das Halsband und zieht mich ein Stück näher. »Du solltest dich besser benehmen, Mason Roberts. Dein Leben hängt nur von meinem Wohlwollen ab.«

Seine Worte verursachen mir einen kalten Schauer, mein Grinsen verschwindet. »Verstehe.«

Er senkt die Lider und haucht mir einen Kuss auf die Nasenspitze. »Auf geht's, Mace. Bleib wachsam. Zu jeder Zeit. Vertraue niemanden. Erst recht nicht mir.«

Zu spät, Domenic.

31. MASON

Wir fahren in Domenics Mercedes zu dem vereinbarten Treffpunkt. Wir sind allein, Stille hat sich über uns gelegt, während ich aus dem Fenster in die tiefschwarze Nacht starre.

»Nervös?«, fragt Dom irgendwann, nachdem wir eine gefühlte Ewigkeit unterwegs sind.

»Kann schon sein.«

Er greift nach meiner Hand, führt sie zu seinen Lippen und drückt einen Kuss auf den Handrücken. »Eine Sache will ich dir geben, bevor wir ankommen.«

Spöttisch hebe ich eine Augenbraue. »Einen Verlobungsring?«

»Sieh ins Handschuhfach.«

Ein kribbelndes Gefühl fährt elektrisierend durch meine Wirbelsäule. Ich entziehe ihm meine Hand und öffne das Handschuhfach. Eine Klinge blitzt mir entgegen. Nur zu gut erinnere ich mich an unser Gespräch vor dem ersten Treffen mit de Luca. Damals habe ich Domenic förmlich angefleht, mir eine Waffe mitzugeben, doch er hat behauptet, mich beschützen zu können. Nun haben sich die Dinge offenbar geändert.

Ohne etwas zu sagen, greife ich nach dem Klappmesser, fahre mit dem Zeigefinger über die Klinge und lasse sie zuschnappen. Ich schiebe es in meinen Hosenbund, so, dass es von meinem Shirt verdeckt wird.

»Wie wär's mit einem Danke?«, fragt Dom nach einigen Minuten des Schweigens. Kurz presse ich die Lippen zusammen, dann atme ich tief durch.

»Danke, Domenic.«

»Das klang nicht sehr aufrichtig, aber ich nehme, was ich kriege.«

Wir tauchen ab in eine Tiefgarage und ich fokussiere meine Gedanken auf das Hier und Jetzt. Er hat Recht. Ich darf niemandem vertrauen. Vor allem nicht ihm.

Ich komme mir vor wie in einem Déjà-Vu gefangen, als wir in einen Aufzug treten und Domenic mir eine Hand auf die Schulter legt. Ein anderer Tag, ein anderes Gebäude, aber die Umstände sind dieselben.

Lautlos gleiten die Türen auf, als wir im 5. Stock ankommen, und mein Blick bleibt an den zwei Kellnerinnen hängen, die sofort ein gezwungenes Lächeln aufsetzen.

»Mr. Marino«, grüßt die mit der roten Schürze und neigt respektvoll den Kopf.

»Sind meine Gäste schon da?« Dom verstärkt den Griff an meiner Schulter und schiebt mich aus dem Fahrstuhl.

»Noch nicht. Sie sind die Ersten.« Kurz streift ihr Blick mich, in ihren hellblauen Augen blitzt Neugier auf, aber sie reißt sich zusammen und lächelt reserviert.

»Folgen Sie mir.«

Domenic lässt mich los und läuft voraus, ich folge ihm. Wir laufen durch das stilvoll eingerichtete Penthouse, das so aussieht wie die Kulisse für ein Hochglanz-Magazin. Die Kellnerin führt uns in einen separaten Raum, wo ein langer, gedeckter Tisch bereitsteht.

»Kann ich Ihnen schon einen Wein bringen?«

»Ja. Suchen Sie uns einen passend zum Essen aus«, bittet Dom. Er läuft zum Kopfende des Tisches, schiebt einen Stuhl zurück und nickt mir auffordernd zu. Was für ein Gentleman.

»Warum ziehst du so ein Gesicht?«, fragt er, als ich mich setze. Er nimmt neben mir Platz und mustert mich von der Seite.

»Ich frage mich nur, wo ein Mafiaboss solche Manieren beigebracht bekommen hat.«

Seine Zähne blitzen auf, als er grinst. »Denkst du viel über mich nach, *Tesoro*?«

»Ununterbrochen.«

»Kannst du das auch ohne Sarkasmus sagen?«

Bevor ich darauf antworten kann, wird unser beider Aufmerksamkeit von näherkommenden

Schritten abgelenkt. Sofort versteife ich mich, drücke die Schulterblätter durch und halte unwillkürlich den Atem an.

Emilio de Luca betritt mit seiner blutjungen Freundin am Arm den Raum. Sein schmieriges Grinsen verschwindet, als er mir in die Augen sieht. Er verengt seine zu engen Schlitzen und ich kann förmlich den Fluch hören, der ihm auf den Lippen liegt.

»Domenic«, grüßt er, starrt aber immer noch mich an. »Wie ich sehe, bis du in Begleitung.«

»Setz dich, Emilio«, sagt Dom mit einer Handbewegung auf die zwei freien Plätze uns gegenüber. Er macht sich nicht die Mühe, aufzustehen und de Luca die Hand zu reichen.

»Komm, *Bellina*.« De Luca zieht einen Stuhl zurück und die Schwarzhaarige lässt sich elegant nieder. Ihre rehbraunen Augen sind ein Stück geweitet, ihre Pupillen sind unnatürlich groß, als habe sie sich eben etwas eingeworfen.

»Darf dein Hund jetzt mit am Tisch sitzen?«, fragt de Luca angewidert, als er sich ebenfalls setzt. Ich balle die Hände unter dem Tisch zu Fäusten und denke an das Messer. Wie gerne würde ich es diesem widerlichen Bastard zwischen die Rippen rammen.

»Er darf«, erwidert Domenic gelassen. Er lehnt sich zurück und legt einen Arm um meine

Stuhllehne, wobei er dabei leicht meinen Hinterkopf streift.

»Du hattest mir etwas versprochen«, sagt Emilio gepresst, offensichtlich verärgert.

»Alles zu seiner Zeit.«

Die Kellnerin bringt eine Flasche Wein, die Domenic ihr abnimmt und jedem ein Glas einschenkt.

»Darf deine Freundin schon Alkohol trinken?«, witzelt Domenic, schenkt Vanessa aber ebenfalls von dem Weißwein ein.

»Willst du mit mir wirklich über unangepasste Geliebte sprechen?«, fragt de Luca kühl mit einem Seitenblick auf mich.

»Was ist so unpassend an Mason?«, will Dom unschuldig wissen. Ernsthaft? De Luca würde ihm mit Sicherheit gerne eine notariell beglaubigte Liste zuschicken.

»Ich frage mich nur, was du mit diesem vorlauten Amerikaner, der nicht einmal deinem Typ entspricht, willst. Macht es dir Spaß, ihn zu brechen und ihn so lange zu ficken, bis er aufhört, Widerworte zu geben?«

»Du verstehst es ja doch.«

Jetzt würde ich Domenic gerne das Messer irgendwohin rammen. Er vergräbt die Finger in meinen Haaren und zwingt mich, mein Kopf zu ihm zu drehen. »Tatsächlich nicht mein Typ«, stellt er fest, nachdem er den Blick über mich hat schweifen lassen. »Aber durchaus reizvoll.«

Die Kellnerinnen bringen das Essen, es gibt geräucherte Forelle mit frischem Salat. Mein Magen knurrt, doch der Appetit ist mir vergangen.

»Sprich ein Tischgebet, Mace«, fordert Domenic mich auf, als ich schon nach dem Besteck greifen will.

Genervt sehe ich ihn an, er erwidert meinen Blick und nickt mir auffordernd zu. Ich verschränke die Finger ineinander und blicke auf meine Hände. Meine Gedanken rattern, aber schließlich entscheide ich mich für eine harmlose Variante. Ich spreche ein kurzes Tischgebet auf Italienisch, das Arianne einmal aufgesagt hat.

»Dein Italienisch ist gut«, stellt Domenic überrascht fest und nimmt sein Besteck in die Hände. Zu einem anderen Zeitpunkt hätte ich ihm vielleicht erzählt, dass meine Großeltern ursprünglich aus Italien kommen und mir die Sprache von klein auf eingetrichtert wurde, aber jetzt schweige ich und hoffe, dass dieser Abend schnell vorbeigeht.

Der Fisch ist überraschend gut und nach dem ersten Bissen kehrt mein Appetit zurück. Der trockene Riesling passt perfekt dazu. Vanessa im Gegenzug kaut nur auf dem Salat, spült ihn jedoch mit reichlich Wein herunter. Während ich sie so beobachte, frage ich mich zum ersten Mal, ob sie freiwillig bei de Luca ist.

Niemand spricht während des Essens, nur das Quietschen der Messer auf Porzellan und der leise trommelnde Regen auf den Fenstern untermalen die Szene. Emilio tupft sich mit der Serviette den Mund ab und wirft sie achtlos auf seinen leeren Teller. »Noch eine Stunde bis Mitternacht.«

Und dann?

»Teresa, bitte eine weitere Flasche Wein«, ruft Domenic der Kellnerin zu und sieht dann direkt zu Emilio. »Zigarren?«

»Dazu sage ich nicht nein, Junge.«

Wieder vergräbt Dom die Finger in meinen Haaren. Er zieht meinen Kopf in den Nacken, greift nach meinem halbvollen Weinglas und führt es mir an die Lippen.

»Trink«, befiehlt er und mir bleibt gar keine andere Wahl, als zu schlucken. Ich höre sein amüsiertes Schnauben. »Das kann er immer besser.«

Sein Ernst?! Ich verschlucke mich an dem Wein, entreiße mich seinem Griff und wische mir den Wein vom Kinn, während ich ihn bitterböse ansehe. Dom lacht. »Da habe ich doch wohl zu früh gelobt.«

Fick dich, du Scheiß-Macho.

»Du hattest genug Spaß mit ihm, Domenic«, sagt Emilio scharf.

»Noch nicht«, erwidert Dom. Er nimmt die Weinflasche von Teresa entgegen und bleibt gleich stehen. »Gehen wir in die Lounge.«

Er stupst mich an und auch ich erhebe mich, genauso wie de Luca und seine Begleitung. Wir laufen zum anderen Ende des Penthouses. Dort, vor der großen Glasfront, stehen mehrere Sessel und Sofas. In der Mitte ist ein niedriger Tisch platziert.

De Luca pflanzt sich auf einen Sessel und zieht Vanessa ruckartig auf seinen Schoß. Domenic setzt sich auf das Ledersofa ihm gegenüber, neben ihm wäre noch genug Platz, trotzdem lasse ich mich unmittelbar neben ihm auf den Boden nieder, den Blick auf de Luca gerichtet.

Elektrische Spannung knistert durch meine Wirbelsäule, ich halte den Kopf erhoben, aber dennoch – ich knie vor Domenic Marino. Ganz freiwillig. Genauso freiwillig, wie ich sein Halsband trage.

»Guter Junge«, lobt Dom und fuck, warum mag ich das? Warum finde ich es so heiß, wenn er mich anspricht wie einen Hund? Oder besser gesagt: Anspricht wie einen Sub. Seinen Sub.

Flach stoße ich die Luft aus und hoffe sehr, dass niemand bemerkt, wie hart ich werde.

»Reden wir übers Geschäftliche?«, fragt de Luca, nachdem Dom ihm und sich selbst ein Glas von dem Weißwein eingeschenkt hat. Eine Weile ist es still, beide Männer trinken, während ich Vanessa beobachte. Sie blinzelt immer wieder hektisch, als müsste sie zurück in die Realität finden.

»Gibt es denn etwas zu besprechen?«, fragt Domenic schließlich.

»Was sollte der Streit mit Romano? Und dann platzt er einfach so in deine Party.«

Domenic seufzt leise. »Dieser eingebildete Schnösel ist mein Problem. Wir haben ein paar Meinungsverschiedenheiten, aber nichts, was den Frieden gefährden wird, keine Sorge.«

»Du lässt zu, dass er in deine Party platzt? *Dio mios*, dein Vater hätte schon längst seine engsten Vertrauten um ein paar Gliedmaßen erleichtert.«

»Romano hatte die Befürchtung, dass wir auf der Party Pläne gegen ihn schmieden«, erklärt Dom ruhig. »Ich konnte ihn vom Gegenteil überzeugen und damit war die Sache wieder gut. Wir können gerade keine unnötigen Auseinandersetzungen gebrauchen, da wirst du mir doch wohl zustimmen.«

»Diplomatie.« De Luca spuckt das Wort förmlich aus. »Ihr jungen Männer vergesst, was es wirklich bedeutet, eine *Familia* zu führen.

Eine Schande, dass dein Vater nicht mehr hier ist, um dich zurechtzuweisen.«

Selbst mich kotzt de Lucas Gehabe mächtig an, wie kann Dom da so gelassen bleiben?

»Diese Diplomatie«, erwidert er mit einem Hauch Schärfe in der Stimme, »war dir das ein oder andere Mal auch nützlich.«

Dom legt eine Hand auf meinen Kopf und streicht mir durchs Haar, scheinbar beiläufig, doch de Lucas Blick heftet sich sofort auf mich. Nein, nicht unbedingt auf mich, sondern auf Domenics Handgelenk, an dem die Uhr aufblitzt. Diese verdammte Uhr, die mein ganzes Leben auf den Kopf gestellt hat.

De Luca verzieht das Gesicht, rote Flecken treten auf seine Wangen. Oh ja, er ist verdammt wütend. Als er aufsieht und grinst, ahne ich bereits Schlimmes.

»Sag mal, Junge, wie geht es deiner bezaubernden Schwester?«

32. MASON

Bei Ariannes Erwähnung versteift Dom sich sofort, dafür muss ich ihn nicht ansehen, ich spüre es. Mein Blick klebt weiterhin an de Luca, in dessen Augen etwas Dunkles aufblitzt. Selbst die halb zugedröhnte Vanessa auf seinem Schoß scheint mitzubekommen, wie die Stimmung plötzlich umschwenkt, denn sie verkrampft sich.

»Was willst du damit andeuten?«, fragt Dom.

»Gar nichts.« De Luca lacht. »Ich erinnere mich gerne an sie. Wie alt ist sie inzwischen? Zwanzig? Nun, jetzt ist sie bestimmt nicht mehr so eng wie an dem Tag ihrer Entjungferung. Wahrscheinlich hatte sie bereits halb Sizilien in sich.«

An dem Tag ihrer Entjungferung. Woher zur Hölle weiß Emilio das und vor allem: Wie jung war Arianne zu diesem Zeitpunkt? Meine Hände ballen sich zu Fäusten, als die schlimmsten Szenarien vor meinem inneren Auge ablaufen.

»Sprich nicht so über meine Schwester«, sagt Dom gefährlich leise. Sein Griff in meinem Haar verstärkt sich, als bräuchte er etwas, um sich festzuhalten, um nicht aufzuspringen und de Luca umzubringen.

»Wieso denn nicht?« Wieder dieses widerliche Lachen. »Dein Vater hat mich darum gebeten, das Mädchen zur Frau zu machen. Er wollte, dass sie das erste Mal von einem ehrenhaften Mann genommen wird.«

Mir ist schlecht. Ich denke an das Messer, das immer noch hinter dem Hosenbund klemmt. Ich müsste nur aufspringen, Vanessa wegschieben und könnte de Luca dann die Kehle aufschlitzen. Würde Dom mich aufhalten?

»Dir muss ich es ja nicht erzählen, du warst dabei«, spricht de Luca unbeirrt weiter. »Was ist eigentlich aus Alessio geworden? Dieses Weichei hat so fürchterlich geweint, selbst Arianne hat weniger Tränen vergossen. Hoffentlich hast du schon einen Plan, um deinen älteren Bruder unter die Erde zu bringen – er könnte dir noch deinen Platz in der *Familia* streitig machen.«

»Vorsicht, Emilio«, warnt Dom. »Ich darf dich daran erinnern, dass ich meinen Vater für diese Aktion umgebracht habe.«

»Denkst du, ich habe Angst vor dir, Junge?« Ein kaltes Lächeln huscht über de Lucas Züge. »Du bist viel zu *diplomatisch*, um mich umzulegen, nicht wahr?«

Schweigen. Kaltes, stilles Schweigen, dass sich in meine Nerven frisst wie Glassplitter. Mir fällt das Atmen schwer, so sehr muss ich mich zusammenreißen, um nicht etwas Dummes anzustellen.

Warum tut Dom nichts? Warum sitzt er einfach nur da und lässt so etwas über sich ergehen?

Das leise »Pling« der Aufzugtüren durchbricht die Stille schließlich und lässt mich zusammenzucken. Ich fahre herum und blicke zu den großen, breitschultrigen Männern, die das Penthouse betreten und geradewegs auf uns zulaufen. Ich glaube im ersten Moment, sie gehören zu Dom, doch beide stellen sich hinter de Lucas Sessel. Jetzt erkenne ich sie auch wieder – es sind seine Gorillas, ohne die er sich nirgendwo hin traut.

»Mitternacht, Domenic«, sagt de Luca.

Was hat er nur mit dieser Uhrzeit? Was passiert jetzt?

»In der Tat.«

Wieder schweigen, doch dieses Mal währt es nur kurz. Dom beugt sich vor, ich spüre seine Finger an meinem Hals, als er die Schnalle des Halsbandes löst.

Was zur Hölle ...?

Verwirrt drehe ich den Kopf zu ihm, er sieht mir fest in die Augen. Ohne das warme Leder fühle ich mich plötzlich nackt und ich begreife noch nicht, was passiert, obwohl es so offensichtlich ist.

»Er gehört ganz dir«, sagt Dom, erhebt sich und umrundet den Tisch. Ich bin so schockiert, dass ich mich nicht rühren kann, ich starre ihm nur nach, wie er in den offenen Aufzug tritt. Unsere Blicke begegnen sich ein letztes Mal. Aus seiner Miene kann ich keinerlei Emotionen lesen, sie ist kühl und reserviert.

Vertraust du mir?

Nein, nicht wirklich.

Gut. Ich werde tun, was ich tun muss und du wirst tun, was du tun musst.

Das war's also. So endet unsere gemeinsame Zeit – damit, dass er de Luca seinen Wunsch erfüllt und ihm meinen Kopf liefert.

Die heiße Wut in meinem Bauch ist eine andere als noch vor zwei Minuten. Es ist weniger Wut, vielmehr Schmerz. *Fuck.*

Ich wäre damit klargekommen, wenn Dom mir eine Waffe an den Kopf halten und abdrücken würde. Das habe ich die ganze Zeit erwartet. Aber nicht das. Nicht diese feige Aktion, in der er mich nicht nur zurücklässt, sondern mir noch meine Würde nimmt.

Ich habe darum gebeten, dieses *fucking* Halsband tragen zu dürfen. So, wie er es mir prophezeit hat. Und er hat es mir genommen, lässt mich hier vor de Luca knien und besiegelt mein Schicksal.

Die Aufzugtüren schließen sich und meine Emotionen schlagen über. Eine ist jedoch ganz präsent und übertönt den Schmerz in mir. Lodernder Hass.

Ich hasse dich, Domenic Marino.

Ruckartig springe ich auf die Beine und taumle zurück. De Lucas Bodyguards reagieren instinktiv, beide schießen vor und greifen nach mir. Dem einen verpasse ich einen Kinnhaken, ducke mich unter einem Fausthieb weg und weiche weiter zurück. Blind greife ich nach der Stehlampe, die direkt neben mir steht, und schleudere sie dem Gorilla entgegen, der auf mich zukommt. Rückwärts stolpere ich weg von den Männern und Vanessa, während ich mich hektisch umsehe. Gibt es hier einen anderen Ausgang als den Fahrstuhl?

Der Fahrstuhl. Er ist nicht schnell genug, mir bleibt niemals so viel Zeit, dennoch stürme ich auf diesen zu und hämmere auf den Knopf.

Zu spät. Jemand greift von hinten grob nach meinem Arm und zerrt mich zurück. Ich wehre mich, versuche, mich herauszuwinden, aber der andere Bodyguard packt mit an und gemeinsam zerren sie mich weg von meiner einzigen Fluchtmöglichkeit. Mir entkommt ein frustriertes Schnauben, ich trete um mich, doch sie lassen mich nicht los und ziehen mich zu de Luca. Sie zwingen mich vor ihm auf die Knie und verdrehen meinen Arm schmerzhaft fest hinter meinem Rücken.

»So sieht man sich wieder, Mason«, sagt er mit einem schmierigen Grinsen. Vanessa ist von seinem Schoß verschwunden, sie steht zitternd und immer noch benommen schräg hinter ihm, die Hände unsicher vor dem Köper verschränkt. »Du hättest dich niemals gegen mich stellen sollen, du dummer Junge.«

Statt einer Antwort spucke ich ihm ins Gesicht. De Lucas Gesicht verzieht sich wütend, er lehnt sich zurück und wischt sich mit dem Ärmel über die Wange.

»Ich werde dir jeden Knochen einzeln brechen und dich dann dabei zusehen lassen, wie ich dir deine Gliedmaßen entferne, *Americano*«, zischt er. »So machen wir das auf Sizilien. Du wirst dir noch wünschen, niemals einen Fuß in mein Land gesetzt zu haben!«

Die Aufzugtüren öffnen sich mit einem leisen Ton.

Domenic ist zurück.

Hoffnungsvoll sehe ich über die Schulter, aber der Aufzug ist leer. Natürlich, *fuck*, ich habe doch auf den Knopf gedrückt. Dom wird nicht zurückkommen. Er hat mich hier zurückgelassen, wohlwissend, was de Luca alles mit mir machen wird.

Die Wut in meinem Bauch entfacht erneut und gibt mir die nötige Kraft, mich von den Bodyguards loszureißen. Ich bäume mich auf, trete um mich, schlage dem einen den Kopf gegen das Kinn und schubse den anderen auf den Tisch, er fällt direkt auf die Weinflasche mit den Gläsern. Schnell ziehe ich das Messer heraus, fackle nicht lange und steche es de Luca in den Oberkörper.

Er hat sich nicht einmal die Mühe gemacht, aus dem Sessel aufzustehen, hat nur zugesehen und das wird ihm nun zum Verhängnis. Sein Mund klappt auf, seine Augen weiten sich schockiert.

»Das ist für Arianne, du kranker Bastard«, knurre ich, ziehe das Messer aus ihm heraus und wirble herum. Der eine Gorilla ist inzwischen wieder auf den Beinen, ihm ramme ich die Klinge einfach in den Hals und schubse ihn zurück.

Bloß weg hier. Die Aufzugtüren haben sich wieder geschlossen, das ist also keine Fluchtoption mehr. Stattdessen jage ich durch das Penthouse, komme zu dem Raum, in dem wir gegessen haben, und stolpere in das angrenzende Zimmer. Die Küche. Hier wurde das Essen offenbar zubereitet.

Scheiße, das ist eine Sackgasse ...

»Hey!«

Erschrocken zucke ich zusammen, als wie aus dem Nichts ein junger Mann neben mir auftaucht. Er trägt eine schwarze Schürze und, ebenso wie die Kellnerinnen, die uns bedient haben, ein weißes Hemd.

»Komm mit, ich bringe dich hier aus«, sagt er und hechtet vor. Er ist im Moment meine beste Chance, weshalb ich nicht lange überlege und ihm folge. Er führt mich zu einem weiteren Aufzug, dieser ist schmaler als der andere und offenbar nur für Mitarbeiter gedacht.

Der Fremde gibt flink einen Code ein und wir betreten den Aufzug. Die Türen schließen sich gerade, als de Lucas Bodyguard in die Küche stürmt.

Hektisch atmend lehne ich mich gegen die kühle Wand in meinem Rücken. »Danke, Mann.« Ich wische das Blut am Messer an meinem Shirt ab, lasse es zuklappen und schiebe es mir zurück in den Hosenbund.

Der Kellner wirft mir ein spöttisches Lächeln zu. »Dank mir später.«

Die Türen öffnen sich, wir befinden uns in einer Tiefgarage. Mehrere Lieferwagen stehen herum, aber es sind keine anderen Leute zu sehen. Ich mache ein paar Schritte vor, auf der Suche nach einem unauffälligen Wagen, den ich kurzschließen und als Fluchtwagen benutzen kann. Ich habe de Lucas Männer sicher nur für kurze Zeit abgelenkt.

»Sorry, das wird jetzt etwas wehtun«, sagt mein Retter hinter mir plötzlich.

»Wa...« noch bevor ich mich zu ihm umdrehen kann, bekomme ich einen heftigen Schlag auf den Hinterkopf und verliere das Bewusstsein.

Ich blicke auf das stürmische Meer und lasse mir die frische Brise ins Gesicht wehen. Das Mondlicht spiegelt sich im Wasser, lässt es dunkel und verheißungsvoll wirken. Heute Nacht schafft es dieser Anblick nicht, mich zu beruhigen. Erneut sehe ich auf meine Armbanduhr. Noch zehn Minuten.

Zehn lange Minuten.

Tief atme ich durch und schließe für einen Moment die Augen. Die Wut in mir brodelt nach wie vor heftig, am liebsten würde ich irgendjemanden umbringen, vorzugsweise de Luca selbst.

»Domenic.«

Abrupt fahre ich herum und trete von meinem Balkon zurück in mein Schlafzimmer. Im Türrahmen steht Alessio und sieht mir stirnrunzelnd entgegen. Heute ist einer dieser Tage, an denen es mir wehtut, meinen Bruder anzusehen.

»Ein weißer Lieferwagen ist in unsere Tiefgarage gefahren, der Fahrer kannte den Code.«

»Frostys Lieferdienst?«

»Genau.«

»Der gehört zu mir«, teile ich ihm mit und setze mich in Bewegung.

»Was ist heute Abend passiert?«

Mein Blick schweift über Alessios ernstes Gesicht. »Ich liebe dich, das weißt du, oder?«

Etwas in seinen Augen wird weicher. »Natürlich.«

Ich laufe an ihm vorbei und nehme den Aufzug, der mich in die Tiefgarage bringt. Giovanni ist auf die Minute pünktlich, das muss man ihm lassen. Ich sehe den weißen Lieferwagen auf Anhieb, der junge Mann springt heraus und zieht die Kappe vom Kopf.

»Mr. Marino.«

Ich nicke ihm zu und trete zur Ladefläche. »Aufmachen«, verlange ich.

Giovanni fuchtelt einen Schlüssel aus der Hosentasche, wirbelt sie herum und sucht den passenden raus.

»Wir sind da, Prinzessin!«, ruft er gut gelaunt, als er die Türen öffnet. »Na komm, folge mir.«

Ich erhasche einen Blick auf Mason, dessen Hände vor dem Körper mit Handschellen gefesselt sind, er hat einen Knebel zwischen den Lippen und eine Binde über den Augen. Mein Herz wird schwer bei dem Anblick. Er kommt schwerfällig auf die Beine und dreht sich verwirrt um die eigene Achse. Giovanni greift nach seinen Handschellen und zerrt ihn mit einem Ruck vor.

»Vorsicht, Stufe«, meint Giovanni, Mace stolpert gegen mich und ich fange ihn auf. Blut klebt an seinem Shirt, aber das hält mich nicht davon ab, ihn an mich zu drücken. Ich greife nach seinem Hinterkopf und löse zuerst den Knebel. Er keucht abgehackt und leckt sich hektisch über die Lippen.

»Ganz ruhig, Mace«, sage ich zu ihm und beginne, an dem Knoten seiner Augenbinde zu nesteln.

»Dom?«, fragt er mit heiserer Stimme.

Sobald ich den Stoff entfernt habe, blinzelt er mehrmals ins grelle Licht und fokussiert mich schließlich. Emotionen huschen über sein Gesicht wie ein Güterzug auf Durchfahrt. Unglauben, Erleichterung, Schmerz, Wut.

Giovanni pfeift leise durch die Zähne, erweckt damit meine Aufmerksamkeit und schmeißt mir einen Schlüssel zu, den ich reflexartig auffange.

»Für die Handschellen«, informiert er mich. Pfeifend wendet er sich ab und springt zurück auf den Fahrersitz. Ich greife nach den Handschellen und ziehe Mason aus der Fahrbahn. Wir sehen noch dabei zu, wie der Transporter aus der Tiefgarage verschwindet, dann dirigierte ich Mace zu dem Aufzug und schiebe ihn hinein.

»Komm her«, weise ich ihn an und ziehe seine Hände hoch, damit ich die Handfesseln mit dem Schlüssel öffnen kann.

Mason sieht mir schweigend dabei zu, nur sein rasselnder Atem ist in dem kleinen Raum zu hören. Mit einem Klicken lösen sich die Handschellen, ich nehme sie an mich und Mason reibt sich die Handgelenke. Er leckt sich über die Unterlippe, holt tief Luft …

Und verpasst mir einen Kinnhaken.

Das kommt so überraschend, dass ich unwillkürlich zurücktaumle und erstmal nicht reagieren kann. Das gibt ihm genug Zeit, noch einmal zuzuschlagen.

»Verdammt, Mace!«, fahre ich ihn an, wehre seine Fäuste ab und schubse ihn zurück. Er atmet schwer, ich reibe mir die den schmerzenden Kiefer. »Was soll das?«

Die Aufzugtüren öffnen sich, keiner von uns reagiert darauf, wir starren einander nur an, ich bin jederzeit bereit für einen weiteren Angriff.

»Was ist denn hier los?« Ariannes Stimme lässt uns beide herumfahren.

»Ari …«, setze ich an, aber Mason kommt mir zuvor. Er tritt auf meine Schwester zu und nimmt sie vorsichtig in die Arme. Auch ich mache einen Schritt vor, raus aus dem Aufzug. Arianne sieht mich über Masons Kopf hinweg verwirrt an.

»Es tut mir so leid, Arianne«, flüstert er.

»Äh, was denn?«, fragt Ari und tätschelt Masons Rücken. »Es ist doch alles gut.«

Düster blicke ich auf die beiden, halte mich aber zurück und verschränke stattdessen die Arme vor der Brust.

Mason löst sich von Ari, ohne ihr zu antworten. Er würdigt mich auch keines Blickes mehr, sondern läuft an meiner Schwester vorbei in Richtung Treppe.

»Alles okay?«, fragt Ari besorgt, aber ich winke nur ab und folge Mason. Wie erwartet nimmt er die Treppe und geht in das Gästezimmer, in dem er die letzten Nächte verbracht hat. Zu meiner Überraschung schlägt er mir nicht die Tür vor der Nase zu, lässt sie stattdessen offen, macht mehrere Schritte in den Raum hinein und dreht sich zu mir herum.

Ich schließe die Tür hinter mir und bleibe zwei Meter vor ihm stehen. »Was ist bei de Luca passiert?«

»Erschieß mich.«

»Was?«

»Na los.« Mason macht einen Schritt vor und hebt provozierend das Kinn.

»Wenn ich gewollt hätte, dass du stirbst, hätte ich dich bei de Luca gelassen.«

Er ballt die Hände zu Fäusten. »Du bist so ein Feigling.«

Ich überbrücke die Distanz zwischen uns und umfasse sein Gesicht. »Sei nicht sauer auf mich, *Tesoro*. Sei lieber froh, dass du wieder hier bist.«

Ich weiß, dass er mich erneut schlagen will, doch ich komme ihm zuvor, schließe die Finger um seine Handgelenke und schmeiße ihn auf die Matratze.

»Hey!«, protestiert er, aber da bin ich schon über ihm und fixiere seine Hände über seinem Kopf. Wir sind uns so nah, dass sich unsere Nasenspitzen fast berühren. Ich schließe halb die Lider und reibe meine Nase an seiner.

Mason bäumt sich auf, neigt den Kopf und verschließt unsere Lippen. Unser Kuss ist stürmisch und hektisch, ich schmecke regelrecht seine Wut und die leidenschaftliche Verzweiflung.

Er schafft es, seine Handgelenke zu befreien, stößt mich zurück und dirigiert mich unter sich. Er setzt sich rittlings auf meinen Schoß, presst den Oberkörper gegen meinen und beißt mir in die Unterlippe.

»Lass mich dich ficken«, verlangt er.

»Nein.«

Er beißt erneut zu, dieses Mal fester. »Doch.«

»Das wird nicht passieren, Mason.«

»Warum lässt du zu, dass er so über deine Geschwister herzieht?«

Ich greife in sein Haar und halte ihn auf Abstand, bevor er mich noch einmal beißen kann. »De Luca spricht viel, wenn der Tag lang ist.« Verdammt, wie er sich so gegen meinen Schritt reibt, lässt mich alles vergessen.

»Dann ist es nicht wahr, dass er Arianne entjungfert hat?«

Nicht nur sie.

»Doch.« Ich lasse die Finger durch sein Haar gleiten und ändere unsere Position wieder, damit ich über ihm bin. Er hat immer noch die Beine um meine Hüfte geschlungen und ich stöhne leise. »Du spreizt schon so brav die Beine für mich. Jetzt müssen nur noch die Klamotten weg.«

»Du wirst mich sicher nicht mehr ficken.«

Spöttisch lache ich auf. »Wer sonst, Mason?«

»Ich dich.« Er legt die Hände auf meine Wangen. »Aber sanft sein werde ich nicht mehr.«

Es amüsiert mich, dass er wirklich glaubt, irgendein Mitspracherecht zu haben. Ich beuge mich vor und küsse ihn erneut, dieses Mal gebe ich das Tempo vor und mache langsamer, genieße seinen Geschmack.

Als ich ihn heute Abend bei de Luca zurückgelassen habe, dachte ich für einen schrecklich langen Moment, ihn tatsächlich nie wieder zu sehen. Mein Plan hatte einige Risiken, es hätte auch alles furchtbar schiefgehen können. Aber nun ist er bei mir, in meinem Bett, unter mir. Ich kann ihn schmecken, kann ihn spüren, kann ihn berühren.

Ich löse mich von ihm, die Augen nach wie vor geschlossen. Für einen Herzschlag lang atmen wir dieselbe Luft.

»Blas mir einen«, verlangt Mason mit schmeichelnder Stimme.

Ich greife zwischen uns und nestle an seinem Gürtel, öffne seine Hose und löse mich endgültig von ihm. Ohne ihn aus den Augen zu lassen, schiebe ich die Jeans samt Unterwäsche herunter und befreie seinen harten Schwanz. Dabei fällt mir das Messer in die Hände, welches in seinem Hosenbund eingeklemmt war. Ich lege es auf den kleinen Nachttisch und wende mich wieder Mason zu.

Sanft reibe ich einige Male über seine Härte, verteile den Vorsaft mit dem Daumen und rutsche herunter.

»Gott, ja«, stöhnt Mason, als ich ihn in den Mund nehme. Ich lasse ihn in meine Kehle gleiten, lecke und sauge.

»Fuck, Dom«, flucht Mason. »Ich hasse dich.«

Ich lasse von ihm ab, küsse seine Härte, liebkose sie mit der Zunge.

»Du hasst mich, hm?«, brumme ich, bin inzwischen an seinen Eiern angekommen, denen ich eine ebenso gründliche Zuneigung schenke.

»Nein«, wimmert Mason. »Mach weiter.«

Ich lecke über seine komplette Länge und lasse ihn wieder zwischen meine Lippen gleiten. Weil ich weiß, dass er darauf steht, nehme ich die Hand dazu und wichse ihn, während ich ihn mit der Zunge verwöhne. Mason stöhnt heiser und abgehackt auf, krallt die Finger ins Laken und kommt.

Ich ziehe mich zurück, wische mir über den Mund und stütze den Oberkörper neben ihm ab. Mace hat noch die Augen geschlossen, sein Atem geht schwer, seine Lider zucken. Schließlich öffnet er sie und sieht mich direkt an. Das stürmische Braun ist besänftigt, wirkt wie ein stiller Ozean bei Nacht, der leise Wellen schlägt. Das Ziehen und Kribbeln in meinen Eingeweiden bringt mich dazu, mich vorzubeugen und seine leicht geöffneten Lippen zu küssen.

»Zweite Runde?«, frage ich, doch Mason schüttelt kaum merklich mit dem Kopf. Noch ein Kuss von mir. »Na gut. Dann schlaf dich aus, *Tesoro*.«

Ich lasse Mason allein in dem schmalen Bett, verschließe sein Zimmer von außen und mache mich auf den Weg in mein Schlafzimmer.

Müde falle ich auf die Matratze und lege den Unterarm über die Augen. Meine eigene Erregung ist nicht abgeklungen, doch ich habe keine Lust, selbst Hand anzulegen. Viel mehr wünsche ich mir, dass Mason sich darum kümmert.

Aber besonders wünsche ich mir, dass er neben mir in diesem Bett liegt. Ich ziehe den Arm zurück und blinzle in die Dunkelheit. Mein eigenes Bett kommt mir zu groß vor, zu viel Platz für mich und meine Alpträume.

Heute Nacht sind sie anders als sonst. Ich träume von der Vergangenheit, träume von Arianne und de Luca, von Alessio und meinem Vater und in all diesem Strudel aus Erinnerungen ist auch Mason da, dessen Hand mir immer wieder entgleitet. Er wird zu einer weiteren Person, die ich nicht schützen konnte, obwohl ich mir nichts sehnlicher gewünscht habe.

Mein Blick ist noch nicht richtig fokussiert, als ich am nächsten Morgen zu Masons

Schlafzimmer laufe und die Tür aufschließe. Ein mies gelaunter, aber frisch geduschter Mason wartet bereits ungeduldig.

»Warum hast du mich eingesperrt?«, fragt er genervt.

»Dir auch einen wunderschönen guten Morgen«, brumme ich und reibe mir über das Gesicht.

»Schlecht geschlafen?«, fragt er und mustert mich mit schief gelegtem Kopf.

»Hm. Sehr frustrierend, mit einer Latte einzuschlafen.«

»Kann ich nicht mitreden, ich war gestern ziemlich befriedigt«, erwidert er trocken.

»Nicht so frech«, warne ich ihn und deute mit einem Kopfnicken zur Treppe. »Lass uns nachsehen, ob es schon Frühstück gibt.«

»Ich bin am Verhungern«, beschwert er sich und folgt mir brav die Treppen nach oben.

»Wann denn nicht?«, erwidere ich murmelnd. Bereits in der oberen Etage angekommen lockt uns der Duft nach frisch gebrühtem Kaffee an. Arianne sitzt am Frühstückstisch und wartet auf uns. Ungeduldig setzt Mason sich auf seinen Platz, ich tadle ihn und spreche ein Tischgebet für uns alle, bevor wir mit dem Essen loslegen. Das fühlt sich inzwischen erschreckend nach Routine an und ich beginne tatsächlich, es zu mögen.

Die entspannte Stimmung am Morgen hält jedoch nur so lange, bis mein Bruder auf der Matte steht. Er hat das Gesicht unzufrieden verzogen, die Miene düster.

»Er ist wieder da«, stellt er bitter fest.

Mason dreht sich gar nicht zu ihm herum, da er so konzentriert ist auf sein Essen.

»Offensichtlich, ja«, erwidere ich ruhig.

»Domenic«, presst Alessio hervor. »Hast du überhaupt eine Ahnung, was er getan hat?«

»Was denn?«, hake ich arglos nach.

»Er hat Emilio de Luca abgestochen.«

Ich halte mit der Kaffeetasse, die ich gerade zu meinen Lippen führen wollte, unwillkürlich inne und sehe erst zu Ace, dann zu Mason. Dieser hat inzwischen aufgehört zu essen und starrt mich an, als wolle er keine meiner Reaktionen verpassen.

»Du hast *was*?«

»Ich bin eben kein Feigling«, gibt er kühl zurück.

Schweigen.

Es ist Arianne, die wieder das Wort ergreift. Ganz leise, vorsichtig. »Ist er tot?«

»Nein«, dämpft Alessio ihre Hoffnungen. »Aber einer seiner Bodyguards. De Lucas Zustand ist stabil und er hat eine Großfahndung nach Mason ausgegeben. Wenn herauskommt, dass er ausgerechnet hier ist ...«

»Ich habe de Luca gegeben, was er wollte«, unterbreche ich Alessio, bevor er seine schlimmsten Gedanken aussprechen kann. »Ich kann nichts dafür, wenn er und seine Männer unfähig sind, gegen einen einzigen Jungen anzukommen.«

»Na ja, aber er hatte Hilfe, oder nicht?«, knurrt Ace. »Das wird nicht lange verborgen bleiben.«

»Mach dir darum mal keine Sorgen, Bruderherz.«

Alessio krallt die Finger in den Türrahmen und hält meinem Blick stand. »Weißt du, was du tust? Was du aufs Spiel setzt für *ihn*?«

Bedächtig stelle ich meine Tasse ab, erhebe mich und laufe auf meinen Bruder zu. »Wenn du ein Problem damit hast, wie ich die *Familia* führe, dann übernimm meine Position«, sage ich ruhig und breite die Arme aus. »Stich mir ins Herz, jag mir eine Kugel in den Kopf, töte mich mit deinen bloßen Händen. Du hast die Wahl. Na los.«

Alessios Miene ist unbewegt, ich kann Schmerz und Unverständnis in seinen dunklen Augen ausmachen, versuche jedoch, mich davon nicht einnehmen zu lassen, behalte meine kühle Fassade aufrecht.

»Bitte, hört auf«, schluchzt Arianne leise, aber niemand von uns reagiert darauf.

Schließlich ist es Ace, der sich abwendet und wortlos den Raum verlässt. Ich schiebe die Hände in die Hosentaschen und starre ihm nach, bis seine Silhouette komplett verschwunden ist. Hier ist es inzwischen so still, dass wir alle hören, wie er den Aufzug nach unten nimmt.

Ich trete zurück an den Tisch, setze mich und esse weiter. Sowohl Mason als auch Ari starren mich unverhohlen an.

»Klärst du das mit de Luca?«, fragt meine Schwester wispernd.

»Soll ich dir die gleiche Rede halten wie Alessio, Ari?«, frage ich im Gegenzug und halte ihrem Blick stand. »Um Entscheidungen treffen zu können, musst du beide deiner Brüder umlegen.«

Arianne beißt sich auf die Lippe und schüttelt den Kopf, sie wendet den Blick ab und isst ebenfalls weiter, aber ihre Hand zittert bei jedem Bissen. Als ihr Teller leer ist, erhebt sie sich vorsichtig und räumt den Tisch ab. Auch ihre Schritte verklingen im Haus. Jetzt sind es nur noch Mason und ich.

»Du brauchst dich nicht mit deinen Geschwistern streiten, nur weil du dich in mich verliebt hast«, sagt er salopp in die Stille hinein.

Ein amüsiertes Lachen entkommt mir. »Nimm dich nicht so wichtig, Mace.«

»Du bist besessen von mir«, meint er.

Ich sehe zu ihm auf, ein Grinsen auf den Lippen. Seine Augen funkeln angriffslustig, er legt es darauf an, mit mir zu streiten. Wie schon gestern Abend.

»Geh und räum deinen Teller auf«, befehle ich.

Zu meiner Überraschung protestiert er nicht, stapelt unsere Teller und Kaffeetassen übereinander und trägt sie in die Küche. Ich gehe ihm zur Hand und wische den Tisch ab. Meine Mitarbeiterinnen, die den Streit mit Alessio sicher ebenfalls mitbekommen haben, sehen verschreckt zu mir auf, keine sagt ein Wort.

Ich verlasse die Küche und trete nach draußen, auf den Balkon. Zuerst lasse ich das T-Shirt fallen, dann folgt die Hose. Nur in Boxershorts springe ich in den Pool und drehe eine Runde durch das Wasser. Das erfrischende Nass kühlt nicht nur meine Körpertemperatur, sondern auch mein Gemüt. Gott, ich brauche dringend wieder ein Training, um mich auszupowern.

Als ich die dritte Runde durch den Pool anstoße, bemerke ich Mason. Er sitzt am Rand des Pools, die Füße im Wasser baumelnd, den Oberkörper lässig auf die Hände abgestützt. Ich schwimme zu ihm, schiebe seine Beine weiter auseinander und positioniere mich dazwischen.

»Sehnsucht nach mir?«, frage ich schnurrend.

»Du hast ein Problem, Domenic.«

Von seiner ernsten Tonlage lasse ich mich nicht beeindrucken, fahre stattdessen mit den Fingern über seine Oberschenkel und sehe weiterhin zu ihm auf. »Was für eins?«

Mason löst seine Haltung und beugt sich ein Stück zu mir vor. »Dieser Kellner, der mir zur Flucht verholfen hat, kam mir bekannt vor«, flüstert er mir zu. »Ich habe ein bisschen gebraucht, um darauf zu kommen, aber ich habe mich erinnert. Er gehört nicht zu deinen Leuten. Auch nicht zu irgendeiner Catering-Firma.«

Mit jedem weiteren Wort aus seinem Mund schlägt meine lockere Stimmung um. Meine Muskeln spannen sich an, dunkle Erkenntnis braut sich in meinem Bauch zusammen. Fest sehe ich Mason in die Augen. »Zu wem sonst?«, frage ich tonlos, obwohl ich die Antwort natürlich kenne.

»Er ist einer von Romanos Leuten«, wispert Mason. »Schon merkwürdig, findest du nicht? Warum sollte Romano Interesse daran haben, mich aus de Lucas Fängen zu befreien und zurück zu dir zu bringen?«

Ich lecke mir das Chlorwasser über die Lippen. »Ich habe absolut keine Ahnung.«

»Hm«, macht Mason. »Vielleicht hast du Romano um einen Gefallen gebeten. Vielleicht hat er zugesagt. Vielleicht, weil eure Feindschaft gar nicht so echt ist und ihr euch gegen de Luca verbündet habt. Wäre nicht so optimal, wenn das herauskommt, meinst du nicht?«

Ich umfasse den Rand des Pools und neige den Kopf in den Nacken, um ihm in die Augen sehen zu können. »Willst du mir drohen, *Tesoro*?«

Mace vergräbt die Finger in meinen nassen Haaren, beugt sich noch ein Stück vor. Wir sind uns inzwischen so nah, dass sich unsere Nasenspitzen fast berühren. »Ich nicht, mein Schatz. Aber de Lucas Bodyguard hat uns zusammen gesehen, kurz bevor die Aufzugtüren sich geschlossen haben. Wenn auch er sich daran erinnert, wer dieser Kellner in Wirklichkeit ist und herauskommt, dass ich wieder bei dir bin ... du kannst dir selbst ausmalen, was dann passiert.«

Meine Gedanken rattern und rasen wie ein Güterzug. Mein erster Impuls ist, de Lucas Bodyguard kaltzumachen, bevor er denselben Gedankengang wie Mason hat. Mein nächster Plan besteht darin, Giovanni ausfindig zu machen und ihn zu töten, bevor er seinem Boss berichten kann, dass er von de Lucas Mann gesehen wurde.

Beide Vorhaben weisen extreme Defizite auf. De Lucas Bodyguard kann seinem Boss schon längst davon berichtet haben und wenn ich Giovanni aus dem Weg räume, kommen Fragen und Zweifel bei Romano auf.

»Warum erzählst du mir das?«, will ich ruhig wissen und fokussiere wieder Mason. »Wenn deine Vermutungen stimmen sollten, wäre es das Klügste, dich umzubringen und in Romanos Namen vor de Lucas Tür zu legen.«

Das Klügste und verdammt nochmal das Einzige, was mir gerade einfällt, um diese Situation zu entschärfen.

»Ich weiß.« Mason dreht den Kopf und küsst mich. Ich erwidere den Kuss, ziehe ihn zu mir in den Pool. Mir ist egal, dass er noch seine Klamotten trägt und ihn scheint das ebenfalls nicht zu stören, denn er protestiert nicht, schlingt sogar die Beine um meine Hüften und reibt sich an mir, während unsere Zungen umeinander kreisen.

Ich kralle die Finger in seine Haut und presse ihn enger an mich. Er hat recht. Mit allem. Aber besonders damit, dass ich besessen von ihm bin.

Schwerelos gleiten wir durch das Wasser, bis ich mit dem Rücken gegen den Poolrand stoße, dabei immer noch an seinen Lippen hänge. Gott, ich bin so scharf auf ihn. Vielleicht liegt es an seiner Abfuhr gestern Abend, womöglich an seiner scharfsinnigen Bemerkung, an seiner frechen Art, ganz egal. Ich weiß nur, dass ich ihn unbedingt ficken will.

»Geh hoch in die dritte Etage«, befehle ich gegen seine Lippen raunend. »Werde die nassen Klamotten los und warte auf mich.«

Masons Pupillen sind geweitet, sein Atem geht schwer, die Beule in seiner Hose ist deutlich spürbar. Trotzdem huscht ein Anflug von Unwillen über sein Gesicht.

»Sex zu haben ist nicht die Lösung«, meint er trocken. »Es sei denn, ich darf dich ficken. Dann ist das sehr wohl die Lösung für alles.«

»Geh hoch und warte auf mich«, wiederhole ich nachdrücklicher. »Na los. Keine Widerworte mehr.«

»Ich mag diesen Tonfall nicht.«

»Warum wirst du dann gerade noch härter?«

Unzufrieden beißt Mason die Zähne zusammen. »Mein Körper und ich sind uns da noch uneinig.«

»Dann will ich jetzt bitte mit deinem Körper sprechen und nicht mit dir.«

Er blinzelt zweimal, löst sich von mir und hievt sich über den Rand des Pools nach draußen. Ob er meine Anweisung befolgt oder sich doch lieber einen Fluchtplan überlegt? Es bleibt spannend.

Ich gebe ihm ein paar Minuten Vorsprung, ehe ich den Pool ebenfalls verlasse. Meine Latte drückt unangenehm gegen die nassen Boxershorts und die Vorstellung, was ich gleich mit Mason anstellen will, macht es nicht besser. Ich jogge durchs Haus und statte meinem Schlafzimmer einen Besuch ab, um eine Tube Gleitgel zu holen. Damit mache ich mich auf den Weg ins Dachgeschoss, meiner persönlichen Ebene, die ich nun mit Mason teile.

Und da steht er, in seiner vollkommen nackten Perfektion. Seine Erektion steht steil nach oben, auf seiner Haut glitzern noch vereinzelt Wassertropfen, sein dunkler Blick ist feurig und gleichzeitig trotzig.

Ich schmeiße das Gleitgel auf einen der Sessel, lege eine Hand in seinen Nacken und ziehe ihn zu einem stürmischen Kuss heran. Er öffnet bereitwillig den Mund für mich und lässt seine Fingerspitzen über meine Bauchmuskeln tanzen, hoch zu meiner Brust, reizt meine Nippel, während ich ihn immer noch um den Verstand küsse. Um *meinen* Verstand, der sich entweder wegen der stickigen Hitze hier oben oder aber wegen Mason langsam verabschiedet.

»Beug dich über die Lehne«, befehle ich heiser und deute mit einem Kopfnicken auf den Ledersessel. Mason zögert kurz, sein Blick flattert über mein Gesicht, doch schließlich folgt er meinem Befehl.

»Gut so«, wispere ich und stelle mich hinter ihn, schiebe seine Beine weiter auseinander. Gott, wie er sich mir öffnet, sein leises Stöhnen, als ich seinen Hintern knete, wie seine Rückenmuskeln zucken.

Hell Rising. Hätte nicht gedacht, dass dieses Tattoo mich so reizen würde. Dass ich es so lieben würde, darauf zu gucken, wenn ich ihn nehme. Aber womöglich liegt es auch daran, dass meine Initialen immer noch darunter stehen.

»Beeil dich, verdammt nochmal«, knurrt Mason ungeduldig. Ich will nicht. Ich will ihn weiter ansehen, streicheln, genießen, dass er mir gehört.

»Dom.« Mason wird unruhiger, weshalb ich ihm den Gefallen tue und nach dem Gleitgel greife. Ich verteile es auf meiner Härte und schiebe dann einen feuchten Finger zwischen seine Pobacken.

Mace stöhnt, vor Schmerz oder vor Lust, wahrscheinlich eine Mischung aus beidem. Ich bewege den Finger, dehne ihn ein bisschen, treffe den verführerischen Punkt in ihm und lasse ihn wieder Stöhnen.

»Sag mir, wie sehr du von mir gefickt werden willst«, fordere ich ihn auf und nehme einen zweiten Finger hinzu.

»Hör auf damit, Dom«, wimmert er, die Zähne hörbar zusammengepresst. Extra langsam schiebe ich die Finger vor und zurück.

»Ich höre?«

»Fuck, du Bastard«, stöhnt er. »Scheiße, fick mich endlich.«

Ich lache leise. »War das alles? Das überzeugt mich jetzt nicht gerade.«

»Ich hasse dich.« Er keucht und drängt sich meinen Fingern entgegen. »*Bitte*, mein Schatz. Tu es endlich.«

Ein Kribbeln der ganz anderen Sorte erfasst mich. Ich ziehe die Finger zurück, umfasse seine Hüften und schiebe mich in ihn hinein.

Verdammt. Warum kann ich einfach nicht genug von ihm bekommen? Ich weiß es nicht. Dabei hatte ich schon oft guten Sex, aber merkwürdigerweise kommt nichts hieran heran.

Während ich mich wieder und wieder in ihm versenke, unser Stöhnen sich vermischt, alles andere unwichtig wird, wünschte ich mir, dass es das letzte Mal ist. Das letzte Mal, dass ich ihn ficke, nur um dann endlich genug von ihm zu haben.

Unwillkürlich werde ich langsamer, will nicht, dass es so schnell endet, will ihn auskosten.

»Dom.« Mason ist davon offenbar nicht begeistert. »Bitte, schneller.«

Er muss immer die Kontrolle, immer das letzte Wort haben, selbst wenn er der passive Part ist. Womöglich ist es das, was mich so an ihm reizt.

Ein letztes Mal, Tesoro.

35. MASON

All meine Sinne klingen immer noch von dem Orgasmus, jeder freie Zentimeter Haut brennt und Gefühle wirbeln durch mein Innerstes wie Funken einer Explosion.

Domenic zieht mich hoch und ich stelle mich wacklig auf die Füße. »Komm her«, sagt er rau, lässt sich auf den Sessel fallen, über dessen Lehne er mich gerade gefickt hat, und zieht mich auf seinen Schoß. Scheint ihm egal zu sein, dass ich Sperma auf dem Bauch kleben habe, im Moment stört es mich kein bisschen. Auch wenn ich es niemals zugeben würde, fühlt es sich gut an, ihn so nah bei mir zu spüren.

Liegt eindeutig an dem Post-Orgasmus-Hoch, in dem ich mich befinde. Ganz sicher.

»Ich will es wissen, Mason«, flüstert er mir zu.

Was denn? Die Worte schaffen es nicht einmal aus meinem Mund, so unfähig fühle ich mich im Moment.

»Wer hat dich vergewaltigt?«

Diese Frage so kurz nach dem atemberaubenden Sex verwirrt mich, weshalb ich erstmal gar nichts darauf erwidere.

»Mason«, drängt Dom. »Sag es mir.«

Ich räuspere mich. »Das ist doch nicht wichtig, solange du der Letzte bist. Das hast du selbst gesagt.«

Seine Muskeln unter meinen Fingern versteifen sich. »Nun, ich habe meine Meinung geändert.«

Ich drücke mich weg von ihm, aber Dom lässt es nicht zu, schlingt einen Arm um mich und presst mich wieder an sich.

»Ich will nicht darüber reden«, weiche ich aus. Doms Finger graben sich fester in mein Fleisch.

»Ist mir egal. Nenn mir Ort, Zeit und Namen, verdammt.«

Seufzend starte ich einen neuen Versuch, schaffe es, mich aus seinem Griff zu winden und stehe auf. Doms dunkelgrüne Augen sind stürmisch wie die See, er hat die Stirn in tiefe Falten gelegt und sieht misstrauisch zu mir auf. Ich muss wohl einen schlechten Job gemacht haben, wenn er nach dem Sex immer noch so mürrisch ist.

»Ich geh duschen«, verkünde ich und greife nach meinen Klamotten, die auf dem Boden verteilt liegen. Sie sind nass und kleben unangenehm an meiner Haut, aber ich habe nicht vor, nackt durch das Haus zu spazieren.

Dom erwidert nichts und folgt mir nicht, was mir Gelegenheit gibt, in mein Zimmer zu verschwinden und tatsächlich eine zweite Dusche am heutigen Morgen zu nehmen. Während das Wasser über mein Gesicht perlt und ich mir Domenics Geruch von der Haut wasche, komme ich nicht umhin einzusehen, dass ich verdammt nochmal am Arsch bin.

Ich habe einfach im Blut, dass meine Zeit bei Domenic auf die ein oder andere Weise enden wird. Bald.

Warum verdammt tut dieser Gedanken nur so weh?

Den restlichen Tag bekomme ich Domenic nicht zu Gesicht. Ich streife durch das Haus, helfe den Angestellten bei der kaputten Spüle und setze mich dann raus auf den Balkon. Immer wieder gleitet mein Blick zu der ruhigen Wasseroberfläche des Pools und obwohl die Hitze beinah unerträglich wird, kann ich mich nicht dazu überwinden, hineinzuspringen.

Beim Abendessen bin ich ganz allein. Nicht einmal die Köchinnen leisten mir Gesellschaft, von den Marino-Geschwistern ist keine Spur zu sehen. Ohne sie wirkt das große Haus wie ausgestorben, trotz der vielen Angestellten, die ein- und ausgehen.

Nach dem Essen will ich mich in mein Zimmer zurückziehen, lande jedoch vor Domenics Tür und schiebe sie auf. Es ist nicht abgeschlossen, aber vom Hausherrn ist keine Spur zu sehen.

Ich streife durch den großen Raum und öffne die Balkontüren, warme Abendluft weht hinein. Wie würde Dom wohl reagieren, wenn ich mich in sein Bett lege und hier auf ihn warte? Er würde das sicher wieder als eine Aufforderung zum Sex sehen. Nicht, dass ich abgeneigt wäre, aber ... nein. Es kommt mir falsch vor.

Sein ernster, brennender Blick von heute Mittag geht mir nicht aus dem Sinn. Und dann seine Frage ... sie hat Erinnerungen wachgerufen. Erinnerungen, die ich unter keinen Umständen hervorholen will.

Nach zwei Tagen treffe ich endlich wieder Arianne am Frühstückstisch. Sie hat ein breites, überschwängliches Grinsen auf dem Gesicht.

»Hast du die letzten Tage damit verbracht, ohne mich high zu werden?«, frage ich sie gespielt vorwurfsvoll.

Sie lacht befreit und schüttelt den Kopf. »Red keinen Schwachsinn. Wie geht es dir?«

»Offenbar nicht so gut wie dir«, kommentiere ich und greife nach der Kanne, um mir Kaffee einzuschenken. Den brauche ich, nachdem ich die letzten Tage Domenic nicht zu Gesicht bekommen habe. Die Nächte sind schlimmer als die Tage. In ihnen kann ich mich nur auf der Matratze hin- und herwälzen und mich fragen, was als Nächstes passiert. Das ist *fucking* anstrengend.

»Gott, Mace, ich freue mich so.« Ihre Augen strahlen richtig. Wenn ich so in ihr Gesicht blicke, erkenne ich Domenic in ihr, auch wenn es nur den Anflug von Ähnlichkeit gibt.

»Worüber denn?«, hake ich nach.

»Dom hat zugestimmt, Jason kennen zu lernen.«

Skeptisch ziehe ich beide Augenbrauen hoch. »Bitte, was?«

»Ja. Ich habe ihn so lange genervt, bis er eingewilligt hat. Jason kommt heute vorbei und wenn er sich gut anstellt, kann ich mich endlich offiziell mit ihm verabreden oder er kann hier übernachten.«

Alle Alarmglocken schrillen in meinem Inneren auf. Es ist mehr als nur ein ungutes Gefühl, mehr als nur eine schlimme Vorahnung, es ist ein Tornado, der alles in mir aufwirbelt.

»Ari.« Bedächtig stelle ich meine Kaffeetasse ab. »Dom wird deinen neuen Freund umbringen.«

Ihr breites Lächeln verblasst. »Was redest du da?«

»Du denkst ernsthaft, dass dein großer, beschützender Bruder, *der* Mafia-Boss von Sizilien, ein nettes Abendessen mit dem Typen verbringt, der seine kleine Schwester vögeln will?«

Ariannes Lippen verziehen sich zu einem Schmollmund. »Du hast einen falschen Eindruck von meinem Bruder. Er ist nicht so. Er würde mir das niemals antun.«

»Dann hat er nie einen deiner Verehrer umgelegt, weil er mit ihm nicht einverstanden war?«

Ihr Gesichtsausdruck spricht Bände. »Aber Jason bedeutet mir wirklich etwas«, versichert sie mir. »Dom weiß das.«

»Hey, Kleines.« Ich beuge mich vor, wobei ich ihr fest in die Augen sehe. »Ich bin der Letzte, der etwas Schlechtes für dich will. Aber wenn dir Jasons Leben wichtig ist, dann sag das Abendessen heute ab.«

Sie zieht eine Schnute und wendet das Gesicht ab. »Mach dir keine Sorgen, Mace, wirklich nicht. Es wird alles gut werden, du wirst schon sehen.«

Ich bezweifle es, aber ich merke, dass es nichts bringt, mit ihr zu diskutieren.

Das weitere Essen verläuft schweigend, Ari verzieht sich danach sofort und ich räume den Tisch ab. Meine innere Unruhe treibt mich schließlich in die untere Etage, direkt vor Domenic Zimmertür. Als ich eintrete, weiß ich, dass er wieder da ist.

Sein Duft hängt im Raum und nebenan rauscht die Dusche. Mit gestrafften Schultern schiebe ich die Tür zum Badezimmer auf und spähe hinein. Der Dampf des heißen Wassers erschwert mir die Sicht, weshalb ich ein paar Schritte hinein mache.

Durch die Glastür der Dusche habe ich einen perfekten Blick auf den nackten Domenic, der mit dem Rücken zu mir steht. Er hat den Kopf gesenkt, die Augen geschlossen, Wassertropfen fließen zwischen seinen Schultern entlang.

Mein Blick gleitet tiefer zu seinem Hintern und bleibt dort hängen. Fantasien schießen durch meinen Kopf, unanständige Fantasien, wie ich mich zu ihm unter die Dusche stelle, seinen Nacken küssen, immer weiter herunter, um dann mit der Zunge zu erkunden, was ich später mit meinen Fingern erforschen will ...

Dom wirft ein Blick über die Schulter, schiebt sich die nassen Haare aus der Stirn und leckt sich das Wasser von den Lippen. Langsam dreht er sich herum, hebt das Kinn und umfasst seinen harten Schwanz mit einer Hand.

»Komm her«, fordert er mich dumpf auf.

Erregung pocht durch meinen Körper und obwohl ich weiß, dass ich nicht das bekommen werde, was ich mir gerade ausgemalt habe, setzt mein Gehirn aus. Rasend schnell werde ich die Klamotten los, schiebe die Glastür auf und stelle mich dicht vor ihn. Ich lege den Kopf in den Nacken, sehe ihm fest in die Augen. Er legt eine Hand an meine Wange, streicht mit dem Daumen über meine Unterlippe und leckt sich gleichzeitig über seine.

Ich schlucke und warte. Erst als sekundenlang nichts passiert, wird mir klar, wie sehr ich von ihm geküsst werden will. Dom tut es nicht, lässt mich absichtlich hungern, als wüsste er genau, dass ich mich danach verzehre, ihn darum aber niemals bitten würde.

Er verstärkt den Druck seines Daumens auf meiner Unterlippe, der Anflug eines Lächelns zupft an seinen Mundwinkeln.

Oh ja. Er weiß es.

»Ihr kriegt heute Abend Besuch, hm?«, ergreife ich das Wort. Deswegen bin ich hergekommen, nicht, um irgendetwas zu starten.

»Korrekt.«

Ich umfasse seine Hand, die immer noch an meiner Wange liegt, und mustere ihn intensiv.

»Tu das deiner Schwester nicht an«, flüstere ich.

»Wovon redest du?«

»Spiel nicht den Unschuldigen.« Mein Griff wird fester. »Du wirst diesen Jason umbringen, nicht wahr?«

»Hältst du mich wirklich für so ein herzloses Monster, dass ich den Freund meiner Schwester zum Abendessen einlade, um ihm dann das Messer in die Kehle zu rammen?«

»Ja.« Darüber muss ich nicht einmal nachdenken, die Antwort liegt auf der Hand.

Sein Lächeln wird breiter. Er lässt die Hand von meiner Wange gleiten und löst sich gleichzeitig aus meinem Griff.

»Geh und benutz deine eigene Dusche, Mace.«

Wie vor den Kopf gestoßen weiche ich zurück und blinzle ihn an. Er greift nach seinem Shampoo und beginnt damit, es in seinen Haaren zu verteilen, wendet sich dabei von mir ab.

Ohne noch etwas zu sagen, verlasse ich seine Dusche und klaube meine Klamotten zusammen, stolpere aus dem Badezimmer und ziehe mich schnell wieder an.

Mein Herz pocht dumpf und in mir wirbeln Gefühle durcheinander. Enttäuschung. Unverständnis. Ein bisschen Wut, ein bisschen Verzweiflung.

Aber vor allem weiß ich einfach, dass unsere gemeinsame Zeit unaufhörlich durch die Sanduhr läuft.

36. MASON

Das ungute Gefühl in meinem Inneren zerreißt mich fast.

Ich will nicht länger im Haus herumstreifen, weshalb ich mich auf mein Zimmer zurückziehe und dort auf- und ablaufe. Stillsitzen macht mich wahnsinnig, der Blick aus dem Fenster ebenso, doch am meisten die stickige Luft. Langsam, aber sicher, fühle ich mich eingesperrt in dieser Villa, wie ein Raubtier, das aus seinem Käfig ausbrechen will.

Als meine Zimmertür aufgeht, zucke ich reflexartig zusammen und denke an das Messer, welches nach wie vor unter meinem Kopfkissen liegt. Es ist Domenics, mit dem ich de Luca abgestochen hat. Dom hat es mir nicht abgenommen, vielleicht hat er vergessen, dass es noch bei mir ist, vielleicht ist er sich auch einfach zu sicher, dass ich es niemals gegen ihn verwenden würde.

Es ist ebendieser, der nun in mein Zimmer tritt und schmunzelt. »Angst vor mir, *Tesoro*?«, fragt er grinsend. Mein Blick gleitet über seinen Körper. Er trägt eine Anzughose und ein weißes Hemd, welches noch offen steht.

»Du machst dich aber schick für einen Mord«, kommentiere ich trocken und verschränke die Arme vor der Brust.

»Immer.« Er sagt das, ohne mit der Wimper zu zucken, und beginnt damit, die Knöpfe seines Hemdes zu schließen. »Du wirst heute in deinem Zimmer bleiben, ich will nicht, dass du dich im Haus bewegst. Ich werde dich einsperren und einen Bodyguard vor deiner Tür positionieren.«

»Meinetwegen«, sage ich angespannt. Ich bin nicht scharf darauf, dabei zu sein.

Dom hebt eine Augenbraue. »Du fragst gar nicht nach deinem Abendessen? Bist du kaputt?«

»Das ist mir im Moment egal, Dom.«

Er macht zwei Schritte auf mich zu, trotzdem trennen uns noch zwei Meter, unsere Blicke sind ineinander verkeilt.

»Ich komme danach zu dir und bringe dir was«, verspricht er mit gedämpfter Stimme. »Du wirst bei mir nicht verhungern, versprochen.«

Ich nicke nur knapp.

»Willst du mir meine Frage noch beantworten?«

Nun runzle ich die Stirn. »Welche Frage?«

»Was ist dir passiert? Wer hat dich gegen deinen Willen angerührt?« Er räuspert sich. »Außer mir.«

Ein ironisches Lächeln zupft an meinen Zügen, dabei verspüre ich ein ungutes Ziehen in meiner Magengegend, wenn ich an den Moment vor ein paar Tagen zurückdenke. Keine Ahnung, wieso Domenic das auf einmal so dringend wissen will, aber ich habe nicht vor, es ihm zu offenbaren. Das, was in den USA passiert ist, ist Vergangenheit. Niemals werde ich dorthin zurückkönnen und die Erinnerungen werde ich schweigend mit ins Grab nehmen.

»Tu das nicht, Domenic.«

Er hebt eine Augenbraue. »Was genau?«

»Töte den Freund deiner Schwester nicht.«

Dom überbrückt die letzte Distanz und legt mir eine Hand auf die Wange, schiebt den Daumen unter mein Kinn und zwingt mich, ihn anzusehen.

»Du hast nicht zu entscheiden, was gut für meine Schwester ist, Mace.«

Natürlich nicht. Ich kenne sie erst seit ein paar Wochen, ich habe nicht all die schrecklichen Dinge durchleben müssen, wie die Marino-Geschwister. Aber ich weiß einfach, dass sich heute Abend alles verändern wird, obwohl ich dieses Gefühl nicht richtig greifen kann.

Ich schiebe seine Hände weg und strecke mich stattdessen für einen Kuss. Dom schließt die Augen, erwidert den Druck meiner Lippen aber nicht.

»Oben wäre dann alles soweit, Boss.«

Rescos Stimme lässt die Frustration in mir weiter wachsen. Ich weiche zurück und sehe an Domenic vorbei zu dem Bodyguard, der mit steifer Miene im Türrahmen steht. Er schenkt mir keine Beachtung, starrt nur Dom an, der sich aber nach wie vor nicht rührt.

Schließlich seufzt er tief, sieht mich ein letztes Mal flüchtig an, ehe er sich umdreht und aus dem Zimmer verschwindet. Die Tür schließt sich und wird von außen verriegelt.

Jetzt bin ich allein.

Jetzt heißt es warten.

Tief seufze ich auf und lasse mich auf das Bett fallen. Ich schließe die Augen und versuche mir nicht den Kopf darüber zu zerbrechen, was gerade oben passiert.

Zwei Stunden. Zwei lange, qualvolle Stunden, bis der erste Schuss fällt.

Ich schrecke zusammen und springe auf die Beine, Adrenalin peitscht durch meinen Kreislauf, mein Herz pocht dumpf. Ich lausche angestrengt in die Stille, halte sogar den Atem an und da, tatsächlich. Ein zweiter Schuss, der mich erneut zusammenschrecken lässt.

Fuck. Was läuft da?!

Gedämpftes Fluchen ist vor meiner Tür zu hören, dann sich entfernende Schritte.

Schuss. Schuss. Schuss.

Da stimmt etwas nicht. So sollte das sicher nicht laufen.

Hektisch suche ich unter meinem Kopfkissen nach dem Messer, ziehe es heraus und umfasse es fest, während ich Schritt für Schritt zurückweiche. Wie im Tunnelblick starre ich auf die verschlossene Tür, warte darauf, dass diese jeden Moment von jemandem aufgetreten wird. Gegen eine Schusswaffe komme ich mit meinem Messer nicht an, aber es gibt keine Fluchtmöglichkeiten, also ist Angriff in diesem Fall die beste Verteidigung.

Ich stoße gegen die Fensterbank und taste blind danach, umfasse sie mit der freien Hand und schlucke hart.

Nichts passiert.

All meine Sinne sind geschärft, meine Nerven zum Zerreißen gespannt, mein Atem geht flach.

Nichts passiert.

Fuck. *Nichts passiert.*

Ich kann nicht länger abwarten und Däumchen drehen, ich muss herausfinden, was oben geschehen ist.

Ein Ruck geht durch meinen Körper und ehe ich mich selbst davon überzeugen kann, dass das eine schlechte Idee ist, laufe ich auf die Tür zu. Ich wechsle das Messer in die andere Hand, wische mir die schwitzige Handinnenfläche am T-Shirt ab, ehe ich mich daran mache, die Tür aufzubrechen.

37. MASON

Ich greife nach dem Türgriff, ziehe die Tür ein Stück zu mir und lasse die Klinge des Messers an der Türzarge vorbeigleiten. Nach zwei Versuchen und mit etwas Gewalt schaffe ich es tatsächlich, die Tür aufzubrechen. Das Holz splittert und ich schneide mir in die Handfläche, aber das ist mir im Moment egal.

So leise wie möglich husche ich in den Flur und lausche. Stille.

Ich bewege mich weiter, dicht an die Wand gepresst. Kurz vor der Treppe macht der Flur eine Biegung und genau dort treffe ich auf die erste Leiche.

Resco wurde offensichtlich mit einem Schuss in Herz getötet, noch bevor er die Stufen erklimmen konnte. Seine aufgerissenen Augen starren mich an, unter seinem massigen Körper hat sich eine große Blutlache gebildet.

Scheiße. Die aufkommende Panik lässt kaltes Blut durch meinen Körper fließen und meinen Herzschlag beschleunigen. Ich mache ein paar Schritte auf den Körper zu, ignoriere das viele Blut und durchsuche ihn nach Waffen. Da, eine Pistole. Ein Blick ins Lager verrät, dass ich volle sechs Schuss übrig habe.

Ich verstaue das Messer und umfasse stattdessen die Knarre mit beiden Händen. Das vertraute Metall zwischen meinen Fingern gibt mir ein sichereres Gefühl, auch wenn das trügerisch ist. Resco wurde mit einem einzigen gezielten Schuss niedergestreckt, noch bevor er überhaupt einen Finger krümmen konnte.

Ohne ein Geräusch zu verursachen, erklimme ich die Treppen und finde dort das weitere Massaker vor. Tote Männer und Frauen säumen den Boden, mindestens fünf Leichen liegen im Wohnzimmer, es ist das reinste Blutbad.

Ich achte nur flüchtig auf ihre Gesichter, überprüfe nur, ob die Marino-Geschwister unter ihnen sind. Zum ersten Mal überkommt mich die schlimme Angst, dass ich gleich in Domenics leblose Augen gucke.

Das kann nicht sein. Das geht nicht.

Er war für mich von Anfang an der mächtigste Mann in ganz Sizilien, der alles jederzeit unter Kontrolle hat, es kann einfach nicht sein, dass ausgerechnet diese Situation ihm entglitten sein soll.

Meine Hand beginnt leicht zu zittern, weshalb ich mich zusammenreiße und mich auf das hier und jetzt fokussiere.

Mein Weg führt mich durch den Wohnbereich, vorbei an der großen Glasfront, hinter der alles in absoluter Dunkelheit liegt. Ich komme zum Esszimmer, mein Blick huscht zu dem gedeckten Tisch, auf dem noch Teller und Speisen stehen. Ein leises Stöhnen erregt meine Aufmerksamkeit, ich umrunde den Tisch und laufe in den hinteren Bereich.

Mein Herz rutscht mir in die Hose.

Dort sitzt Dom, den Rücken an den Kamin gelehnt, die Hände auf den Bauch gepresst. Blut hat sein weißes Hemd besudelt, seine Wangen sind blass, aber der störrische Ausdruck ist noch nicht aus seinen Augen verschwunden.

Dieser wird nur etwas milder, als er mich erkennt.

»Mason.« Mein Name aus seinem Mund ist kaum mehr als ein Hauch. Ich vergesse meine Deckung und gehe neben ihn in die Hocke.

»Fuck, Dom«, fluche ich und umfasse seine Wangen, fange seinen Blick auf und halte ihn fest. »Was ist passiert?«

»Zwei sind noch oben«, flüstert er, seine Lider flattern, dann blinzelt er und sieht mich wieder fest an.

»Was zum Teufel ist hier passiert?!«, hake ich erneut nach, bemüht darum, meine Stimme gesenkt zu halten, auch wenn ich am liebsten schreien will.

»Mace, hör mir zu.« Dom keucht leise und scheint sich sammeln zu müssen.

»Der Code für die Tiefgarage ist 2343. Nimm meinen Mercedes. Im Bedienfeld gibst du den Code 5443 für das Rolltor ein.« Er versucht, sich zu bewegen, aber sein Gesicht verzieht sich sofort schmerzhaft. Er wurde getroffen, die Kugel ist sicher noch irgendwo in ihm. *Jesus Christ.* »Die Schlüssel liegen in meinem Zimmer im Nachttisch.«

»Dom, was ...« Ich bringe nicht einmal einen vernünftigen Satz zustande, wie kann er mir nur so ruhig Anweisungen geben, wo er doch gerade verblutet?

»Pscht, Mason. Sei schnell und leise und flieh, soweit du kannst. Auf Sizilien bist du nicht sicher.«

In seinen dunkelgrünen Augen ist so viel, aber von seinem körperlichen Schmerz kann ich nichts erkennen, dabei muss er Höllenqualen durchleiden.

»Es ... tut mir leid«, stammle ich.

»Geh, *Tesoro.*«

Mein Mund öffnet sich, aber ich weiß selbst nicht, was ich sagen soll. Stattdessen beuge ich mich vor und küsse ein letztes Mal seine Lippen. Federleicht und nur hauchzart, wir berühren uns kaum, und doch bin ich mir sicher, niemals einen intensiveren Kuss bekommen zu haben.

»Sag mir noch einmal, dass du mich liebst«, verlangt er heiser.

»Das habe ich dir nie gesagt«, gebe ich ebenso leise zurück. Ein Teil von mir weiß, dass ich wertvolle Minuten verschwende, aber ich kann mich einfach nicht von seinen Augen lösen, die mich so intensiv mustern.

»Dann sag es mir zum ersten Mal.«

»Ich liebe dich«, wispere ich.

Ein Herzschlag.

Zwei.

Drei.

Ich lasse sein Gesicht los, erhebe mich und kehre ihm den Rücken. Wie in Trance absolviere ich den Weg zurück nach unten, weiche den Leichen aus und stolpere in Doms Schlafzimmer. Wie vorhergesagt sind die Autoschlüssel für seinen Mercedes in dem Nachttisch. Diese fest umklammert gehe ich wieder hoch und schleiche zu dem Aufzug.

Zwei Männer sind oben, hat Dom gesagt. Werden sie zurückkommen und es zu Ende bringen, wenn er nicht ohnehin an seiner Verletzung verblutet?

Ich hätte ihm wenigstens Rescos Waffe dalassen können. Mein Blick gleitet zu dem

Esszimmer, die Aufzugtüren öffnen sich und ich trete hinein.

Zu spät.

Doms Mercedes nehmen, ihn beim nächsten Autohändler verscherbeln und mit dem Geld ab in das nächste Flugzeug. Das ist jetzt mein Plan.

Mein Herz pocht dumpf und schmerzhaft, als ich den Knopf für die Tiefgarage drücke und den Code eintippe.

2

3

4

3

Alles in mir bebt, meine Sicht verschwimmt. Die Aufzugtüren vor mir schließen sich langsam.

Nein. Das ... kann ich nicht.

Nicht so.

Ruckartig trete ich vor, betätige die Lichtschranke, sodass die Türen sich wieder öffnen.

Es darf nicht so enden. Fest entschlossen umfasse ich die Waffe und schleiche mich zu der Treppe, die in die dritte Etage führt. Lautlos erklimme ich die Stufen, die Waffe im Anschlag. Dreckiges Lachen und schmutzige, geflüsterte Worte dringen zu mir herüber. Als ich oben ankomme, realisiere ich erst, was hier los ist.

Die weiblichen Angestellten wurden hierher gescharrt, sie kauern und verstecken sich im hintersten Eck des Raumes. Eine der Köchinnen hat nicht so viel Glück, sie ist über den Sessel der Couch gebeugt und wird von einem bulligen Typen hart rangenommen. Der andere sieht dabei zu und geilt sich daran auf.

Widerliche Dreckskerle. Sie beide stehen mit dem Rücken zu mir und sind so auf ihr Tun konzentriert, dass sie mich nicht bemerken. Bis jetzt.

»Hey, Bastard!«

Den Zuschauer strecke ich mit einem gezielten Kopfschuss nieder, der andere zieht sich ruckartig zurück und fährt zu mir herum. Ihm verpasse ich drei Schüsse, bis er zu Boden geht und tot ist. Ich lasse die Pistole sinken und sehe zu den verängstigten Frauen.

»Bleibt hier«, befehle ich. »Ich bin gleich wieder da.«

Zuerst muss ich zu Dom.

Domenic.

Alles in mir schreit verzweifelt nach ihm. Schnellen Schrittes kehre ich zurück ins Esszimmer und knie mich wieder vor ihn. Sein Gesicht ist blasser, Schweiß glänzt auf seiner Stirn und seine Hände sind inzwischen voller Blut. Aber er lebt. Er ist bei Bewusstsein. Und er starrt mich verwirrt und ungläubig an.

»Du bist zurückgekommen.«

Es klingt wie eine Frage, die ich ihm allerdings nicht beantworten kann. Ich weiß selbst nicht, warum ich ihn rette, wo ich doch die ganze Zeit nur weg von ihm wollte.

»Was soll ich tun?«, frage ich. »Soll ich die Kugel entfernen?«

Dom verzieht das Gesicht und schüttelt mit dem Kopf. »Nimm mein Handy aus der Hosentasche, rufe Ace an.«

Ich tue wie geheißen. Während das Handy an meinem Ohr tutet, sehe ich Dom in die immer trüber werdenden Augen.

»Wehe, du stirbst mir weg. Domenic Marino. Wag es nicht.«

38. MASON

»Wird er überleben?«

Ich kann Alessio nicht ansehen, kann nur auf meine Hände starren, vollkommen unfähig, einen hoffnungsvollen Gedanken zu fassen.

»Natürlich.« Er klingt so absolut überzeugt davon, dass ich nun doch aufblicke. Wir sind noch in der Villa und haben die Zeit damit verbracht, die toten Menschen wegzubringen. Alle, die zur Marino Familia gehören, kommen zu einem Bestatter, die anderen wurden von zwei Männern achtlos in Leichensäcken abtransportiert. Keine Ahnung, was mit ihnen passiert.

Jetzt, viele Stunden später, hocke ich im Esszimmer, Alessio läuft unruhig vor mir hin und her. Mein Blick fällt auf die Stelle, an der Domenic saß. Verletzt, am Verbluten, schutzlos. Auf dem Parkett ist noch ein dunkelroter Fleck zu sehen. Er ist gerade im OP und auch wenn Alessio davon überzeugt zu sein scheint, bin ich nicht sicher, ob er es wirklich schafft.

Was ist passiert?

Das ist die Frage, die groß im Raum steht und bisher nicht beantwortet werden konnte. Alessio selbst war nicht anwesend, aus den verstörten und verängstigten Mitarbeiterinnen konnte nichts Brauchbares herausgefunden werden. Sie alle berichten von einer plötzlichen Schießerei, von den grobschlächtigen Männern, die sie zusammengetrieben und nach oben gescheucht haben.

Die nächste und viel wichtigere Frage kann uns ebenso keiner beantworten.

Wo zur Hölle ist Arianne?

Sie war nicht unter den Leichen, aber ich weiß nicht, ob das ein gutes oder schlechtes Zeichen ist.

»Wir können nicht hierbleiben«, sagt Alessio und erweckt damit wieder meine Aufmerksamkeit. Er deutet mit einem Kopfnicken an, dass ich ihm folgen soll und so erhebe ich mich schwerfällig.

All die Ereignisse des heutigen Tages stecken mir in den Knochen und lassen meinen Körper schwer werden, obwohl ich immer noch so mit Adrenalin vollgepumpt bin, dass an Schlaf nicht zu denken ist.

Ich folge Alessio in die Tiefgarage, wir nehmen den Mercedes und verlassen die Villa endlich. Mein Fahrer sagt kein Wort und ich habe nicht vor, das Schweigen zu brechen. All die Bilder, die toten Gesichter, die Panik der Frauen, Doms trüber Blick aus grünen Augen. All das schießt mir unaufhörlich vor mein inneres Auge, unmöglich, die Diashow aufzuhalten.

Erst, als der Wagen langsamer wird und wir das hohe Tor einer Anlage passieren, komme ich blinzelnd zurück ins Hier und Jetzt.

»Wo sind wir hier?«, frage ich heiser.

Alessio antwortet nicht, steigt nur aus und ich tue es ihm gleich. Schon der Vorplatz, auf dem wir geparkt haben, ist riesig, es gibt einen prachtvollen, plätschernden Brunnen, alles ist wunderschön bepflanzt. Aber das große Gebäude vor mir legt noch einmal eine Schippe drauf. Von außen sieht es so aus, als würde das ganze Gebäude nur aus Glas bestehen.

Alessio führt mich ins Innere, wo wir von einem stürmischen Rottweiler begrüßt werden. Ich lasse ihn an meiner Hand schnuppern, ehe ich ihn hinter den Ohren kraule.

»Roy, ab«, befiehlt Alessio, woraufhin der Hund sofort einen Abgang macht.

»Ist das dein Zuhause?«, frage ich überrascht.

»Ja.« Eine schlichte Antwort, keine Erklärung, warum er mich hierhin mitgenommen hat. »Du kannst heute Nacht im Wohnzimmer schlafen.«

»Kein Gästezimmer?«

»Nicht für dich.« Alessio schiebt mich in Richtung des unteren Wohnzimmers. Wie erwartet kann man von überall aus nach draußen schauen, aber trotz der Abendsonne ist es angenehm kühl. Ich lasse mich bäuchlings auf die Couch fallen und schließe die brennenden Lieder.

In einem anderen Zeitstrang könnte ich Sizilien bereits hinter mir gelassen haben. Wenn ich den Aufzug nicht gestoppt hätte, wenn ich das Haus verlassen und all seine Bewohner ihrem Schicksal überlassen hätte, könnte ich jetzt ein neues Leben beginnen.

Eine feuchte Schnauze stößt gegen meine über das Sofa baumelnde Hand. Ich öffne ein Auge und sehe zu dem Rottweiler, der meine Finger abschleckt. Automatisch rutsche ich ein Stück zur Seite und klopfe auf den Platz neben mir. Roy braucht keine weitere Aufforderung, er platziert sich neben mich, ich spüre seinen warmen Körper dicht an meinem.

Irgendwie sehr tröstlich.

Natürlich tue ich kein Auge zu. Die ganze Nacht liege ich da, sehe immer wieder durch die große Glasfront in die Dunkelheit. Als die Sonne aufgeht, fühlt es sich an wie pure Erleichterung.

Endlich ein neuer Tag. Endlich die Gewissheit erhalten, ob Domenic es geschafft hat oder nicht.

Nur hätte ich nicht gedacht, so früh schon auf all das eine Antwort zu bekommen. Es ist kurz vor neun, als Alessio alarmiert zu mir ins Wohnzimmer tritt. Der Hund spitzt sofort die Ohren und ich bin ebenso in Alarmbereitschaft.

»Ein Auto ist vorgefahren.« Alessio lädt mit düsterer Miene seine Pistole nach. »Bleib, Roy«, befiehlt er, bevor er nach draußen verschwindet.

Das gilt offenbar auch für mich, aber ich springe trotzdem auf die Beine. Hektisch sehe ich mich im Wohnzimmer nach etwas um, das ich als Waffe benutzen kann. Die teuer aussehende Vase oder doch lieber das schwere Kreuz von der Wand?

Roy stößt ein leises Winseln aus, seine kräftigen Muskeln sind angespannt, jederzeit bereit loszupreschen und zu seinem Herrchen zu eilen.

Nur wenige Minuten später dringen Stimmen zu mir herüber und in meinem Magen flattert Erleichterung auf.

Oh mein Gott. Das klingt fast wie …

Domenic. Er taucht gemeinsam mit Alessio im Wohnzimmer auf, mit düsterer Miene und geballten Fäusten.

Er ist blass, trägt eine verwaschene Jogginghose und ein weißes T-Shirt, der Glanz ist noch nicht ganz in seine Augen zurückgekehrt, aber er lebt, fuck, *er lebt* und steht wieder auf den Beinen.

»Dom«, bringe ich hervor und weiß nicht, ob ich zu ihm gehen will oder lieber die Flucht ergreifen soll.

»Ich muss mit Mason reden. Allein«, sagt Dom gepresst, seine Stimme klingt kraftlos. Fuck, er kommt doch sicher gerade erst aus dem OP, er dürfte noch gar nicht laufen und Befehle erteilen.

»Geht nach nebenan«, bietet Alessio an. »Ich werde Tyler anrufen und ihn herbestellen. Du dürftest nicht das Bett verlassen.«

Dom verzieht unzufrieden die Mundwinkel, beschwert sich aber nicht. Stattdessen nickt er mir zu und läuft schwerfällig los.

»Warte«, sage ich und überbrücke die Distanz, stelle mich an seine Seite und stütze ihn.

»Ich kann das allein«, beschwert er sich.

»Halt die Klappe oder ich trage dich gleich wie meine Braut über die Schwelle«, warne ich ihn.

Dom ächzt, sagt aber nichts mehr. Gemeinsam durchqueren wir die weitläufige Etage und betreten einen Raum. Sieht aus wie ein Gästezimmer, ein Bett und eine niedrige Kommode stehen auf der quadratischen Fläche. Dom schlägt die Tür hinter uns zu und lässt sich aufs Bett fallen. Kurz schließt er die Augen und atmet tief durch. Ich setze mich dicht neben ihn und neige interessiert den Kopf.

»Du bist zurückgekommen«, wispert er, die Lider immer noch geschlossen. »Warum?«

»Weil ...« Ich schlucke hart. »Ich konnte dich nicht zurücklassen.« Meine Stimme wird ganz leise.

»Das war dumm, *Tesoro*.«

»Es ... hat dir das Leben gerettet.«

Seine Miene wird leidend. »Aber es wird dir nicht deins retten.«

Schweigen breitet sich zwischen uns aus. Nun kann ich dem Drang doch nicht widerstehen, lege eine Hand auf seine Wange und streiche ihm mit dem Daumen über seine stoppelige Haut.

Endlich öffnet er die Lider wieder, sieht mich direkt an. Traurigkeit steht in seinem Blick, Schmerz und Verzweiflung.

»Was ist passiert?«, frage ich erneut. »Wo ist Ari?«

»Das ist das Problem«, sagt er langsam. »Das waren de Lucas Männer. Sie haben meine Schwester mitgenommen.«

Meine Augen weiten sich. Scheiße. Fuck. De Luca, dieser dreckige Bastard.

»Und jetzt?«

»De Luca will dich. Das wollte er die ganze Zeit schon. Tot oder lebendig.«

In meinem Inneren krampft sich alles zusammen. Hat es de Luca wirklich so sehr seinen Stolz verletzt, dass ich die Seiten gewechselt und gegen ihn gearbeitet habe, um all das in Kauf zu nehmen? Die vielen Opfer, all die Intrigen, nur, um mich zu töten und Domenic zu bestrafen?

»Mason.« Domenic lehnt die Wange in meine Handfläche. »Er wird dicht nicht umbringen, versprochen.«

»Nein.« Ich lecke mir über die Lippen. »Weil du es tun wirst.«

Er nickt langsam.

Ich habe von Anfang an geglaubt, dass Domenic Marino auf die ein oder andere Weise mein Leben beenden wird. Das erste Mal, als ich in sein Hotelzimmer gestolpert bin, später dann, als er mich am Flughafen abgepasst hat. Selbst die ganze Zeit über in seiner Villa hatte ich immer vor Augen, dass meine restliche Zeit begrenzt ist.

Es stand niemals zur Debatte, dass ich das hier überlebe.

Aber so viel ist inzwischen passiert. So viel hat sich nicht nur zwischen uns geändert, sondern auch in mir.

Ich lasse die Hand sinken und blinzle mehrmals.

»Okay.«

Ich erhebe mich, Domenic steht ebenfalls auf. Er zieht eine Knarre aus seinem Hosenbund und kontrolliert das Magazin. Jede Bewegung scheint ihm wehzutun und ich weiß nicht, ob es an seiner Schussverletzung oder aber an dem liegt, was er gleich tun wird. Tun *muss*.

Als er sich zu mir herumdreht, verschränke ich die Arme hinter dem Rücken und knie mich langsam hin.

Niemals hätte ich gedacht, aus freien Stücken in so einer Haltung zu sterben. Ich habe immer gewusst, dass mein Leben früh enden wird, das kommt eben mit meinem Lebensstil einher, aber in meiner Vorstellung bin ich kämpfend und heldenhaft gestorben. Nicht demütig und freiwillig.

Ich hebe das Kinn.

Etwas in mir bricht, als ich Domenic in die Augen sehe.

Ein letztes Mal.

Ein letzter stummer Kampf.

Er macht einen Schritt auf mich zu, seine Hände zittern und mit ihnen die Waffe.

Er wird sich gleich zusammenreißen und einen zielsicheren Schuss abgeben. Dessen bin ich mir sicher. Er wird mich nicht unnötig länger leiden lassen.

Diese Art zu gehen ist besser. Besser, als von de Luca gefoltert zu werden. Besser, als von jemandem getötet zu werden, der Freude daran hat.

Oder?

»Es tut mir leid, Mason«, sagt Domenic heiser.

Mir auch, Domenic.

Vor allem tut mir leid, dass ich mich in dich verliebt habe.

E N D E von Band 1

EIN VERSPRECHEN

Diese Geschichte könnte an dieser Stelle ihr Ende finden, aber noch sind nicht alle Fragen geklärt, Tesoro.

Wer hat Arianne entführt und wird sie überleben?

Was ist mit deiner Vergangenheit?

Wie viel ist dein Leben wert, Mason?

Band 2 der Dark Mafia Romance, »Million Times«, erscheint Ende 2021/Anfang 2022. Folge mir für mehr Infos auf meinem Instagram-Account @katyraze oder schreib mir bei Fragen gerne unter katyraze@web.de

Du willst eine Bewertung oder sogar eine schriftliche Rezension zu Million Days abgeben? Dann danke ich dir herzlich! Bewertungen und Rezensionen freuen nicht nur mich als Autorin enorm, sonadern sorgen auch für die Sichtbarkeit meiner Bücher und im Endeffekt dafür, dass ich die Möglichkeit habe, weitere Bücher zu schreiben und zu veröffentlichen.